경기별곡 03

여 기
새롭게
경기도

과 거 와 미 래 가 만 나 는 도 시 로 의 초 대

경기별곡 03

여 기
새롭게
경기도

운민 지음

작가와비평

경기도로 떠나는 마지막 발걸음

2020년, 전 세계적으로 불어닥친 코로나19의 위력은 단숨에 세계를 마비시켰고 예전처럼 바다 건너 해외를 나가기 어려운 시기가 꽤 오래 지속되었다. 여행의 불경기에 필자는 눈길을 돌려 국내, 그중에서도 우리가 살고 있지만 평소에 주목하지 않는 경기도의 31개 고장을 둘러보기로 결심했다. 그후 시간이 날 때마다 다양한 개성을 지닌 이 도시들을 여행자의 시각으로 살펴보았다. 그러다 보니 어느덧 3년이라는 세월이 지나 <경기별곡> 시리즈는 3권의 책으로 출판되었다. 이 여정을 지나오는 동안 평소에 가지고 있던 경기도에 대한 선입견도 사라졌고 이 지역에 대한 애정도 깊어진 듯 싶다.

물론 이런 과정이 결코 쉽지는 않았다. 팬데믹 상황이 한창이라 폐쇄되었던 박물관과 유적 등을 방문하기 위해 부득이하게 따로 협조를 요청해야 했고, 검증되지 않은 설화와 잘못된 역사적 사실을 적은 안내판을 마주하는 일, 가끔 겪어야 하는 불친절함 등 맥이 빠지는 여러 상황 때문에 이 프로젝트 자체가 암초에 부딪칠 뻔했다.

그러나 <경기별곡> 시리즈를 응원해 주시는 분들과 지인들의 도움으로 경기도의 31개 고장을 전부 다룰 수 있게 되었다. 특히 이번 3권 『여기 새롭게 경기도』는 대부분 인구가 많은 이른바 위성도시들을 다루고 있어 이번 시리즈의 취지와 가장 맞지 않을까 생각한다.

2권 『멀고도 가까운 경기도』에서 경기도에 속해 있지만 수도권에서 조금 떨어진 근교 도시 위주로 살펴보았다면, 이번에는 서울과 근접해 유난히 행정구역상의 변천이 잦았던 신도시를 주로 다룰 것이다. 현재 대부분의 사람들이 경기도에 머무는 이유가 서울에 직장을 두고 그나마 저렴한 집값과 편리한 생활 때문이다. 그래서 본인이 살고 있는 도시가 어떤 역사를 지녔고, 가지고 있는 매력이 무엇인지 잘 알지 못한다. 필자 역시 처음엔 마찬가지였다. 하지만 국토는 작아도 수천 년 동안 다양한 사연을 가진 사람들이 두루 발자취를 남겨 놓았기 때문에 우리나라 어느 도시를 가든지 그 나름의 역사와 매력이 스며들어 있었다. 천편일률적인 신도시도 시간이 흐르는 동안 독자적인 정체성을 만들어가고 있으며, 그렇기에 앞으로의 미래가 더욱 기대된다.

먼저 떠나 볼 도시는 우리에게 일산신도시로 널리 알려진 고양시다. 이제는 경기 북부의 수부도시로 자리매김 했지만 일산, 덕양 두 개의 지역으로 나누어져 각기 따로 노는 인상을 주는 듯하다. 하지만 서오릉, 서삼릉으로 대표되는 조선 왕릉은 물론이고 행주산성, 북한산 등 발길이 닿는 곳마다 역사적인 명소로 가득한 고장이다.

다음으로는 해방 후 경기도에서 가장 먼저 개발된 도시인 부천과 의정부를 찾아갈 차례다. 인천과 서울 사이에 끼어 존재감이 부족했던 부천은 다양한 콘

경기도로 떠나는 마지막 발걸음

텐츠를 바탕으로 새로운 도시의 이미지를 제고하고 있고, 의정부는 기존 군사도시의 이미지에서 벗어나 다양한 테마의 도서관을 오픈하고 있다.

이번에는 수많은 공장이 위치한 시흥과 안산으로 가보기로 하자. 죽음의 호수 시화호에서 벗어나 생태도시를 꿈꾸는 이 도시에는 매력적인 생태공원이 있다. 외국인 노동자가 다수 거주하는 안산의 원곡동에는 이국적인 광경으로 가득한 외국인 거리가 사람들의 이목을 끌고, 단원 김홍도와 성호 이익 선생의 자취도 남아있다. 경기도에서 가장 큰 섬 대부도는 안산에 속해있지만 반농반어의 독자적인 생활문화의 흔적이 엿보인다.

한때 경기도의 중심 고을이었던 양주도 빼놓으면 섭섭하다. 현재는 주변 도시에 많은 땅을 넘겨주었지만 조선 전기 최고의 왕실 사찰인 회암사지가 있다. 시간이 멈춘 듯한 동두천도 이 도시만의 정체성을 가지고 있다.

한강 아래 자리 잡은 너른 고을 광주도 양주와 마찬가지로 현재는 시세(市勢)가 많이 축소되었지만 사연이 깃든 남한산성을 비롯해 천진암, 곤지암 등 가는 곳마다 사연이 깃들어 있다. 구리, 하남, 광명, 성남은 도시 자체로서의 역사는 길지 않지만 고장마다 미래를 고민하고 앞으로 나아가는 모습에 주목해 보았다.

3권의 시리즈를 통해 경기도의 31개 도시를 전부 다뤘지만 인천광역시에 속해 있는 강화와 옹진을 비롯하여 휴전선 너머 갈 수 없는 개성 땅을 소개하지 않았기 때문에 아직까지 미완이라 생각한다. 물론 별곡 시리즈가 지속적으로 이어 진다면 행정구역상 경기도가 아닌 경기도 문화권으로서 전체를 말할 수 있는 날 이 오지 않을까 기대한다.

많은 독자가 <경기별곡> 시리즈를 읽으며 자신이 사는 도시에 대해 재고해 볼 수 있는 시간을 마련했으면 좋겠고, 경기도로서는 서울에 복속되어 있는 수 도권이 아닌 경기권으로서 독자적인 발전의 기회가 되었으면 한다. 또한 경기도 를 시작으로 다른 지역들 역시 별곡 시리즈에서 만날 수 있길 바라본다. 그동안 이 시리즈를 응원해 주신 분들께 감사 인사를 전하며 이제 본격적으로 마지막 장의 문을 열어보자.

차례

[광명, 성남] 사연 많은 도시, 미래를 고민하는 도시

[고양]

경기 북부의
600년 고을

경기 북부의
600년 고을

일산과 덕양 그리고 고양동

　한강에 수십 개의 교량이 놓인 서울과 달리, 한강을 사이에 두고 마주하고 있는 김포와 일산은 오직 일산대교로만 이어져 있다. 게다가 한강 다리 중 유일하게 1,200원을 내고 통과해야 하는 유료도로이다. 선택의 여지 없이 이곳을 매일 왕복해야 하는 사람들의 입장에서 볼 때 돈은 물론이요, 톨게이트 앞에서의 정체를 감수하며 오랜 시간을 소모해야 한다.

　김포에 사는 필자도 마찬가지인 신세라 아직까지 일산은 지리적 거리보다 심리적 거리가 더 멀게 느껴지는 동네이다. 매번 일산대교를 건너는 출근길마다 한강변에는 짙은 운무가 끼지만 어쩌다 해가 드는 맑은 날이면 저 멀리 북한산의 위용이 한강을 삼킬 듯 다가온다.

　사실 우리가 알고 있는 일산신도시는 경기도의 31개 시, 군 어디에도 속해 있지 않다. 그보다 서울에 더 가까운 덕양과 묶여 '고양'이란 이름으로 경기북부를 이끌어가는 수부도시로서 자리 잡았다. 하루가 다르게 변

일산신도시 웨스턴 돔 앞 거리

해가는 이 도시를 어떻게 훑어봐야 할지 갈피를 잡기 어려웠다. 킨텍스를 비롯해 그 주변으로 들어서고 있는 값비싼 아파트와 EBS, MBC 등 여러 방송사가 위치해 있고, 호수공원을 중심으로 상업시설이 성행하고 있는 일산신도시와 덕양구는 서로 이질적인 분위기가 느껴진다.

　일산대교를 오가며 보이는 "여기서부터 고양시입니다."라는 폴 사인은 마치 자식을 버리고 매정하게 떠났다가 자식이 잘되자 권리를 주장하는 부모 같아서 씁쓸하기 그지없다. 아마 일산에 거주하는 대부분의 주민도 "어느 도시에 사십니까?" 하고 물으면 고양보다 일산이라는 답이 먼저 나올 것이다. 그만큼 이 고장에 대한 이미지는 무척 희미하다. 물론 덕양구의 삼송, 원흥 지역을 중심으로 스타필드와 같은 각종 상업시설과 아파트가 연이어

일산신도시에 위치한 MBC드림센터

들어서고 있지만 고양이란 이름 하나로 묶이기엔 아직 갈 길이 멀다.

현재 고양시는 덕양구와 일산동구, 일산서구로 구성되어 있다. 인구 백만이 넘는 이 도시 어디를 둘러봐도 고양이라는 명칭의 유래가 될 만한 장소를 찾기 힘들다. 덕양구의 중심지인 화정동, 일산신도시의 중심 상권인 대화, 주엽, 정발산 주위를 봐도 예전의 흔적은 눈곱만큼도 남아 있지 않다. 고양의 역사는 언제부터 어떻게 시작되었을까?

그 해답은 원흥역 근거리에 있는 가와지볍씨박물관에서 찾을 수 있을 것 같다. 지금으로부터 5천 년 전, 한반도 최초로 벼농사를 지었던 곳이 대화동 가와지마을이다. 1991년 가와지마을 발굴 당시 볍씨가 출토되었는데, 이 볍씨는 양시농업기술센터 옆에 위치한 고양 가와지볍씨박물관에서 전시하고 있다. 가와지볍씨박물관을 들어가면 1991년 일산신도시 개발 도중에 발견된 가와지마을 발굴 현장을 50분의 1로 축소하여 재현한 공간을 시작으로 이 박물관의 주인공인 조그마한 가와지볍씨 몇 톨과 주먹도끼, 토기 등 신석기 유물을 살필 수 있다. 또 선사 시대의 농경생활, 조선 시대와 근대의 농경문화까지 이 고장과 관련된 전시물을 한 눈에 볼 수 있다.

얼핏 보면 손가락 한 마디보다 작은 이 볍씨가 무슨 대수인가 싶겠지만, 이 조그마한 볍씨 한 톨이 한반도 농경문화의 기원을 청동기 시대에서 신석기 시대로 앞당기는 데 지대한 공헌을 했다. 지금도 수도권이 한반도의 정치·경제를 이끌어가고 있는데, 이 유물을 통해 농업혁명의 중심지가 한강 일대라는 사실을 짐작해 볼 수 있다. 고양은 신도시 또는 아파트촌 이

가와지볍씨

가와지볍씨를 보관하고 있는 박물관

미지가 강하지만 여전히 주변에서는 쌀을 생산하고 있다.

고양이라는 명칭은 어디서부터 온 것일까? 고양시 북쪽 끝, 북한산 너머 송추, 일영유원지로 가는 길목에 있어 많은 사람이 주목하지 않았던 마을 '고양동'에서 인구 백만이 넘는 대도시 고양의 역사가 유래되었다. 고려 시대까지 '고봉', '덕양'으로 나뉘어 불리다가 조선 태종 13년인 1413년에 고봉현과 덕양현을 통합해 고양으로 고치고 600년이 지난 지금까지 도시의 이름으로 쓰이고 있으니 고양의 역사도 만만치 않은 셈이다.

고양의 옛 유적들은 작은 동네인 고양동을 중심으로 상당수 분포하고 있다. 향교는 물론 중국 사신들이 휴식을 취했다는 벽제관 터와 고려 최후의 명장 최영 장군의 묘, 중남미의 화려한 유물을 살필 수 있는 중남미문화원까지 매력적인 장소가 많다. 고양시에서는 고양누리길을 통해 주요 유적지를 두루 지나는 트레킹 코스를 만들었다. 전체 14코스로 구성되어 있는 고양누리길 중 고양동 코스는 12코스에 속한다.

일산신도시를 지나 덕양구 지역으로 넘어가면 구릉지 같은 낮은 산지가 자주 보이기 시작한다. 그 사이로 택지지구가 개발되면서 신도시들이 우후죽순 들어섰다. 서울과 가까운 이점 덕분에 스타필드나 이케아 같은 대형 쇼핑몰도 건설되었고, 자유로도 모자라 제2자유로까지 증설했지만 단지 서울에 의존하는 베드타운일 뿐 고양만의 정체성은 보이지 않아 마음속에 안타까운 상념이 올라온다. 그러나 점차 고도를 높여갈수록 울창한 숲과 계곡이 우리를 맞이해 준다. 이 고양동에서는 어떤 이야깃거리가 있을지 기대감을 안고 동네 깊숙이 올라가 보기로 한다.

고양동은 산자락을 따라 주택가가 들어서 있는 평범한 동네다. 골목을 오르다 보면 어느새 너른 터와 함께 초석만 남아 있는 유적을 발견하게 된다. 이곳이 바로 그 유명한 '벽제관'이 있던 자리이다. 혹자는 벽제갈비가 떠오를 것이고, 임진왜란을 기억하는 사람들은 명나라의 이여송이 왜군과의 전투에서 뼈아픈 패배를 당했던 현장으로 생각할 수 있을 것이다. 벽제관은 중국에서 오는 사신이 한양으로 가기 하루 전 묵어가거나 반대로 조선에서 중국으로 가는 사신이 쉬어가는 장소로 쓰였던 국립 여관으로서 수백 년의 역사를 자랑했다.

중국에서 한양으로 오는 관서로에는 10개의 역관이 있었는데, 한양에 들어가기 하루 앞서 반드시 이곳 벽제관에서 숙박을 하고 다음날에 예의를 갖추어 입성하는 것이 정례(定例)였다. 벽제관이 있는 고양동은 파주, 양주, 고양이 만나는 교통의 요충지로 개성과 한양을 연결하는 중간 지점이었고, 여기를 거쳐 파주의 용미리 석불입상이 있는 혜음원을 지나 임진강을 건너게 된다. 벽제관 건물은 일제강점기에 대부분 헐리고 남은 건물마저 6.25 전쟁으로 폐허가 되었다. 객관의 문은 60년대까지 존재했으나 그마저도 무너지고 이렇게 터만 남아 있는 것이다.

현재는 남아 있는 터로 그 규모를 짐작해 볼 수 있고, 설명문 옆에 부착되어 있는 흑백사진을 통해 예전의 면모를 상상해 볼 수 있어서 아쉬움을 조금이나마 달래 본다. 삼문의 현판은 한석봉의 글씨라 하고, 중앙의 정청은 임금이 왕릉으로 참배하는 도중에 들러 행궁의 역할을 수행했다고 전해진다.

조선 시대 중국 사신이 유숙하던 관청, 벽제관의 터

　1998년 이 벽제관 터는 한차례 발굴 조사가 있었는데 기와, 도자기, 동
전은 물론 벽제라 적힌 석물도 함께 발견되어 위치에 대한 고증이 마무리되
었다. 벽제관 앞 연지터에는 본래 육각정이 있었다. 그러나 1918년 조선총
독부 2대 총독 하세가와 요시미치가 벽제관 전투를 기념하고자 이곳에 있
던 육각정을 반출하여 자신의 고향인 야마구치현 이와쿠니시에 기증해 지
금도 모미지다니 공원 구석진 곳에 초라한 모습으로 자리하고 있다. 하루빨
리 이 문화재가 환수되어 벽제관이 예전의 모습을 되찾길 소망해 본다.
　고양동 주택가를 오르다 보면 갑자기 공터가 나타나고 한옥과 이국적
인 건물이 서로 마주 보고 있는 기묘한 형태를 취하고 있는 공간을 만나게
된다. 고양향교와 중남미문화원이 바로 이 공간의 주인이다. 원래 명소나

자연경관을 보러 갈 때는 가는 길이나 진입로에서부터 기존과 다른 독특한 풍경을 맛보며 기대감과 설렘을 안고 가는데, 여행의 서곡(序曲)을 건너뛰고 본무대로 바로 진행하는 것 같아 당혹스러운 기분이 든다. 이질적인 두 개의 명소 중 먼저 향교부터 가보기로 한다. 향교는 조선 시대의 공공교육기관이라고 보면 되는데, 공자와 여러 성현께 제사를 지내고 지방민의 교육과 교화를 위해 나라에서 고장의 중심지마다 집중적으로 건립하였다. 조선 후기에는 서원의 대두로 인해 점차 쇠퇴했지만 국가에선 향교의 부흥을 위해 각종 진행 정책을 실시했다.

　향교가 이곳 고양동에 위치했다는 사실은 예전 이곳이 고양의 중심부였다는 것을 여실히 보여준다. 고양향교는 조선 후기 숙종 때 세워졌지만 한국전쟁 당시 파괴되는 아픔을 겪었다. 하지만 여전히 그 고풍스러움을 유지하고 있다. 입구에는 홍살문과 말에서 내려야 하는 하마비(下馬碑)가

고양향교의 명륜당　　　　　　중남미 문화의 정수가 모여 있는 중남미문화원

서 있고, 대성문을 지나 본격적으로 향교의 권역으로 이어진다.

향교는 전학후묘의 구조로 앞의 공간은 유생들이 학업을 닦는 공간, 뒤편은 공자와 성현의 위패를 모시고 제사를 지내는 권역으로 구별된다. 한마디로 향교는 앞쪽 명륜당에서 공부를 하면서 나란히 위치한 동재, 서재에서 숙식을 해결하고 뒤쪽 대성전에서 공자를 모시는 구조가 대부분이다. 그러나 고양향교는 특이하게 제를 지내는 구역에서도 대성전 좌우로 동무, 서무의 건물이 들어서 공자뿐만 아니라 송조 2현으로 불리는 정자, 주자와 우리나라 18현의 위패가 모셔져 있다.

한때는 대부분의 향교가 문을 잠가놓은 채 먼지와 때만 쌓이고 지붕에는 거미줄이 가득해 보기 을씨년스러웠는데, 요즘은 향교마다 전통예절학교와 다양한 문화행사를 개최한다. 덕분에 향교의 옛 모습과 기능이 살아나는 듯해서 마음이 놓인다. 무릇 집에는 사람이 살고 있어야 온기로 건물의 따뜻함을 더해주고 생기가 더해진다. 단순히 보존을 위한 문화재가 아니라 우리 곁에 늘 가까이 다가가는 문화공간이 되었으면 한다.

고양향교가 전통적인 건축을 대변하는 공간이라면 마주 보고 있는 이국적인 공간은 중남미를 직접 가지 않고도 이색적인 문화체험을 즐길 수 있는 중남미문화원이다. 중남미 국가들의 화려한 예술, 문화, 전통복식을 체험할 수 있고, 박물관뿐만 아니라 미술관, 조각공원, 종교전시관, 마야벽화와 타코를 맛볼 수 있는 카페까지 있어 하루종일 한자리에서 중남미 여행을 즐길 수 있다. 고양 시민에게는 소중한 문화공간으로 자리매김하면서 유치원 아이들이 오순도순 고사리 같은 손을 잡고 견학을 오기도 하

오랜 기간 중남미에서 외교관을 역임한
이복형 원장의 수집품이 모여 있다.

중남미의 건축양식인 중정이 고스란히
구현되어 있는 박물관

며 지역주민에게는 산책하기 좋은 공원 같은 곳이 되었다.

벽돌풍의 이국적인 형태를 하고 있는 박물관에 들어가면서 중남미문화원 관람이 본격적으로 시작된다. 건물의 정중앙에는 멕시코 전통양식의 중정이 자리해 있고 이곳을 중심으로 유물들이 이어진다. 곳곳에는 문화원을 만든 이복형 원장의 섬세한 손길이 느껴진다. 고대 마야 시대의 유물부터 토기, 유리공예 등 수많은 유물을 중남미 국가별로 분류해 전시했는데 이 많은 유물을 개인이 어떻게 소장했는지 궁금해진다. 특히 압권은 가면을 모아놓은 전시실이었는데 귀신의 형상을 본 뜬 것부터 동물이나 곤충의 모양을 하고 있는 가면까지 살펴보는 재미가 있어서 시간 가는 줄 몰랐다.

박물관 너머 미술관에서는 주로 중남미 국가들의 민속의상과 현대미술을 엿볼 수 있고, 조각공원에서는 넓은 잔디공원에서 피크닉을 즐기며 여

다양한 가면 컬렉션이 압도적이다.

유롭게 산책할 수 있다. 성당 건물을 통째로 지어 재현하고 있는 종교전시
관에서는 중남미 사람들의 종교에 대한 헌신적인 모습을 장엄한 미사곡과
함께 살필 수 있다. 중남미문화원에서 놓치지 말아야 할 것 중 하나가 언덕
위에 자리한 카페에서 타코와 토르티야를 맛보는 것이다. 박물관에 딸린
식당이라 별다른 기대를 하지 않았는데 의외로 맛이 훌륭
했다. 인테리어도 중남미에 온 것처럼 아기자기하
게 꾸며져 있어 이 타코 하나만으로도 중남미
문화원에 올 만한 가치는 충분하다고 본다.

　　드라마 〈정도전〉에서 흰 머리카락을 산발로
휘날리며, 갑자기 즉위한 어린 왕을 상대로 "마
마께서 고려의 임금이시라고요? 어디 소장에게

중남미문화원에서 꼭 맛봐야 할
타코와 토르티야

명을 내려보세요! 어서요." 하고 추상 같은 호령을 내뱉는 장면이 있다. 브라운관 밖의 시청자들도 오금을 저릴 정도로 강한 인상을 내뱉던 최영 장군의 모습이 아직도 생생하다. 물론 서인석 배우가 최영 장군 역을 통해 인상적인 열연을 펼치긴 했지만 우리에게 최영 장군은 "황금 보기를 돌같이 하라."는 말처럼 강직하고 타협이 없는 삶을 살았음을 익히 알고 있기 때문일지도 모른다.

그가 죽은 뒤 마지막 안식처가 된 장소가 고양동을 감싸고 있는 대자산 자락이다. 주차장 입구에서부터 그가 남긴 아니, 정확히는 그의 아버지가 유언으로 남긴 "황금 보기를 돌같이 하라."는 문구가 비석에 새겨져 있었다. 그의 묘는 산자락 계곡을 따라 깊숙이 위치하며 주차장에서 800m 가량 산길을 따라 올라가야 한다. 이제 그 길을 따라 노장군의 일생에 대해 더듬으며 올라가 보기로 하자.

최영 장군은 철원의 옛 이름을 본관으로 하는 동주 최씨로 그 시조 최준옹은 왕건을 도와 고려를 건국한 개국공신이었다. 이 가문은 충선왕 당시 제정되었던 재상지종 15가문 가운데 하나로서 최영 역시 고려의 권문세족 중 하나라 할 수 있다. 그는 30대 중반이 되고 나서야 관직에 발을 들이기 시작했는데, 그 당시 고려 연안에는 왜구가 출몰해 해안가 백 리 이내에는 사람이 살 수 없을 정도로 피해가 극심했다고 한다. 이러한 배경에서 최영 장군은 늦은 나이에도 불구하고 왜구를 수차례 격파하면서 이름을 날리기 시작했다. 공민왕 치하에서 최영은 1352년 조일신의 난을 진압하면서 그 공로로 호군에 임명되었고, 곧이어 대호군으로 승진한다. 당시

최영 장군의 좌우명으로 알려진 글귀가
묘역 입구에 들어서 있다.

최영 장군과 그의 아버지 최원직의 묘가
나란히 배치되어 있다.

고려를 비롯해 중국의 원나라 모두 전반적으로 극심한 혼란기였는데 최영 장군은 이성계와 더불어 고려를 지탱하는 영웅이었다. 1354년에는 원나라의 원군 요청으로 중국에 파견을 나가 27번의 전투에서 모두 승리하기도 했다. 원나라의 무너져가는 실상을 알게 된 최영은 공민왕에게 적극적으로 반원 정책을 권유하기도 했다.

뿐만 아니라 고려를 침입하는 홍건적을 격퇴하기도 하고, 김용의 쿠데타로 위급해진 왕을 구출하기도 했다. 특히 왜구를 상대로 1376년 일명 홍산대첩이라 불리는 큰 성과를 거두면서 대체할 수 없는 영웅으로 자리매김한다. 하지만 그에게도 명과 암이 존재한다. 고려 말에 고려를 좌지우지하던 권문세족 이인임과 친하게 지냈고, 명나라를 상대로 요동정벌을 주창하면서 이성계가 위화도 회군을 일으키는 명분을 제공해 결국 고려 멸망을 앞당기는 원인이 되었다.

그의 다사다난했던 일생을 반추해보며 오솔길을 따라 15분 정도 걷다 보니 급경사의 계단이 나타나고 그 길 끝에 그와 그의 아버지 최원직의 묘가 나란히 나타난다. 그가 이성계에 의하여 죽음을 맞이하게 되었을 때 남긴 "내가 평생 조금이라도 욕심을 가졌더라면 내 무덤에 풀이 자란다."라는 말처럼 1968년 이전까지는 풀이 없다가 그 이후 풀이 자라기 시작했다고 한다. 이제 시대가 바뀌고, 최영 장군의 억울함도 점차 땅 아래로 내려간 것이지 않을까? 아직도 수많은 사람의 꽃다발과 막걸리, 맥주 등 다양한 물품들이 묘석 위에 가득 올려져 있다. 우리나라 사람은 큰 뜻을 품었으나 생전에 이루지 못하고 한을 품은 채 돌아가신 분들에 대한 애정이 유난히 많은 편이다. 공민왕, 정몽주, 임경업 장군 등이 그렇다. 그분들은 대부분 무속신앙의 대상이 되어 몸주신의 하나로 사당에 모셔져 있다.

필자는 전주 이씨의 후손으로 최영 장군에 대한 죄의식을 늘 가지고 있었다. 이번 기회에 그의 억울함을 조금이나마 풀어드리고자 사죄에 대한 절을 올렸다. 이처럼 고양동 자락에는 우리가 알지 못한 장소가 꽤나 많다.

반나절 넘게 고양동 여기저기를 둘러보다 보니 어느새 배가 때 맞춰 꼬르륵 소리를 내면서 잠시 쉬어가자는 신호를 온몸에 보낸다. 고양동 초입에 있는 벽제 지역은 장흥, 송추유원지로 이어지는 교외선 초입에 있어 그곳을 놀러 가는 가족여행객들이 중간에 들러 요기를 해결하는 가든형 식당이 몰려있다. 그중 대표격이 바로 벽제갈비라는 상호를 가진 식당이다. 강남에 있는 동명의 봉피양 벽제갈비와는 다른 곳이다. 창업한 때가 1968년으로 오래되었고, 우리나라 최초의 가든식당으로서 새로운 외식문화를 창조한, 역사적으로 의미가 깊은 식당이다. 그 명성에 걸맞게 1만 평의 넓은 대지 위에 본관, 별관, 야외 연회석 등 다양한 건물이 있고 식사 후 메타세쿼이아 숲에서 산책을 즐기거나 족구장에서 볼을 차는, 식당 그 이상의 놀이공간이다.

1962년 이후 경제개발 5개년 계획을 진행하면서 우리나라는 전통적인 농업사회에서 산업 중심 시대로 변화하게 되었다. 많은 사람이 일자리를 찾아 대거 상경하게 되고, 도시의 하천이 매워지며 자동차가 다니는 도로로 변모하면서 주변은 온통 공장과 집으로 가득 차기 시작했다. 그때부터 사람들은 전원에 가서 맑은 물과 공기를 쐬는 여가문화를 찾게 되었다. 서울에서 가까운 교외선변의 장흥, 일영, 송추는 그런 면에서 알맞은 장소였고, 널찍한 공간에서 여유롭게 고기를 구워 먹는 서양식 정원에서 이름을

가든식당의 원조이자 축구장 3배 크기의 넓은 부지를 지녔던 벽제갈비는 코로나로 인한 영업부진으로 인해 폐업을 면치 못했다.

따온 가든식당 문화가 퍼지기 시작한 것이다.

요즘은 어딜 가나 세련된 레스토랑이 속속 생겨나고 있고, 식당문화가 다양해져 가든식당은 점점 사라지고 있다. 벽제갈비 역시 그 운명을 피해 갈 수 없었다. 1968년 문을 열고 54년의 영업 끝에 코로나로 인한 영업부진을 이기지 못해 결국 역사 속으로 사라진 것이다. 옛 시절을 추억할 수 있는 매개체가 허무하게 사라진 듯 싶어 무척 아쉬울 따름이다.

고양에 산재한 왕실의 보금자리

마지막 왕의 결말은 사라진 왕조처럼 끝이 희미하다. 우리는 단지 새로운 창업자의 행적에만 관심을 가질 뿐 역사의 무대에서 내려온 사람들이 이후 어떤 인생을 살아왔는지, 그의 무덤이 어디에 자리하는지 알지 못한다. 고려의 마지막 왕인 공양왕은 두 장소에 왕릉이 있다고 전해지는데 하나는 강원도 삼척이고, 다른 하나는 지금 가고 있는 경기도 고양이다.

고려 34대 임금인 공양왕은 원래 왕가의 먼 친척으로 애초에 왕이 될 운명은 아니었지만 이성계가 고려의 실권을 잡은 상태에서 우왕, 창왕을 폐위시키고 새로운 왕조를 위한 징검다리로 그를 왕위에 올린 것이었다. 허수아비 상태로 몇 년간 왕위에 조용히 머물다가 왕조를 그에게 넘겨줄 수 있었지만, 공양왕은 만만한 사람이 아니었다. 그는 정몽주를 통해서 정도전 등 이성계의 주요 인사들을 견제하거나 귀양 보내고 이성계를 벼랑

식사동에 자리한 공양왕릉은 왕릉이라 보기 힘들 정도로 초라하다.

끝으로 몰고 갔다. 아마도 이방원이 선죽교에서 정몽주를 죽이지 않았다면 고려의 국운이 좀 더 연장될 수 있었을 것이다. 하지만 모든 것이 수포로 돌아갔고 결국 고려는 500년의 역사만 남긴 채 막을 내렸다.

같은 망국의 군주라도 신라의 경순왕이 사심관으로 임명돼 부귀영화를 누리다 천수를 마친 것에 비하면 공양왕의 마지막은 참으로 비참했다. 원주, 고성, 삼척 등 강원도 여기저기로 귀양을 다니다가 조선 건국 2년 후인 1394년 죽임을 당하고 만 것이다. 이후 조선 태종 시기 삼척에서 고양으로 능이 옮겨져 능참봉까지 두어가며 관리를 했다고 하니 그나마 불행 중 다행이라고 해야 할까?

이 일대에는 공양왕과 관련된 설화가 민간에 두루 전해지고 있다. 조선 건국 후 이성계의 후환이 두려웠던 공양왕이 지금의 동네까지 내려와 절에서 가져다주는 밥으로 식사를 했다고 하여 '밥 식'자에 '절 사'자가 붙은 식사(食寺)동이라는 지명이 생겼다는 유래가 전해지고 있으며, 왕릉이 위치한 골짜기를 왕릉골이라 부르고 있다.

공양왕릉은 왕릉이라 하기에는 규모도 작고 그 뒤로 공양왕의 외손인 정씨, 신씨들의 무덤이 이어져 더욱 초라하고 옹색해 보인다. 하지만 왕릉을 둘러싸고 있는 높고 기다란 소나무 숲이 왕릉이라는 품격을 말없이 전해주고 있었다. 많은 문화유산을 품고 있는 고양동 일대의 답사는 이것으로 마친다.

가을이 깊어갈수록 하늘은 높아지며 색감은 짙어진다. 뺨을 스치는 바람이 제법 시원해지며 길거리의 은행나무와 단풍나무가 노랗게 빨갛게 물들고 있을 때, 지인 중 하나가 소식을 전해왔다. 그동안 공개되지 않았던 서삼릉 태실이 한정적으로 열려 인터넷 홈페이지를 통해 예매하면 하루 3회 해설자 동행으로 탐방할 수 있다는 사실을 알려준 것이다. 마침 고양의 이야기를 담기 위해 여기저기 답사를 하고 있었고 정말 좋은 기회라 생각했다. 그러나 현실은 그리 녹록치 않았다. 하루 3회 30명 한정이라 주말에는 예약이 시작되자마자 금세 매진되었고, 평일에도 시간을 내기 어려웠기 때문이다. 누구도 들어가보지 못했다는 금단의 구역에 대한 환상을 늘 가지고 있던 터라 집념을 다해 클릭했고 덕분에 예약을 성공할 수 있었다.

이번 기회를 계기로 태실도 보고, 고양 일대의 왕릉도 덤으로 살피는 답사를 함께 떠나보도록 하자. 편견일지 모르겠지만 고양 시내에는 유난히 은행나무가 많은데, 그 노란 잎이 진하게 물들어 도시 여기저기에 차분한 분위기가 감돌고 있다. 차는 어느덧 도심을 벗어나 산길을 따라 올라가기 시작한다. 농협대학교 담장을 따라 고도를 높여가니 곧 속세의 흔적은 사라지고, 여러 잡념으로 가득 찼던 머릿속이 시원한 바람과 함께 비워지면서 현재에 집중하게 되었다. 아뿔싸! 느긋하게 움직이던 시계가 목적지에 가까워질수록 빠르게 흘러가고 있다. 예약 시간이 10분밖에 남지 않았기에 서둘러 서삼릉 입구에 도착했다. 매표소 입구로 가서 서삼릉 태실을 예약한 사람이라 말했지만 "어, 여기가 아닌데?"라고 돌아오는 청천벽력 같은 그 대답에 소위 멘탈이 반쯤 붕괴되었다.

물론 서삼릉의 입구는 여기가 맞다. 하지만 서삼릉 태실은 여기서 무려 5km나 떨어져 있다는 것이다. 서삼릉에 가면 바로 태실을 볼 수 있을 것이라는 안일한 생각이 이번 사태를 초래하였다. 내비게이션에 '서삼능 보리밥집'을 치고 담장을 따라 돌아서 북쪽 끝으로 가다 보면 태실 입구가 나온다는 말을 듣고 서둘러 차를 몰아 그곳으로 향했다. 과연 보리밥집에 도착해 올라가 보니 근래에 단장된 서삼릉 태실 입구가 있고, 닫혔던 문이 시간에 맞추어 조금 열려 있었다. 경비 분에게 서둘러 신원을 밝히고 사람들이 모여 있는 장소로 가니 해설사는 자기소개를 하고 출발하기 직전이었다. 안도의 한숨을 쉬고 울창한 산림 속에서 해설사를 따라 천천히 걸으며 태실 구역을 본격적으로 살폈다.

우선 태실에 대해 알아보자면, 왕실에서는 아이가 태어나면 탯줄을 버리지 않고 태항아리에 보관하였다가 전국 각지의 명당에 비석과 탑을 조

조선 왕실에서 출생한 왕자, 공주의 탯줄을
모아놓은 서삼릉 태실로 들어가는 숲길

전국 각지의 주요 명당에 자리했던 태실들은
일제에 의해 서삼릉 한쪽으로 모이게 되었다.

성한다. 이러한 의식과 절차를 거쳐 완성된 시설을 태실이라 부른다. 서삼
릉 북쪽에 위치한 서삼릉 태실 구역은 일제강점기를 거쳐 현대까지의 아
픈 역사를 고스란히 담고 있는 현장이다. 전국 각지의 명당에 흩어져 있던
태실은 물론 왕자, 공주, 후궁들의 묘를 구역별로 모아 이곳에 안식처를 마
련하게 했다.

조선 왕조의 수많은 태실은 일제강점기 때 공동묘지의 비석처럼 지금의
자리에 모이게 되었다. 참 을씨년스러운 모습에 나도 모르게 한탄이 터져나
왔다. 1929년 일제가 전국에 산재한 태실 54기를 한데 모았는데 비석의 뒷
면에는 파인 흔적이 남아 있다. 바로 일본의 연호 쇼와가 새겨진 자리다.

서삼릉 태실 구역은 태실뿐만 아니라 왕자 공주 묘, 후궁 묘역이 함께
자리하고 있어 다음 발걸음은 그리로 이어진다. 태실에서 서삼릉 방향을

비석 뒤편에는 일본 덴노의 연호인 쇼와가 새겨졌지만 현재는 지워지고 흔적만 남았다.

바라보니 우리나라의 일반적인 풍경이 아닌 컴퓨터 배경화면에서 볼 법한 넓고 푸른 초원이 펼쳐져있다. 알고 보니 원래 서삼릉의 넓이가 120만 평이 넘었다고 한다. 그러나 농협 소속의 목장 부지로 대부분이 넘어가 현재 9만 평만 남고, 가운데 부분은 절단되어 이 구역이 지금껏 비공개로 남았던 것이다. 일제뿐만 아니라 문화재에 대한 인식이 부족했던 우리로 인해 서삼릉의 비극이 지금도 이어지고 있다.

이런 아픔을 뒤로 하고 앙증맞은 담장 너머 조그마한 분묘들이 옹기종기 모여 있는 왕자, 공주의 묘가 등장한다. 14명의 왕자, 8명의 왕녀 총 22명이 한 장소에 모셔져 있는데, 원래는 서울과 경기도 일대에 산재했으나 일제강점기인 1935~1939년 사이에 현재의 자리로 이장되었다고 한다.

묘소는 모두 하나의 담장 안에 조성되어 있으며 묘역 앞에는 문인석과 상석, 장명등이 세워져 있고 각각의 무덤 앞에는 묘지석이 있어 어느 분의 무덤인지 정확히 알 수 있었다.

이 구역에 묻힌 대부분의 왕자와 왕녀는 성인이 되지 못하고 운명하거나 이름도 짓기 전에 명을 달리해 비석에는 이름 대신 왕자, 대군, 원자, 왕녀로만 새겨진 곳도 있었다. 죽어서나마 이렇게 모여 있으니 서로 의지하며 외롭게 지내지는 않기를 기원할 뿐이다. 묘지석의 뒤를 보면 역시나 일본의 연호가 지워진 흔적이 보이고 한국전쟁 당시 손상된 흔적도 더러 눈에 띈다.

서삼릉 태실 구역에서 다음으로 가볼 곳은 후궁 묘역이다. 후궁 묘역은 가장 큰 규모를 자랑하는 만큼 숙의 묘역, 빈과 귀인의 묘역으로 구분되어

서삼릉에는 어린 나이에 죽은
왕자, 왕녀들의 묘가 모여 있다.

전국 각지 명산에 자리잡고 있다가 이곳으로 옮겨진
후궁들의 묘역

있다. 일반 관원의 벼슬 체계처럼 왕비와 후궁 역시 관등과 계급 체계가 있다. 우선 가장 높은 계급인 중전이 있는데, 정실 왕후로서 내명부와 외명부를 아우른다. 다음으로는 빈인데 후궁으로 오를 수 있는 가장 높은 품계인 정1품에 해당한다. 그 밑으로 귀인, 소의, 숙의, 소용, 숙용, 소원, 숙원으로 나누어져 있다.

숙의 묘역에서는 숙의뿐만 아니라 숙원, 소의 등의 비교적 낮은 등급의 후궁들과 고종의 첫째 아들인 완화군의 묘도 함께 볼 수 있다. 그 옆에는 높은 등급인 빈과 귀인 묘역이 오순도순 함께 모여 있다. 수많은 무덤만큼이나 각자 가지고 있는 다양한 사연과 이야기가 숨어있다. 겉으로는 화려한 궁 생활을 보냈지만 한편으로는 수많은 암투와 모략을 버티며 때로는 수십 년의 독수공방도 감내해야 하는 등 우리가 모르는 그녀들의 고초가 이 무덤 속에서 숨 쉬고 있다. 죽어서 본의 아니게 묘역이 옮겨지는 바람에 비슷한 사연을 가진 여인들이 이렇게 한자리에 모여 있게 되어 그 슬픔과 한이 배가되는 듯싶다.

마지막으로 언덕길을 오르다 보면 지금까지 보았던 수많은 무덤군과 다르게 홀로 우뚝 서서 문인석과 무인석을 모두 갖춘 왕릉급의 거대한 봉분이 눈앞에 아른거린다. 조선 성종의 폐비이자 연산군의 생모인 폐비 윤씨의 회묘가 바로 이 장소다. 폐비 윤씨는 성종의 후궁으로 입궁했지만 원자를 낳아 정실로 책봉된 입지전적인 인물이다. 그러나 그녀는 야심이 넘쳤고 투기가 심했다. 후궁들을 질투한 나머지 왕의 얼굴에 상처를 내는 바람에 폐비되었고, 몇 년 뒤 사약을 마시고 죽었다. 그러나 그의 아들 연산

연산군의 생모인 폐비 윤씨의 회묘가
회기동에서 이곳으로 이전했다.

회묘의 지근거리까지 근접해 석물들을
세세하게 관찰할 수 있다.

군이 왕위에 오른 뒤 그녀를 왕후로 추존하였고, 묻힌 묘를 회릉이라 높이
면서 지금의 규모를 갖추게 된 것이다.

이후 연산군이 폭정으로 쫓겨나면서 회릉은 회묘로 격하되었다. 그럼
에도 능제의 형식은 그대로 남았고 회릉이 있던 동네는 경희대 앞, 회기동
으로 지금까지 전해져 내려온다. 하지만 회묘는 1969년 재개발의 여파로
다른 후궁들 묘역과 함께 이곳으로 옮겨졌다. 대부분의 조선 왕릉은 능침
이 개방되지 않아 석조물을 멀리서만 바라봐야 하는데, 회묘는 능침으로
들어가서 무덤을 한 바퀴 돌며 묘역 뒤편까지 관찰할 수 있었다.

관람하는 데 대략 1시간 정도 걸린 서삼릉 태실 구역은 대부분 일제강
점기를 전후해서 새롭게 만들어진 왕가의 묘역이지만 저마다의 사연과 역
사적 아픔을 지니고 있다. 우리가 꾸준히 관심을 가지면서 이곳을 잘 가꾸

어준다면 문화재에 대한 소중함을 배울 수 있는 교육의 현장으로 자리잡지 않을까 하는 조심스러운 생각을 가져 본다.

먼 길을 돌고 돌아 다시 서삼릉 입구로 왔다. 서삼릉은 다른 조선 왕릉과 달리 원당 종마목장 한편에 옹색하게 자리 잡아 주연이 아닌 조연처럼 여겨지지만, 엄연히 세계문화유산으로 등재되어 있는 자랑스러운 우리의 문화유산이다. 중종의 두 번째 정실 장경왕후의 능인 희릉, 인종과 인성왕후의 능인 효릉 그리고 철종과 철인왕후의 능인 예릉으로 구성되어 있지만 현재 효릉은 농협 부지 깊숙한 곳에 홀로 떨어져 비공개 상태이다. 대신 사도세자의 아들 의소세손의 묘인 의령원과 정조의 맏아들 문효세자의 묘인 효창원이 서삼릉 구역에 함께 자리하고 있다.

서삼릉은 사방이 목초지로 둘러싸여 있어서 외로운 섬 같은 형국이지만 능역 안으로 들어서면 울창한 숲이 그 사실을 잠시나마 잊게 만들어준다. 하지만 조금만 눈을 돌리면 이질적인 농장의 풍경 때문에 눈이 찌푸려질 정도로 거슬린다. 이 기묘한 더부살이를 언제까지 이어가야 하는 것일까?

서삼릉에서 먼저 만나 볼 왕릉은 바로 장경왕후의 희릉이다. 본래 중종은 왕자 시절부터 함계한 단경왕후 신씨가 있었다. 그러나 장인어른이 연산군의 처남 신수근인 관계로 반정세력에 의해 왕비에 오른지 7일 만에 폐위되는 수모를 겪었다. 그 다음 왕비로 간택된 분이 장경왕후 윤씨, 즉 희릉의 주인이다. 하지만 10년 만에 원자(인종)를 낳고 산후병으로 엿새 만에 숨을 거둔다. 만약 장경왕후가 건강했다면 인종이 문정왕후의 견제를 받아 위태로웠던 세자 자리를 무사히 이겨내고, 어진 성군의 정치를 펼치지

서삼릉 영역의 대부분은 현재
원당 종마목장으로 변했다.

중종의 두 번째 왕후인 장경왕후를 모신
서삼릉 희릉

않았을까 하는 생각이 든다.

　다음 장소는 강화도령으로 유명한 철종의 예릉이다. 안동 김씨의 세도
정치가 절정에 달하던 시절 헌종이 후사 없이 세상을 떠나자 왕가의 먼 친
척인 철종이 왕위에 올랐다. 유교를 근간으로 하는 조선의 왕이 정치를 펼
치려면 유교 경전에 대한 이해, 예의범절, 의식은 물론 노련한 신하들을 견
제할 수 있는 정치감각이 있어야 하는데 생전 시골에서 농사만 지으며 살
던 철종이 무엇을 할 수 있었을까? 당시 사회는 삼정의 문란과 백성들의
민란으로 국가가 거의 파탄에 이르던 지경이었다. 꼭두각시처럼 우두커니
서있던 젊은 왕은 여색만 탐하다가 33살의 짧은 나이로 세상을 떠났다. 그
당시 권세를 누리던 신하들은 60, 70살을 넘기며 부귀영화를 누렸는데 조
선의 왕들은 스트레스 때문인지는 모르겠으나 유난히 수명이 짧았다.

강화도령 철종과 철인왕후를 모신 예릉　　　사도세자와 혜경궁 홍씨의 아들인 의소세손과
　　　　　　　　　　　　　　　　　　　　정조의 아들 문효세자를 함께 모신 의령원, 효창원

　　그 밖에도 공개되고 있는 의령원과 효창원은 물론 현재는 비공개인 소
현세자의 소경원까지 안타까운 사연의 주인공들이 서삼릉에 연고를 두고
있다. 서삼릉을 나와 이국적인 풍경을 즐기려는 사람들로 붐비는 종마목
장을 말없이 바라만 보았다. 일제강점기부터 현대에 이르기까지 유난히
수모를 겪은 서삼릉이 언젠가는 제 모습을 찾길 소망한다.

　　고양에는 서삼릉 말고도 서오릉이라 불리는 대규모 왕실 묘역이 있다.
조선 후기 정치사 스캔들의 주인공인 숙종의 명릉과 장희빈의 대빈묘가
각각 반대편 끝자리에 터를 잡고 위치해 있다. 서오릉은 그 넓이만큼이나
산책길이 잘 조성되어 있고 보존상태도 훌륭하다. 서오릉에서 언덕만 지
나면 서울 은평구라 접근성이 수월해 다른 왕릉보다 탐방객이 많은 편이
다. 그래서인지 평일인데도 주차장은 만차였다.

서오릉은 5개의 왕릉뿐 아니라 순창원, 수경원, 대빈묘 등 왕실 구성원들의 묘소가 중간중간 자리해서 다 돌아보는데 최소 반나절 이상 잡아야 한다. 특히 제일 높은 곳에 위치한 창릉은 산 중턱까지 올라야 하기 때문에 상당한 체력도 필요하다. 그럼에도 불구하고 서오릉과 함께 한 반나절의 시간은 답답했던 일상에서 벗어나 상쾌한 공기도 쐬고, 사색도 할 수 있는 즐거운 시간이었다.

서오릉은 세조의 아들이자 성종의 아버지인 의경세자(덕종으로 추존)가 천수를 다하지 못하고 일찍이 사망해 서오릉에 장지를 마련하며 역사가 시작되었다. 현재 서오릉에서 은평구로 이어지는 고갯길을 벌고개라 부르는데, 설화에 의하면 땅속에 큰 벌집이 있던 자리를 지관이 명당으로 지

서오릉의 초입에 자리한 명릉은 스캔들의 주인공인 숙종과 인현왕후, 인원왕후의 능역이 자리한다.

서오릉의 깊숙한 곳에는 그 유명한 장희빈의 대빈묘가 있다.

목하고 이곳을 의경세자의 묘로 조성하면서 거처를 빼앗긴 벌들이 지관을 쏘아 죽였고 그래서 벌고개라는 이름이 붙여졌다고 전해진다. 하지만 필자가 생각하는 서오릉의 중심 왕릉은 들어가자마자 초입에 펼쳐지는 숙종의 명릉이다. 숙종은 장희빈과의 로맨스는 물론 당파싸움이 극으로 치닫던 시기에 환국이라는 묘수를 통해 왕권을 쥐고 영향력을 행사했던 왕으로 유명하지만, 각종 사극이나 영화 등 매체마다 다양한 모습이 부각되는 입체적인 인물이라 할 수 있다.

그의 복잡한 성격과 여러 스캔들 때문인 것인지는 모르지만 명릉은 두 번째 왕비인 인현왕후와 쌍릉으로 조성되고 그 봉분을 바라보고 있는 언덕에는 세 번째 왕비 인원왕후의 능이 들어서게 되면서 동원이강(同原異岡)

의 형식을 갖추게 했다. 묘역도 다른 왕릉보다 널찍하고 가장 양지바른 곳에 있어 위풍당당했던 그의 권력을 절로 느낄 수 있다.

명릉을 지나 제를 지냈던 서오릉의 재실이 나타나고 그 앞에는 일명 만남의 장소처럼 너른 터가 나온다. 그 공간에는 아름드리 은행나무와 단풍나무가 곳곳을 수놓고 있어 넓은 왕릉을 돌아보느라 힘든 탐방객들에게 충분한 휴식 공간을 제공하고 있다. 명릉을 지나 순로로 걷다 보면 수경원과 익릉, 순창원으로 이어지고 서오릉의 첫 입주객이라 할 수 있는 덕종(의경세자)의 경릉에 도달한다. 이곳에서 눈여겨볼 점은 덕종의 능과 덕종비인 소혜왕후의 능이 언덕을 마주 보고 묻혀있는데 덕종보다 소혜왕후의 능이 규모도 크고 화려하다는 점이다. 알고 보니 덕종은 사망할 당시의 신분인 세자의 예로 안장되었지만 소혜왕후는 먼저 유명을 달리한 남편이 이후에

서오릉의 첫 능역을 마련한 추존왕 덕종과 소혜왕후(인수대비)의 경릉

서오릉 초입에는 재실과 너른 공간이 자리해 오가는 사람들의 쉼터가 되고 있다.

왕으로 추존받아 왕비의 신분이 되었기에 그런 차이를 만들어 낸 것이다.

이제 서오릉 탐방은 경사가 진 산길로 이어진다. 초입엔 그 유명한 장희빈이 묻혀 있는 대빈묘가 한구석 음지에 웅크리듯 숨어있어 다른 왕릉에 비해 찾는 인적이 드물다. 원래 남양주에 안장되었던 대빈묘는 해방 후 이곳으로 옮겨왔다. 낭군이었던 숙종의 능과 지척을 두고 자리해 멀리서나마 무슨 하소연을 할지 궁금하다. 홍릉을 지나 창릉까지 올라가니 주위가 어둑해지고 퇴장 시간을 알리는 안내방송이 스피커를 타고 경내 전체에 퍼지기 시작한다. 서오릉 주변에는 맛집과 베이커리 카페가 많아 고양 시민들의 나들이 코스로 특히 선호되고 있다. 서삼릉과 서오릉이라는 굵직한 왕릉군을 거느리고 있는 고양은 앞으로 이와 연계하여 조선 왕조의 역사를 한자리에서 살필 수 있는 콘텐츠를 개발하면 어떨까 싶다.

북한산 계곡마다 서려있는 문화유산의 향기

일산과 덕양, 물과 기름처럼 서로 어울리기 힘든 두 성질을 하나로 묶을 수 있는 장소나 매개체가 있을까? 일단 두 지역이 마주 보고 있는 김포, 고양을 가르는 한강을 첫 번째로 들 수 있겠고, 다음으로 맑은 날 고양 땅 어디에서도 뚜렷하게 보이는 북한산을 꼽을 수 있겠다. 북한산이 종로에서도 잘 보이는 만큼 서울을 대표하는 산이 아닌가 반문하는 분도 더러 있을 것이다. 그러나 북한산의 옛 명칭인 삼각산을 구성하는 3개의 봉우리

천혜의 자연환경과 아름다움이 잘 보존되어 있는 북한산성 계곡

중 백운대와 인수봉의 행정구역이 고양시 덕양구 북한동의 영역이고 북한산성, 행궁, 승탑 등 주요 문화재 대부분이 고양 일대에 분포한다.

　북한산의 전체적인 맥락은 서울을 다룰 때 자세히 살펴보기로 하고, 고양 편에서는 북한산성 일대를 중심으로 알아보자. 북한산은 신라 때부터 국가의 명산으로 여겨져 제를 올렸고, 대한제국 시기에는 지리산, 묘향산, 금강산, 백두산과 함께 오악으로 지정되었다. 그만큼 상징성이 큰 산이고 방어의 요충지이기도 했다. 북한산의 수많은 봉우리 중 백운대, 보현봉, 문수봉, 의상봉, 원효봉 등을 연결해 쌓은 산성인 북한산성은 길이 12.7km에 이르며 내부 면적만 해도 여의도의 1.5배를 자랑한다. 이곳에서 고구려와 신라의 치열한 전투가 펼쳐졌고, 고려시대에 군대가 주둔했던 흔적이 남

산성을 수호하기 위해 건립한 13개의 사찰 중 하나인 서암사

아 있다. 조선 후기에 병자호란을 겪으며 도성과 연결되는 배후 성곽의 필요성을 절실히 느꼈고, 숙종 때 지금의 북한산성이 만들어졌다.

성벽에는 성문과 장대, 주둔부대인 훈련도감, 어영청, 금위영의 유영지와 군량미를 보관하는 창고 그리고 성벽을 보수하거나 관리를 위한 승병이 주둔하는 사찰들이 들어섰다. 또한 비상시에 임금이 거처할 행궁이 건설되었다. 유사시 한양의 백성들이 들어가 저항하기 위해 만들어진 북한산성의 식량을 계산한 결과 10만 석이 필요하다는 의견이 나왔다. 그 많은 곡식을 산성 내에 보관하기 힘들어 산 아랫동네에 창고, 즉 평창을 짓게 되니 그 장소가 지금의 평창동이다.

이곳에 가기 위해서는 삼송역에서 은평구로 내려가는 길을 두고 북한산 방면 계곡을 따라 거슬러 올라가면 된다. 하지만 그전에 길을 사이에 두고 있는 노고산 자락의 고찰 흥국사로 먼저 가보기로 하자. 문화유산에 비교적 관심이 많은 필자도 여수 흥국사는 들어봤는데 고양 흥국사는 낯설기만 한 장소이다. 이곳의 대방이 건축가들에게 독특한 장소로 여겨지기 때문에 사진만 찍고 나오려 했지만 절 입구의 거대한 은행나무 몇 그루와 가운데의 원문양이 독특해 보이는 불이문이 눈을 사로잡았다. 보통 고찰에서는 엄숙함과 무게감이 주로 느껴지는 데 반해 흥국사는 한구석에 자리 잡은 나무 그네와 소담한 인공 폭포 덕분에 마치 절이 아니라 근린공원에 온 듯한 인상을 풍긴다. 그러한 분위기가 엄숙한 종교 시설로 들어가는 긴장감을 완화해주며 대중에게 친숙하게 다가온다. 사세를 키워가는 다른 절들처럼 돈으로 치장하여 화려하게 지은 건물에서 풍기는 경박함이 아니라, 소박하지만 정갈한 분위기가 감돌고 있었다. 마치 종교시설이 아니라 친한 벗의 집을 방문하는 기분이랄까?

흥국사는 661년 신라 문무왕 시절 원효대사가 창건했다고 알려진 오래된 사찰이지만 조선 후기 왕실과의 인연으로 지금의 사세를 키웠다. 영조가 그의 생모 숙빈 최씨의 묘원인 소령원에 행차하는 길에 이곳에 들러 현판을 직접 하사해 약사전을 중건했고, 이후 왕실의 원찰이 되어 왕실 여인들이 이 절에 많은 흔적을 남겼다. 특히 흥국사 괘불은 1902년 고종의 후궁인 순비 엄씨가 발원하고 시주자로 많은 후원을 하면서 제작한 탱화로서 조선 왕실의 마지막을 함께 한 의미 있는 작품이다.

흥국사의 가장 명물은 중심 법당이 아닌 한옥 사랑채와 비슷한 구조의

건축물인 흥국사 대방이다. ㄱ자
형태의 건물이 기와집처럼 경내
의 중앙에 자리 잡아 법당인지 스
님들이 생활하는 요사채 공간인
지 성격을 가늠하기 힘든 요사스
러운 건물이다. 조선 말 염불이
성행하고 접대를 위한 공간의 필
요성이 대두되어 불전의 공간과
접대·생활의 공간을 함께 사용하
는 이른바 대방이라는 건축물이

산뜻한 분위기의 고양 흥국사

흥국사의 명물이자 ㄱ자 구조의 건물인 대방

이곳저곳 생겨났는데, 현대를 지나 대부분의 대방은 사라지고 여기 흥국사에서만 그 원형을 살필 수 있다고 한다.

대방 내부의 인상은 수행이나 신앙의 공간보다는 어린 시절 시골집에 놀러 갔을 때 한옥 구들장에 옹기종기 모였던 추억을 절로 떠오르게 한다. 아래에는 장판을 깔고 부분부분 양옥으로 개조한 것이 한옥 구들장과 상당히 유사했다. 다만 한구석에 자리한 불상과 탱화는 그래도 이곳이 법당이라는 장소를 상기해준다. 대방에서 나와 먼발치를 바라보니 북한산의 웅장한 자태가 어서 오라고 손짓하는 듯하다. 이제 흥국사를 나와 북한산성 계곡으로 본격적인 답사를 이어가 보자.

평일임에도 불구하고 많은 등산객 때문에 북한산성으로 들어가는 주차장이 벌써 만차다. 북한산의 수많은 봉우리를 병풍처럼 두르고 계곡을 걸으며 올라가는 이 코스는 가장 많은 이야기와 유적을 품고 있다. 탐방센터를 지나 고도를 높여갈수록 맑고 청아한 물줄기와 준엄한 산세가 강원도 못지않다. 과연 국립공원으로 지정될 만한 가치가 충분하다. 수문을 지나 북한산성 안쪽으로 들어선다. 이 성벽을 쌓은 주인공은 앞서 언급했던 조선 후기의 군주 숙종이라 할 수 있다. 임진왜란과 병자호란을 겪으면서 도성의 배후를 지킬 성곽을 쌓는 논의는 일찍이 있었지만 청나라의 눈치 때문에 쉽게 결행하지 못했다. 절대 권력을 자랑하고 국방에 관심이 많았던 군주 숙종이 밀어붙인 덕분에 6개월 만에 이 성벽을 완성한 것이다.

성벽은 평지, 봉우리, 산지 등 지형에 따라 높이를 다르게 하여 쌓았으며 대문 6곳, 보조 출입 시설로 암문 8곳, 수문 2곳을 두었다. 성 내부에는 임금이 비상시에 머무는 행궁, 북한산성의 수비를 맡았던 훈련도감, 금위영, 어영청의 주둔부대가 있던 유영 3곳, 군량을 비축했던 창고 7곳, 승병이 주둔하는 승영 사찰 13곳까지 수많은 시설이 존재한다. 이 계곡에는 꽤 많은 사찰이 지금까지 남아 있거나 복원을 앞두고 있다.

계곡을 지나면 꽤 너른 터가 나오는데 예전 북한동 마을이 있던 터라고 한다. 이곳은 2006년 추진된 북한산성지구 이주 및 정비사업을 통해 철거 작업이 이루어져 지금의 깨끗한 북한산성 계곡이 만들어진 것이다. 탐방로는 국립공원의 명성이 무색하지 않을 만큼 설명이 깔끔하게 되어 있었으나 자연, 생태 안내에 비해 역사적 사실을 담은 스토리텔링이 조금 아쉽게 느껴졌다.

계곡 깊숙이 들어갈수록 울창한 나무들 사이로 해가 가려지고 어둠이 서서히 스며들기 시작한다. 어느덧 북한산 노적봉과 증취봉 사이의 협곡에 쌓은 중성에 설치한 성문, 중성문이 나를 반긴다. 중성의 안쪽이 북한산성의 내성(內成)에 해당하는데, 이 내성에 행궁과 중흥사, 성창 등의 주요 시설이 집중되어 있다. 안쪽에는 북한산성의 책임자가 재임할 당시의 선정과 공덕을 담은 선정비군과 예사롭지 않은 암반 위의 정자가 보인다. 다산 정약용, 추사 김정희 등이 시를 읊었다고 하는 산영루가 바로 이곳이다. 북한산에서 가장 아름다운 정자로 소문났던 산영루는 1925년 대홍수로 소실되었던 것을 최근에 새롭게 복원한 것이다. 이곳의 경치는 여전하다.

이제 만나게 될 곳은 중흥사인데 고려의 명승 보우대사가 중창한 이후 줄곧 북한산 일대에서 가장 큰 사찰로 명성을 날렸다고 한다. 특히 이곳은

북한산성 내성 깊숙한 곳에 자리한 중성문. 이 성문을 통과하면 북한산성의 중심권역으로 들어간다.

북한산성의 가장 아름다운 정자로 이름난 산영루

승군의 총지휘자인 승대장이 머물던 승영이 자리했었다. 이곳 역시 1915년의 홍수로 파괴된 뒤 최근까지 터만 남아 있었다. 수많은 논의를 거쳐 최근에 복원을 마무리 지었고, 예전의 영화를 다시 찾을 날을 기다리고 있다. 중흥사까지 올라왔다면 맞은편 계곡에 자리한 태고사를 반드시 가봐야 한다. 이 절은 중흥사의 작은 암자였으나 태고 보우 스님의 입적 이후 그 존함을 따서 태고사란 이름이 붙었다.

이곳 역시 홍수와 전쟁으로 많은 피해를 입었지만 경내에 자리한 석조 유물 2기가 보물로 지정되어 있어 북한산 답사에 빠지지 않는 장소다. 높은 축대 위에 자리한 태고사 대웅보전 옆에는 2개의 보물 중 하나인 원증국사 탑비가 자리한다. 원증국사는 보우 스님의 시호이고 비문은 당대의 기재인 이색이 지었다 전해진다. 스님의 이름값에 비해 거북이 모양의 조각은 투박하게 보이지만 해학미가 느껴져 인간적으로 다가온다. 여기서 산신각 뒤편으로 난 계단을 지나면 둥근 달걀을 두 개 쌓아서 올린 듯한 원증국사 승탑을 볼 수 있다. 북한산 계곡 가장 깊숙한 지점에 위치한 이 승탑 역시 보물로 지정된 만큼 수고스러움을 충분히 감내할 만하다.

태고사가 자랑하는 보물, 원증국사 탑비

태고사 뒤편 언덕에는 원증국사의 승탑이 자리한다.

신도시의 명과 암

일산대교를 건너 자유로를 통해 지나가는 일산신도시의 풍경은 너무나 익숙하다. 과연 특별한 게 있을까 싶지만 이번엔 여행자의 눈으로 칙칙한 회색도시의 속살을 파헤치려 한다. 국민소득의 증가는 물론 올림픽도 개최하면서 경제가 제 궤도에 올랐던 1980년대, 양적으로는 성장했지만 그 이면에는 서울 집중화로 인해 주택난과 투기열풍이 심화되었던 시기라는 문제가 있었다. 부동산 가격은 끝도 보이지 않을 만큼 뛰었고, 전문 투기세력인 이른바 '복부인'도 가세하자 일반 서민의 피해는 말로 할 수 없을 만큼 힘들었다.

폭등한 집값 때문에 피해가 눈덩이처럼 불어나자 이를 좌시할 수 없었던 정부는 평촌과 중동, 산본신도시 계획을 발표했다. 공급을 늘려 가격을 안정시키겠다는 의도였다. 그러나 집값은 잡히지 않았다. 결국 노태우 정부는 1989년 4월 획기적인 주택 공급 확대 정책을 발표한다. 서울의 남쪽과 북쪽에 각각 하나씩 대규모 신도시를 조성한다는 계획이었다. 그렇게 탄생한 작품이 성남의 분당신도시와 고양의 일산신도시다.

원래 일산은 북한과 비교적 가깝고, 대부분이 농지에다가 장마철마다 홍수의 피해가 극심했던 지역이기에 신도시의 가능성이 별로 없던 동네였다. 처음 신도시 계획을 발표했을 때 아파트를 방호벽으로 사용해 전시에 입주민들을 방패막이로 쓴다는 괴소문이 돌기도 했다. 그럼에도 불구하고 우여곡절 끝에 신도시의 대명사 중 하나로 자리 잡았다. 일산신도시는 우리나라 도시계획 최초로 택지를 개발할 때 자연경관을 가급적 살린 것이 특징으로, 호수공원과 정발산공원이 그 대표적인 예다. 특히 일산 호수공원은 이후 신도시들이 생길 때마다 의례적으로 따라야 하는 롤모델로서 자리 잡을 정도로 조경과 시설이 잘 갖춰져 있고, 단순히 공원을 넘어 하나의 랜드마크로 자리매김 하였다.

일산신도시 덕분에 1990년대 중반 집값 안정화가 되었지만 지하철이 완공되기 전에 입주해 초기 주민의 출퇴근이 어려웠고, 주택 위주로만 도시를 건설하여 백화점과 쇼핑타운이 들어서기 전까지 베드타운의 한계를 벗어나지 못한다는 평을 듣기도 했다. 또한 짧은 기간 안에 많은 아파트를 짓다 보니 설계와 디자인이 천편일률적이라는 점도 눈에 띈다.

이제 신도시가 건설된 지 수십 년이 지났다. 그 당시 건설되었던 수많은 아파트는 이제 재건축을 기다리고, 어느덧 후배 격인 2기, 3기 신도시의 등장으로 존재감이 예전 같지 않지만, 수많은 사람이 각자의 이야기로 흔적을 남기며 이 신도시 또한 단순한 아파트촌이 아닌 하나의 도시로서 정체성을 형성하고 있지 않을까 생각했다. 과연 일산신도시는 어떤 이야기를 담고 있을까?

먼저 밤가시마을로 떠나보려 한다. 예전부터 밤나무가 많아 율동(栗洞)이라고 불리기도 했었고, 미국에서나 볼 법한 단독 주택 단지가 많아 〈신기한 TV 서프라이즈〉의 주 촬영 장소로 애용되었던 동네이다. 얼핏 보면 단순한 부촌 같지만 주택 단지를 지나 밤가시공원 쪽으로 걷다 보면 세련된 인테리어의 가게들이 여기저기서 보이기 시작한다. 화려한 간판과 눈에 띄는 쇼룸도 없지만 마을 전체에서 풍기는 차분한 인상과 멋스러움이 더해져서 그저 걷기만 해도 다른 핫플레이스와의 차별점이 보였다. 망리단길, 경리단길처럼 이 장소를 밤리단길로 부르지만 조용한 이 느낌이 마음에 든다.

천천히 둘러보다가 마을의 상징적인 맛집이라 할 수 있는 밤가시버거집에 발을 딛게 되었다. 수제버거는 훌륭했고, 고구마튀김도 괜찮았다. 맛도 맛이지만 놀라웠던 사실 중 하나가, 입구에는 밀가루 포대가 쌓여있고 매장 안에는 빵을 굽는 오븐이 있다는 점이다. 햄버거에서 번이란 존재는 단순히 패티를 덮는 빵일지도 모른다. 하지만 맥도날드는 번의 맛이 햄버거 전체의 맛을 좌우한다는 사실을 알고 과감하게 번을 교체하기도 했다.

밤리단길에 자리한 밤가시버거

이처럼 중요한 번을 위해 이곳은 직접 제빵을 한
다고 하니 사소한 포인트에 감동을 느꼈다.

　이제 거리에서 벗어나 마을 전체를 둘러보기로 하자. 밤가시마을에는
비버리힐스를 연상시키는 주택도 있고, 트렌디한 맛집과 카페도 두루 분
포한다. 하지만 상징적이면서 가장 오래된 장소는 언덕 위에 솟아 있는 초
가집인 밤가시초가다. 밤가시초가는 밤나무로 만든 집인데 지붕이 도넛
형태로 가운데가 뻥 뚫려 있다. 가운데 자리에는 홍수 피해를 방지하고자
웅덩이를 깊게 판 것이 인상 깊었는데, 안마당 위로 똬리 모양의 지붕이 열
려 있어 고개를 들고 하늘을 바라보면 지붕으로 이어지는 선의 아름다움
을 감상할 수 있다. 아파트로 가득했던 일산신도시에 이런 문화재가 보존

되어 있다는 사실이 놀라울 따름이다. 밤가시거리와 연계되어 하나의 문화벨트로 창조되길 바라며 다음 장소로 이동해본다.

일산신도시를 안 가본 사람은 있어도 일산 호수공원은 모르는 사람은 없을 정도로 이 신도시의 명물로 자리 잡았지만, 호수공원을 조성하기까지 많은 난제가 있었다. 요즘은 신도시마다 기본 옵션으로 호수공원이 따라 오지만 90년대 중반만 해도 도시 한가운데 거대한 호수공원을 조성하는 일에 대해 공간 낭비라는 비판과 함께 외지 사람들의 일탈 현장으로 쓰일 수 있다는 염려가 만만치 않았다. 하지만 이후 일산 호수공원은 단순히 공원을 넘어 하나의 관광명소로 그 이름을 널리 알리고 있다.

일산 호수공원은 일산신도시 남쪽에 동서로 거대한 규모를 자랑하고

예전 가옥 형태를 보여주는 밤가시초가

밤가시초가에서 바라보는 밤가시마을

있으며, 개장 당시 동양에서 가장 큰 호수공원이라는 타이틀을 달기도 했다. 실제 산책로의 길이가 4.9km 정도라 걷는데 꽤 많은 시간이 걸린다. 달맞이 섬을 중심으로 경관이 펼쳐져 있는 일산 호수공원은 계절마다 다양한 풍경을 보여준다. 확실히 연륜이 오래된 편이라 그런지 다른 호수공원보다 고목들이 많고, 숲이 우거져 다채로운 아름다움이 담겨 있다. 새로운 맛집이 빠르게 생기고 있지만, 세월을 간직한 노포의 존재는 이기기 어렵듯이 일산 호수공원 역시 흘러간 세월만큼 도시의 일부가 되어 많은 이야기를 뿜어내고 있었다.

　호수 중간에는 선인장 전시관, 작은 동물원, 전통 정원등 여러 명소가 중간중간 우리의 발길을 잡게 한다. 호수는 각도, 높낮이에 따라 다른 모습

일산신도시의 랜드마크로 자리매김한 일산 호수공원은 이후 신도시에 들어서는
모든 호수공원의 롤모델이 되었다.

을 보이기에 우리의 발길을 계속 멈추게 만든다. 어느새 해가 넘어가면서
호수를 붉게 물들인다. 신도시의 바쁜 하루도 이렇게 저물고 있다.

　일산신도시의 구조를 보면 남북으로는 정발산과 일산 문화공원을 거쳐
호수공원까지 자연을 콘셉트로 한 주제로 설계되어 있고, 동서로는 라페
스타와 웨스턴돔을 중심으로 상업시설이 횡으로 뻗어 있다.

한양으로 들어가는 관문, 행주산성

자유로를 타고 서울로 넘어가기 직전 산 너머 정상엔 기다란 비석이 우뚝 서 있다. 이곳을 기점으로 항상 차가 막히는 구간이라 필자는 이 비석을 올려 보며 수많은 상상을 하곤 했다. 이곳은 임진왜란 3대 대첩 중 하나인 행주대첩의 현장이지만 평범한 흙산으로만 보였기에 막상 가도 특별할 게 없지 않을까 생각했다. 게다가 행주산성에 찾아가도 이 지역이 워낙 먹거리가 많은 동네이다 보니 발목을 잡혀 시간을 허비하곤 했다. 언제라도 쉽게 찾아갈 수 있다는 핑계 덕분에 여태껏 행주산성을 제대로 둘러보지 못했다. 하지만 행주산성 근방에는 먹거리촌 말고도 우리의 눈길을 잡아두는 명소가 많다. 이번에는 무슨 일이 있어도 꼭 산성 정상을 밟아 저 비석 앞에서 한강을 내려다보기로 다짐한다.

먼저 거대한 고양 스타필드 옆 구석에 자리 잡은 밥할머니 공원이다. 이곳에는 목이 잘린 석상 하나가 외로이 한구석을 차지하고 있지만 행주산성과 더불어 임진왜란과 관련된 의미가 있는 유물이다. 임진왜란 당시 북한산 부근의 문씨 집안에는 여장부 해주 오씨가 있었는데 그녀는 왜군을 퇴각시킨 지혜를 발휘하였다. 먼저 북한산 봉우리를 볏짚으로 감싸 군량미를 쌓은 노적 기리처럼 위장하고, 냇물에 석회가루를 풀어 흘려 보낸 뒤 왜군에게 "조선군에는 산더미 같은 군량미가 있는데 이 뿌연 물은 거기서 내려온 쌀뜨물이다."라고 속였다. 이를 들은 왜군은 허기진 배를 석회 물로 채웠고 그것이 복통 설사를 일으켜 사기를 꺾었다. 결국 왜군은 퇴각하였고 그 이후 위장한 봉우리를 노적봉이라 부르게 되었다. 오 씨는 이후에도 인근의 부녀자들을 모아 여성 의병대를 조직하고, 전쟁에서 군인들에게 밥을 지어주며 부상병을 치료했기에 오 씨를 밥할머니라 불렀다고 한다.

밥할머니는 행주대첩 당시에도 공적이 있었기에 이후 왕은 밥할머니의 공을 인정하여 정경부인에 봉했고, 후세 사람들은 그녀의 석상과 비석을 창릉 모퉁이에 세우며 기렸다. 이 밥할머니 석상은 조선의 주요 대로였던 관서대로에 있었기에 그 위상은 남달랐으며 오랜 기간 동안 이 지역의 명물로 알려졌다. 하지만 일제강점기 당시 밥할머니의 목 부분이 훼손되어 지금의 모습만 남아 있게 되었다. 마을 주민에 따르면 머리 부분을 새로 만들면 마을에 좋지 못한 일이 생긴다고 해서 지금도 목이 없는 상태로 남아

밥할머니 석상은 현재 목이 잘린 채로 남아 있다.

한옥 양식을 지닌 행주성당

있다고 한다. 현재는 공원이 조성되어 밥할머니 석상을 이전하고 한쪽 구석에 모셔두었지만 가끔 동네 주민이 산책 삼아 올 뿐 그 누구도 주목하지 않는 신세다.

이 근처에 함께 갈 만한 역사 여행지로는, 창릉천에 자리 잡아 한강 연안의 서부 사람들이 서울을 오가는 교통로로 이용하던 강매동 석교와 행주 나루터에 조성된 역사공원이 있다. 행주대교를 지나 산성으로 들어가기 전 행주성당이 있는데 그냥 지나가기 아쉬운 장소다. 행주성당은 명동성당, 약현성당 다음으로 수도권에서 오래된 천주교 성당으로 1910년 세워졌다가 1928년 현재의 자리로 옮겨졌다. 등록문화재로 지정되어 있으며 소박한 한옥의 느낌이라 산사 같은 고즈넉한 분위기마저 감돈다.

드디어 행주산성의 입구에 도착했다. 역사적 향기가 진한 장소답게 거대한 아름드리 은행나무들이 노란 옷을 갈아입고 환영 인사를 건네는 듯했다. 행주산성은 돌로 쌓은 석성이 아니라 흙으로 쌓아 올린 토성이다. 그래서 성을 답사하는 느낌보다는 산책 혹은 산행을 하는 듯한 기분이 든다.

행주산성은 임진왜란의 승전지로 유명하지만 필자는 전쟁을 이끌었던 권율 장수에 대해 더 흥미가 있었다. 권율은 늦은 나이인 46세에 문과에 급제했지만 임진왜란이 일어나자 전라도 광주 목사에 임명되면서 뒤늦게 그의 삶에 꽃이 피기 시작했다. 호남지방을 확보하려는 왜군을 상대로 호남으로 가는 길목인 이치 고개에서 일본군을 상대로 큰 승리를 거둔 것이다. 그동안 패배를 면치 못했던 조선군이 육지에서 처음으로 크게 승리한

행주산성에서 바라 본 자유로

전투였다. 이 승리 이후 1만의 군사를 모집해 오산의 독산성에서 또 한 번 승전을 거둔 권율은 한양 수복을 위해 행주산성까지 진격하게 된다. 비록 명군이 벽제관 전투에서 패배해 권율은 행주산성에서 고립되었지만 왜군 3만을 상대로 의병, 승군 심지어 여성(밥할머니 포함)까지 합세하여 조선 첨 단무기인 신기전 등을 사용해 큰 승리를 했고, 이후 조선의 전군을 지휘하 는 도원수의 지위까지 올라가게 된다. 늦은 나이에 출사해 무인으로 전환 한 권율은 대기만성의 귀감이라 할 만하다. 이런저런 생각을 하며 오르다 보니 어느새 시야가 확 트인다. 눈앞으로 거대한 한강이 장구한 자태를 뽐 내며 흐르고 있고, 자유로에는 수많은 차량이 거북이처럼 기어가고 있었 다. 과연 고양 답사의 대미를 장식할 만한 장소이다.

행주산성 정상에 자리한 행주대첩기념비

마지막은 경의선 기찻길 변에 조성된 먹거리촌인 애니골에서 음식과 차를 즐기며 마무리하려 한다. 사실 행주산성 근처에 잔치국수를 필두로 많은 맛집이 있고, 애니골에도 괜찮은 곳이 더러 있지만 이곳의 대표 맛집은 숯불오리구이로 유명한 가나안덕이다. 식당 하나가 아니라 그 주변을 외식타운으로 조성해서 카페에서 차도 즐기고 산책도 즐길 수 있게 구성했다.

그동안 고양을 길게 한번 떠나봤는데 확실히 일산과 덕양구 쪽은 시가지가 단절되어 있다. 하지만 그런 부분은 시간이 흐르며 점점 옅어질 것 같고 각 동네마다 대중의 관심은 덜 받지만 나름의 역사는 존재하는 것을 확인했다. 고양이 북한산과 한강을 중심으로 나름의 전통을 지켜가며 경기 북부권의 중심 도시로서 자리 잡길 기대해본다.

[부천, 의정부]

해방 후 급변기에
형성된 동네에서
이제는 콘텐츠의
도시를 꿈꾸다

해방 후 급변기에 형성된 동네에서
이제는 콘텐츠의 도시를 꿈꾸다

서울과 인천 사이에 자리한 작은 도시, 이제는 FANTASIA 부천

우리나라를 대표하는 서울과 인천 사이에 끼어 이미지가 희미하고 크기도 조그마한 도시가 하나 있다. 심지어 경기도 지역번호인 031을 쓰는 게 아니라 인천 지역번호인 032를 사용한다. 중동신도시로 대표되는 수많은 아파트가 숨 쉴 틈 없이 모여 있는 이 도시, 바로 부천이다. 필자가 이 도시에 대해 개인적으로 가지고 있는 기억은 수도권 전철 1호선을 타고 인천으로 향하거나 가끔 송내역 근처의 군부대로 면회 갔던 일이 전부이다. 나에게 부천은 평범한 위성도시 그 이상도 이하도 아니었다.

부천은 면적도 53.45km²로 서울의 웬만한 구보다 작다. 바로 옆에 인천이 있다 보니 일개 구로 흡수될 뻔한 적도 있었다. 실제로 부천의 명칭 자체가 인천과 부평에서 한 글자씩 따온 것이다. 하지만 1호선의 혜택 덕분에 개발이 일찍 이루어져 좁은 면적에 인구가 90만까지 폭발적으로 성장했고, 한때 경기도에서 가장 많은 인구를 지닌 시로 성장해 최초로 분구

부천시립박물관의 전경

가 이루어졌던 적도 있었다. 그러나 최근 인구 감소로 인해 사회적 문제가

대두하면서 도시의 이미지를 제고할 필요성이 부각되기 시작했다.

　도시마다 다양한 표어가 있지만 창의력도 부족하고, 뇌리에 감길만한

표현도 딱히 없던 걸로 기억한다. 하지만 'FANTASIA 부천'은 예외인 듯하

다. 조그만 면적의 도시에 수많은 박물관이 들어서고 자체적으로 교향악

단을 가지고 있으며, 우리나라 3대 영화제 중 하나인 판타스틱 부천영화제

까지 열고 있다. 도시를 둘러볼수록 우리가 알지 못했던 부천의 새롭고 색

다른 면모를 발견해가는 과정이 즐겁다.

　물론 부천에 도달하는 과정은 유쾌하지 못하다. 수많은 정체 구간 중

유독 평일, 주말을 가리지 않고 언제나 자주 막히는 악명 높은 수도권 외곽

순환 고속도로 부천 구간을 지나야 하기 때문이다. 게다가 시내 도로 폭은 좁고 붐비는 구간이 많다. 그러나 이 좁은 땅의 역사는 생각보다 만만치 않다. 경인고속도로 신월IC에서 조금만 들어가면 고강동 선사유적이 나오는데 한강 유역의 대표적인 청동기 시대 취락 유적이다. 부천에는 청주 한씨, 밀양 변씨 같은 조선 시대 명문 세가의 묘가 분포되어 있으며 화유옹주묘, 경숙옹주묘 등에서 나온 부장품은 궁중과 양반가의 생활을 파악하는데 중요한 자료로 쓰이고 있다.

춘의산 자락에 있는 여월동은 현재 평범한 주택가이지만 원래 점말이라 불리는 옹기마을이 있었다. 천주교 박해를 피해 온 사람들이 두 기의 가마를 설치하고 질그릇을 구운 데서 마을 이름이 생겼다. 지금 이 자리에는

여월동은 본래 옹기마을로 유명했다.

부천시립박물관의 교육관   부천시립박물관에서는 유럽자기를 볼 수 있다.

최근에 개관한 부천시립박물관이 새롭게 들어섰다. 부천의 캐치프라이즈
중 하나인 '박물관 도시'의 이미지를 확고히 하기 위해 향토자료관을 비롯
해 옹기, 수석, 유럽자기, 교육박물관을 한자리에 모아 새롭게 탄생한 박물
관이다. 주제가 광범위해서 조금 산만할 거라고 생각했지만 관람 동선과
배치가 자연스러운 흐름으로 구성되어 있어 누구에게나 흥미진진하게 느
껴질 것이다.

　부천은 오랜 기간 부평군에 속해 있다가 1914년 부군면통폐합(府郡面
統廢合)으로 새롭게 탄생한 도시다. 도시명의 유래에 대해서는 앞서 언급한
부평의 '부'와 인천의 '천'에서 따왔다는 견해와 내(川)가 많아서 그렇게 지
었다는 견해가 있다. 1929년 부천의 인구는 7만 5천 명이었지만 2000년
에는 인구 87만 5천 명까지 증가했다. 하지만 다른 도시보다 면적이 좁은
한계, 택지개발이 새롭게 진행된 다른 도시로의 인구 유출 등이 겹쳐 현재

는 80만 명 아래로 붕괴된 상황이다. 하지만 인구가 많다고 해서 좋은 도시라는 법은 없다.

원미산 자락은 봄마다 복사꽃으로 물든다

이제 박물관을 나와 원미산 자락을 끼고 남으로 내려간다. 이곳은 봄만 되면 연홍색의 복숭아꽃으로 산 전체가 물든다. 예전 부천은 원미산, 성주산 일대에 복숭아 과수원이 많아 복사골로도 불리기도 했다. 어느덧 차는 부천역을 지나 성주산을 끼고 오르기 시작한다. 긴 골목길의 끝에는 노벨문학상 수상자이자 소설 『대지』의 작가로 익숙한 펄벅 여사를 기리는 펄벅

펄벅희망원 터에 들어선 펄벅기념관.
펄벅 여사는 1,500명 이상의 아동을 돌봤다.

펄벅기념관에는 펄벅과 한국의 인연에 관한
자료가 전시되어 있다.

기념관이 있다. 부천 주택가에 왜 미국 작가의 기념관이 있을까 의문을 표하는 독자들도 분명 있을 것이다.

기념관을 중심으로 극동아파트에 이르는 구역이 예전에는 유한양행의 공장이 있던 영역이었다. 유한양행을 세운 유일한 박사는 이전부터 펄벅과 친분이 있었다. 펄벅 여사는 1960년 처음 한국을 방문했고, 이곳에서 차별받는 한미 혼혈아동에 대한 관심이 지대했다. 그녀는 소사 공장 부지를 매입해 '펄벅희망원'을 설립했고, 이 희망원은 그녀가 세상을 뜬 이후 1976년까지 1,500명 이상의 아동을 돌봤다고 한다. 펄벅은 왜 이렇게 벽지에 있는 한국에 와서 헌신하는 삶을 살게 되었을까? 선교사인 부모님을 두었던 펄벅은 어렸을 때부터 중국으로 이주해서 성장했지만 금발의 푸른 눈을 가졌기 때문에 생김새가 다르다는 이유로 중국에서 차별받는 어린 시절을 보냈다고 한다. 이후 난징대학교에서 학생을 가르치며 중국을 배경으로 한 소설 『대지』를 집필한 것도 이와 무관하지 않다. 한국을 방문한 이후 펄벅은 이곳을 무대로 쓴 장편소설 『갈대는 바람에 시달려도』에서 한국을 '고상한 사람들이 사는 보석 같은 나라'라고 극찬했다. 기념관은 비록 크지 않았지만 펄벅의 삶과 한국에 대한 애정이 곳곳에서 느껴졌다. 그녀의 한국 이름은 영어를 그대로 직역한 최진주였다. 중국에서는 새진주(賽珍珠)였지만 한국에는 없는 성씨라 그렇게 고쳤다고 한다. 이제 부천에는 더이상 유한양행도 펄벅희망원도 없지만 이렇게 기념관이 남아 그녀와 펄벅재단의 정신을 기리고 있다.

부천의 동서를 가로지르는 혼잡한 경인로를 지나 이번에는 상동으로 올라가 보기로 한다. 1기 신도시 중 하나인 중동신도시로서 부천에서 가장 깔끔하게 구획된 도시 구역이라 할 수 있다. 한때 부천은 애니메이션 도시를 콘셉트로 삼기 위해 송내역에서부터 위쪽 거리를 둘리 광장과 둘리의 거리로 만들어 둘리 동상도 세웠지만 관리가 부실해 현재는 철거되었다. 하지만 상동 호수공원 맞은편에 있는 한국만화박물관에서 그간의 아쉬움을 충분히 달랠 수 있다. 이곳은 일제강점기 시절 종로 거리를 그대로 재현했던 드라마 〈야인시대〉 세트장으로 유명해져 부천의 명소로 떠올랐다. 바로 뒤편의 전 세계 명소를 미니어처로 재현해놓은 아인스월드와 더불어 방송국의 수많은 예능, 광고 촬영 장소로 사랑받기도 했다. 현재는 야인시대 세트장과 아인스월드 모두 문을 닫았고, 부천 영상문화단지라는 이름을 달고 새로운 출발을 준비하고 있다. 어릴 때의 추억으로 혹시 흔적이라도 남아 있을까 찾아가 봤지만 아주 깔끔하게 치워져 아쉬운 마음이 들었다.

사극이나 시대극을 방영하게 되면 세트장을 새롭게 만들어서 쓰는 경우가 많고, 드라마가 큰 인기를 얻게 되면 세트장 자체가 관광 명소로 자리 잡아서 많은 사람이 추억을 찾아서 오게 된다. 그러나 극이 점점 잊혀지면 찾는 사람도 줄어들고 세트장은 폐허로 변해간다. 세트장 특성상 제작비를 아끼기 위해 사용하는 것이 아니라 촬영만을 위해 만들어진 건물이 대부분이다. 그래서 건물의 수명이 짧고, 지속적인 보수도 어려우며 다른 용도로 사용하기도 힘든 요건들이 세트장이 가진 한계인 것 같다. 전국에 걸쳐 애물단지가 되어가는 세트장이 많은 편인데 사후 활용에 대한 방안을 지속적으로 고민해 볼 문제다.

한국만화박물관. 해마다 만화 축제가 성대하게 펼쳐진다.

다시 초입으로 돌아와 부천이 자랑하는 명소이자 해마다 만화축제가 성대하게 개최되는 한국만화박물관으로 들어가 보도록 하자. 원래는 부천 종합운동장 한구석에 자리한 조그마한 규모였지만 현재의 자리에 오픈하면서 한국만화영상진흥원과 함께 거대한 만화테마파크로의 도약을 꿈꾸고 있다. 만화 자체의 주제도 정말 흥미롭지만 단순히 전시를 하는 공간을 넘어 남녀노소 누구나 흥미를 끌 수 있는 테마를 함께 즐길 수 있도록 구성했다. 1층 로비로 들어가면 탁 트인 넓은 공간과 함께 흡사 거대한 규모의 멀티플렉스에 온 것 같은 느낌을 준다. 이곳의 만화영화 상영관에서는 시간마다 애니메이션을 상영한다. 화장실에 곳곳에는 친숙한 만화 캐릭터가 그려져 있어 마치 만화영화 속으로 들어온 듯한 기분이 들었다.

추억의 만화방을 재현해 놓았다.　　　　　　인기있는 최신 웹툰과 관련된 전시도 볼 만하다.

　　3층에 있는 상설전시관부터 본격적인 관람이 시작된다. 한국 만화의 역사부터 시작해 예전 만화방, 골목 등을 재현하여 그 시절을 추억해 볼 수 있는 공간이 조성되어 있고, 100년 전의 만화부터 오늘날의 웹툰에 이르기까지 가족과 함께 공감대를 나눌 수 있는 곳이다. 특히 박물관 내부의 추억의 만화방 '땡이네 만화가게'는 60~70년대의 만화방을 재현해 놓았는데 곳곳에 구비되어 있는 소품들과 디테일이 살아 있었다.

　　4층은 만화체험관이다. 현재 만화계를 이끌어가는 웹툰을 주제로 하여 다양한 체험을 즐길 수 있다. 웹툰 〈조선왕조실록〉에 나왔던 장면들을 인터렉티브 미디어로 체험하는 전시는 물론 〈공포의 외인구단〉을 배경으

만화박물관의 명물, 만화도서관

로 직접 공을 던져 볼 수도 있다. 이 박물관의 하이라이트는 2층의 만화도
서관이라 봐도 무방하다. 근처 주민들은 만화도서관을 이용하기 위해 박
물관을 찾는다고 한다. 31만 권의 국내외 만화도서 및 관련 자료를 소장한
국내 최대 만화전문도서관으로, 전시된 만화의 표지만 살펴보았을 뿐인데
한 시간이 훌쩍 지나가버렸다. 다른 도시에서 좀처럼 체험하지 못하는 부
천의 매력을 발견한 것 같아 기분이 홀가분해졌지만 한편으로는 좀 더 오
랜 시간을 보내지 못한 아쉬운 마음이 든다.

새로운 정체성을 만들어가려는 노력

부천은 수많은 경기도의 도시 중 가장 먼저 급격한 발전을 이뤘지만 필연적으로 따라오는 부작용도 무시할 수 없었다. 대표적인 것이 환경오염이다. 시대가 변하면서 시내 중심부에 위치한 혐오시설에 대한 목소리는 점차 높아져만 갔고, 논의 결과 도심지에 있던 쓰레기 소각장과 발전소는 시 외곽으로 이전하거나 문을 닫게 되었다.

그중에서 가동이 중단된 부천 삼정동의 폐기물 소각장은 새로운 모습으로 변화했다. 1995년 가동을 시작해 하루 200톤의 쓰레기를 소각해 처리하던 이곳은 다이옥신 파동과 시민들의 환경운동으로 2010년 가동을 멈추고 폐쇄되었다. 4년 동안 흉물로 방치되다가 2014년 문화관광부와

옛 소각장의 재탄생, 복합예술공간
부천아트벙커B39

쓰레기 소각장이라는 거대한 공간을 활용한
다양한 전시가 펼쳐지고 있다.

부천시의 합동 프로젝트를 통해 2018년 복합예술공간 부천아트벙커B39로 새롭게 태어난 것이다. 쓰레기 소각장이라는 낯선 공간과 그것을 태우고 처리하던 기계들의 공정 그리고 다루던 사람들의 노동 장면에 영감을 얻어 기술과 문화, 인간 그리고 예술을 담는 공간으로 변신을 꾀했다. 거대한 공장 같은 공간에서 수많은 아티스트가 저마다의 이상과 메시지를 마음껏 뿜어내는 장소라 할 수 있다.

당장이라도 가동할 것 같은 발전소 건물을 돌아 들어가면 굴뚝을 갖추고 있는 아트벙커의 위용을 접할 수 있다. 문을 열면 당장이라도 거대한 로봇이 뛰어나와 적을 무찌를 기세였다. 아트센터인지 공장인지 의구심이 들었지만 입구 주변의 공원을 살펴보니 폐품을 활용한 타악기가 이곳저곳 설치되어 있어 직접 악기를 다뤄보는 경험도 할 수 있었다. 긴장감은 누그러지고 본격적으로 아트벙커를 즐겨보기로 한다. 입구에는 의외로 카페가 들어와 있었다. 소각장 건물 자체가 크고 배관이 훤히 들어다 보이는 구조라 인테리어를 특별히 하지 않아도 그 자체로 독특한 분위기를 만들어내 좋았지만 우선 소각장이 어떤 과정을 통해 탈바꿈했는지 호기심이 생겼다. 도슨트의 친절한 설명으로 쓰레기 소각로를 따라 설치되어 있는 현대 예술품을 감상하기로 한다. 하루에 수십 톤의 쓰레기가 담기던 공간은 미디어아트를 보여주는 상영관이 되었고, 특히 쓰레기 저장고 위로 설치된 두 개의 돛단배가 끊임없이 움직이며 태엽을 감는 소리가 났는데 마치 둘의 대화를 연상시키는 듯한 느낌을 받았다.

공장 매연이 나오던 장소는 그 자체만으로도 오브제가 되어 현대문명에 대한 위기를 표현하는 예술작품으로 변모하였고, 중앙 제어장치는 백남준의 작품처럼 미디어아트를 연상하게 만드니 오랜만에 신선한 충격을 받은 좋은 장소였다.

답사 막바지에 갑자기 배꼽시계가 울린다. 부천은 면적에 비해 워낙 먹거리가 다양하지만 뇌리에 스쳐 지나가는 몇 가지 음식이 있다. 하나는 부천에서 시작해 지금은 전국적인 프랜차이즈로 자리 잡은 조마루감자탕이다. 조마루라는 명칭은 부천 원미동의 큰 고개를 이르는 말로, 마루는 언덕 위의 큰 평야를 의미한다. 예전에는 이 언덕에서 조를 크게 재배했다고 알려져 왔다. 한낱 프랜차이즈에 부천의 역사와 지명이 담겨 있다는 사실이 놀랍다. 다른 하나는 중국집이다.

부천은 서울과 인천 사이에 있고 경인선을 통한 접근성이 편리했기 때문에 중국에서 이민 온 화교들이 대거 정착한 지역 중 하나이다. 그래서 이곳 부천에는 화교들이 창업한 중국집이 많다. 그중 나는 잡채밥으로 유명한 복성원을 가장 사랑한다. 이곳 주위에는 백짬뽕으로 유

부천의 대표적인 노포 복성원.
현재는 근처의 건물로 이전했다.

[부천, 의정부] 해방 후 급변기에 형성된 동네에서 이제는 콘텐츠의 도시를 꿈꾸다

명한 태원이 있었지만 각종 미디어에 노출되면서 사장님의 건강악화로 문을 닫았다고 한다. 수많은 맛집이 겪는 문제인데 부디 태원의 백짬뽕을 다시 맛보는 날이 오길 바란다.

복성원 역시 최근 재개발로 인해 근처의 새 건물로 이주했다. 예전의 복성원은 낡았어도 정갈한 분위기가 가게 내부에 감돌았었다. 홀에 테이블이 4개 정도 있는 작고 아담한 규모였고, 중앙에는 예전 학교에서나 볼 만한 낡은 난로가 식당 전체를 은은한 따뜻함으로 덮고 있었다. 그 시절은 지났지만 잡채밥은 여전히 그대로였다. 참고로 복성원의 잡채밥은 짜장 소스 대신 매콤한 소스가 들어간다. 매콤한 소스의 잡채밥은 냄새에서부터 불향이 은근하게 피어오르고 재료 하나하나가 살아 있는 독특한 개성을 가진 요리다. 복성원의 맛과 분위기가 계속 이어가길 빌며, 작지만 콘텐츠가 풍부한 부천의 이야기를 마무리하려 한다.

306 보충대의 추억, 의정부 이름의 유래는?

나이를 먹어갈수록 몇 년만 젊었으면 하는 생각이 들 때가 많다. 나태하게 보냈던 젊은 시절에 대한 반성과 후회를 할 때마다 과거를 되짚어 보며 시간을 되돌리고 싶은 마음이 든다. 하지만 어느 한 시점에 멈추게 된다면 시간 여행을 진행하던 나의 태엽이 어느새 제자리로 돌아오게 된다. 필자의 그 순간은 대한민국 대부분의 남성과 마찬가지로 입대 당시가 아닐

장암역 앞에서 바라 본 도봉산

까 싶다. 대학생 시절 한없이 자유로운 생활을 누리다가 입대와 동시에 빽빽한 규율에 묶여버린 2년의 세월, 그 출발을 시작했던 장소가 바로 의정부에 있던 306 보충대였다.

입대 당일 아버지의 차를 타고 인천에서 출발해 수도권 외곽순환도로를 따라 창밖으로 보이던 풍경이 지금도 생생하다. 북한산의 거대한 돌산들을 보며 앞으로의 고난과 역경을 걱정했고, 기나긴 사패산 터널만큼이나 끝나지 않을 긴 군생활을 생각하다 보니 어느새 보충대 앞에 도착한 나를 발견했다. 부대 앞에서 먹은 갈비탕은 원래 맛이 없는 건지, 여유가 없었던 탓인지 마치 고무를 씹는 것만 같았다.

보충대의 넓은 운동장에서 수락산을 바라보며 다시는 오지 못할 것 같던 세상과 작별을 고하고, 집합을 알리는 방송이 스피커 밖으로 요란하게 울리자마자 아버지와의 포옹을 마지막으로 2년간의 길고 긴 군생활이 시작되었다. 지금은 보충대가 사라졌지만 나에게 의정부는 아직도 사이가 어색한 친구처럼 대화를 선뜻 걸기 민망한 존재이다.

의정부는 제대 후 살던 곳에서 비교적 가까웠고, 충분히 갈 기회가 많았음에도 불구하고 가끔 스쳐 지나가는 도시였지 무언가를 하거나 보기 위해 가는 고장은 아니었다. 그 도시의 이미지는 기껏해야 부대찌개밖에 떠오르지 않았으며 굳이 왜 가야 할까 싶은 생각도 들었다. 그러다 어느 날 〈사이코지만 괜찮아〉라는 드라마를 보고 이 도시에 대한 궁금증이 문득 생겼다. 드라마의 배경으로 나온 도서관이 마음을 쏙 사로잡았기 때문이다. 보통의 천편일률적인 형태의 다른 도서관과 달리 뻥 뚫린 공간과 건물 자체의 아름다움이 느껴졌고, 사용자의 입장을 철저히 배려한 듯한 동선이 인상적이었다.

이 도서관에 대한 정보를 찾아보니 의정부에 위치한 미술 전문도서관이란 사실을 알게 되었고, 그게 트리거가 되어 의정부에 다른 장소도 있을까 찾아보기 시작했다. 이 도시는 예상과 달리 괜찮은 미술관도 있었으며 고흐가 있던 시절 아를의 거리를 그대로 재현한 카페도 있었다. 그리고 경기 북부에서 가장 큰 전통시장도 빠질 수 없다. 양옆에 수락산과 도봉산을 끼고 있는 의정부는 시가지의 크기는 작을지 몰라도 도시의 역사는 결코 짧지 않다. 이번 기회를 통해 의정부라는 어색한 친구에게 말을 걸어 보고

친해져서 그간 알지 못했던 새로운 매력을 발견해보려고 한다.

여행에서 새로운 장소를 처음 방문하는 것만큼 설레는 일이 있을까? 자주 들어 익숙하면서도 낯선 이 도시에서 과연 어떤 스토리가 진행될지 예측하기 힘들지만, 맑은 날씨처럼 의정부의 이미지가 좋아졌으면 한다. 의정부는 조선 시대 행정관청의 명칭인 의정부(議政府)에서 유래되어 각 관공서에 물자를 공급하도록 정해진 지방의 둔전(屯田)들 중 의정부의 예산을 담당하던 의정부둔(議政府屯)이 이 지역의 명칭으로 정착되었다고 한다. 야사에는 조선 태종이 재위하던 1403년 태조 이성계가 함흥차사를 끝내고, 지금의 의정부 호원동인 전좌 마을에 머물렀을 때 대신들이 찾아와 국정을 논의했다고 해서 대신들의 모임인 의정부를 빗대어 명칭이 붙여졌다고 하지만 아무래도 전자가 더 유력한 설이지 않을까 생각한다.

조선 시대 내내 양주에 속해 있던 의정부는 1963년 의정부시로 승격된 이후 군사도시 및 경기도 북부의 중심 도시로서 경기도의 여느 도시보다 잘 알려진 고장이 되었다. 과연 의정부는 예술도시로의 변화에 성공할 수 있을 것인가? 입대했던 그날처럼 외곽순환도로를 타고 사패산 터널을 지나 10년 만에 다시 의정부에 입성했다. 10년이면 강산도 변한다 했던가? 그 사이 의정부의 시가지는 점점 외곽으로 뻗어나가 어느새 306 보충대가 있던 장소까지 아파트가 우후죽순 들어오면서 군 부지는 흔적조차 사라졌고, 우중충했던 시가지는 깔끔하게 정비되어 있었다.

[부천, 의정부] 해방 후 급변기에 형성된 동네에서 이제는 콘텐츠의 도시를 꿈꾸다

도서관을 품은 미술관과 음악당, 의정부미술도서관과 음악도서관

　민락동 일대를 지나가며 그동안 가졌던 선입관이 무너져가는 걸 느꼈다. 송산사지 공원을 지나니 멀리서부터 심상치 않은 건축물이 눈에 띈다. 미래지향적이면서 거대한 항공모함 같은 건물이 어서 들어오라고 손짓하는 듯하다. 입구로 들어가자마자 '도서관을 품은 미술관, 미술관을 품은 도서관'이란 문구가 이 건축물에 대한 설명을 완벽하게 보여주고 있다.

　수많은 드라마나 각종 홍보물에서 접해 이미 친숙한 의정부미술도서관의 아트 그라운드로 들어오니 1층부터 3층까지 막히는 것 없이 뚫려 있는 경관이 나타난다. 벌써부터 어안이 벙벙하다. 벽면은 전부 유리창으로 덮

2019년 개관해 예술도시 의정부의 이미지를 만들어가고 있는 의정부미술도서관

여 있고, 햇빛이 유리창을 통해 들어와 자연채광이 되면서 실내가 더욱 환하게 만들어지는 효과로 인해 나도 모르게 책 한 권을 집어들어 자연스럽게 도서관의 분위기에 물드는 듯했다. 예술특화도서관이라 다른 도서관에서 쉽게 접하지 못하는 희귀 도서들도 곳곳에 있었고, 가는 곳마다 펼쳐진 다양한 공간의 매력에 빠져 셔터를 누르는 일을 멈출 수가 없었다.

　　1층은 아트 그라운드로 주로 건축, 회화, 디자인 관련 서적이 집중적으로 배치되어 있다. 미술 화집들이 많아 그림의 재미를 본격적으로 느낄 수 있고, 발길이 닿는 장소마다 공간이 주는 즐거움을 누릴 수 있다. 전체 구조가 통으로 되어 있어, 1층에서 밑을 올려보거나 2·3층에서 밑을 내려다보는 시야를 통해 도서관의 풍경이 달라진다. 이곳이 미술도서관이란 특성을 살려 1층의 다른 구역에서는 미술전시회가 열리고 있었다. 한마디로

미술도서관 1층에는 회화, 디자인 관련　　　미술도서관이라는 명칭에 걸맞게
서적들이 집중적으로 배치되어 있다.　　　1층 특별전시장에서는 전시회가 열리고 있다.

도서관과 미술관이 한자리에 있는 것이다.

회전 모양의 계단을 통해 2층으로 올라가 본다. 제너럴 그라운드라 불리는, 어린이들을 위한 이 공간은 마치 놀이시설처럼 꾸며져 있어 독서를 즐거운 놀이처럼 여길 수 있게 만들어졌다. 3층은 다목적홀로 역량 있는 신진 작가의 창작 활동을 지원하는 오픈 스튜디오와 문화예술 프로그램을 진행하는 프로그램 존이 함께 있다. 단순히 책을 읽는 장소가 아닌 지속적으로 소통하는 예술센터로서 의지가 보인다. 여기서 끝이 아니다. 신곡동의 주택가 사이에 범상치 않은 또 하나의 도서관이 자리 잡고 있다. 의정부 음악도서관이라 불리는 이곳은 2021년에 개관해 이 도시에 음악이라는 또 하나의 콘텐츠를 더해주고 있다. 미술은 그래도 시각의 영역이라 도서관의 주제로 삼긴 충분하지만 청각의 영역인 음악을 어떻게 끌어들일지

의정부에 또 하나의 콘텐츠를
선물하고 있는 의정부음악도서관

음악도서관에서는 각종 음악에 대한 모든 정보를
다양한 매체를 통해 접할 수 있다.

궁금하다. 미술도서관으로 들어가는 길의 벽면은 힙합의 한 문화인 그래피티로 장식되어 있어 기존 도서관에 대한 이미지와 달리 신선한 자극을 준다. 이에 비해 의정부 음악도서관은 웅장한 규모는 아니지만 내부로 들어서자 잘 선곡된 재즈 음악이 귀를 즐겁게 해 주고 힙합, 클래식 등 다양한 음반이 진열되어 있어 눈을 뗄 수 없게 만든다. 음악도서관은 단순히 청각적 영역에서의 음악이 아닌 다양한 감각을 통한 경험으로 진화시키고자 살아 있는 공감각의 공간, 시민들의 다양한 바람을 레이어 한 레이어드 스페이스를 핵심 콘셉트로 기획, 디자인하였다고 한다.

3개의 층으로 나누어져 있는 공간은 각각의 역할과 별도의 콘셉트를 가지고 있고 각자의 스토리를 통해 음악에 빠져들어 가는 효과를 극대화하고 있다. 1층은 음악 도서와 일반 도서가 배치되어 있는 음악 입문자를 위한 공간이며, 2층은 악보와 매거진 그리고 음악 감상실이 배치되어 있는 마니아의 공간이다. 3층은 전문가의 공간으로 들어서게 된다. 공연이 수시로 펼쳐지는 음악홀은 물론 창작실과 오디오룸을 통해 단순히 받아들이는 공간을 넘어 제작을 해보는 단계까지 모든 과정이 이 도서관을 통해 가능하다. 앞으로 의정부의 이런 도서관들이 도시를 어떻게 변화시킬지 흥미진진한 시도를 관심과 애정으로 지켜봐야 할 것이다.

두 개의 도서관을 살펴본 후 예술 도시 의정부를 좀 더 파악하기 위해 도봉산 자락 오래된 주택 사이에 있는 백영수미술관에 가보기로 하자. 가는 길도 좁고 오르막의 연속이라 도저히 미술관이 있을 만한 장소로 느껴지지 않는다. 그 골목의 끝에 나타난 미술관은 아기자기한 크기에 하얀 바

탕의 외관이 마치 그리스의 산토
리니를 연상시키는 이국적인 느
낌을 주었다. 이곳은 백영수 화
백이 살던 집을 미술관으로 개조
하여 그의 작품은 물론 살던 흔적
까지 엿볼 수 있다. 아무래도 거
주 공간이다 보니 많은 사람을 함
께 수용하기 버거워 보인다. 그래
서 도슨트가 직접 따라가며 설명
해주는 하우스 뮤지엄 방식을 취

백영수 화가가 직접 설계하고 기도를 드렸던 경당

하고 있다. 1층에 자리한 백영수 화가의 작품을 살펴보며 화가의 이야기를
따라가 보기로 하자. 백영수 화가는 김환기, 이중섭과 함께 신사실파를 결
성했던 멤버 중 한 사람으로 70년대 프랑스 전시를 시작으로 30년간 유럽
에서 활발하게 활동했었다. 그러나 오랜 타향 생활 동안 고국에 대한 그리

백영수미술관에 전시되어 있는 그의 작품들

미술관 앞마당에는 그가 직접 조각한 성모자상을 볼 수 있다.

움이 간절해져 말년에 도봉산을 바라볼 수 있는 지금의 자리에 미리 땅을 구입한 후 노구의 몸을 이끌고 2011년이 되어서야 귀국했다.

물론 귀국한 후에도 작품에 대한 열정은 끊이지 않았다. 그 후 2018년 4월 그가 별세하기 두 달 전 백영수미술관을 살던 곳에 개관하면서 일반 대중이 찾는 하우스 미술관으로 변신하는 데 성공했다. 화가는 돌아올 수 없는 곳으로 멀리 떠났지만 그의 작품과 영혼은 여전히 이 집에 깃들어 있다. 전시물은 두 달 간격으로 교체되는데 마침 백영수 드로잉전이 열리고 있어 그의 원초적인 작품의 세계를 파악할 수 있었다. 파리에서의 가난한 유학시절 '이케아'라는 가구점에서 메모용으로 쓰이던 몽당연필을 잔뜩 집어 들어 작은 종이에 그의 생각이나 영감을 마음껏 펼쳐놓았다. 그의 작품은 작고 추상적이었지만 어린 시절의 추억을 중심으로 돌아가고 싶은 고향의 기억들이 잘 녹아들어 있었다. 그의 아름답고 순수했던 시절을 상상하며 어느새 작품 세계에 빠져 한동안 나오지 못했다. 미술관 앞에는 자그마한 규모의 정원이 있는데 화려한 느낌은 아니었지만 그가 조각한 성모자상을 볼 수 있다. 그는 일생동안 성모자상을 주로 그리긴 했지만 조각으로 만든 성모자상은 더 원초적이고 정갈하다.

이제 본격적으로 도슨트의 안내를 따라 그가 실제로 작업했던 작업실 구역으로 이동해본다. 먼저 그가 신앙생활을 수행했던 경당을 접하게 되는데 백영수 화가의 사진은 물론 그가 사용했던 물건이 곳곳에 배치되어 있다. 한 가지 특별했던 것은 그가 직접 만든 의자라 할 수 있는데, 겉보기에는 딱딱하고 평범해 보였지만 그가 직접 몸의 구조를 분석해 설계했다고 한다. 실제로 앉아보니 바르셀로나 구엘공원의 벤치처럼 정말 편안하고 아늑했다.

발걸음은 그의 작품이 만들어지는 아뜰리에까지 이어진다. 백영수 화가가 프랑스 활동 중에도 틈만 나면 방문했고, 귀국 후 생을 마감하기 전까지 작품 활동을 이어갔던 공간이다. 화

생전 백영수 화가가 작업하던 아틀리에

백의 숨결이 남아 있는 아뜰리에는 살아생전 즐겨 쓴 유품과 캔버스, 물감, 붓 등이 충실히 재현되어 있다. 특히 초콜릿 봉지를 이용해 만든 작품은 쓸모없는 물건의 변신을 일깨워주는 화가의 메시지가 담겨 있어 인상 깊었다. 예술을 주제로 하는 의정부 답사는 이 도시의 가장 남쪽 동네 장암동으로 이어진다.

수락산과 도봉산 사이로 길게 펼쳐진 의정부는 서울에서 접근하기 쉬운 명산이 많은 덕분에 등산로 주위에 아웃도어 매장과 등산객들을 위한 카페를 찾기 쉽다. 게다가 이 산자락에는 많은 예술가가 조용히 창작활동을 이어가고 있다. 예술의 도시 의정부인 만큼 단순히 커피를 마시는 공간을 넘어 예술을 테마로 하는 독특한 카페가 있다. 한국에서 가장 인기 높은 화가인 고흐를 주인공으로 삼고, 그가 작품 활동을 이어갔던 도시인 프로방스의 아를을 배경으로 만든 카페가 이곳에 있다. 마치 유럽의 거리를 연상시키는 길을 거닐면서 광장 한복판에 앉아 커피 한잔 하며 고흐의 삶과 예술 세계를 되짚어 보기도 하고, 사진도 찍으며 즐거운 시간을 보낼 수 있는 그런 장소다. 수락산으로 들어가는 등산로 근처에 자리한 카페 아를은 크게 두 개의 공간으로 구성되어 있다.

카페는 베이커리를 비롯한 음료를 주문하고 식사를 즐길 수 있는 레스토랑과 아를의 거리를 그대로 옮겨놓은 듯한 구역으로 나누어진다. 심상치 않은 외관에 비해 레스토랑의 내부는 평범했지만 카페 구역으로 들어가자마자 모던한 인테리어가 눈에 띄었다. 동양의 느낌을 살린 전구들과 대나무로 만든 의자가 놓여있었고, 고흐의 작품이 걸려있는 벽면은 흰색

아를의 광장을 재현한 듯한 카페 아를　　　고흐가 살았던 도시 아를의 거리를 그대로 구현했다.

으로 칠해져 있어 깔끔한 세련미를 느낄 수 있다. 아늑한 분위기와 함께 갤러리에 온 듯하다.

　　이곳의 하이라이트는 아를 거리를 재현해놓은 곳이다. 모던한 카페의 문을 열고 계단에 오르면 고흐 그림처럼 원색의 색상을 재현한 거리가 고스란히 우리에게 다가온다. 분수가 있는 광장을 중심으로 야외테이블은 물론 전체적으로 유럽의 도시 형태를 취하고 있다. 특히 고흐가 아를 시절에 자주 이용했다고 하는 카페의 건물이 정말 인상적이다. 〈밤의 카페테라스〉 작품처럼 원색의 노란색을 띠고 테이블의 배치도 그림처럼 완벽한 형태를 하고 있어 고흐가 살았던 그 시절의 아를로 시간 여행을 떠난 듯했다.

물론 실제 아를의 카페는 원래 노란색이 아니었지만 고흐의 흔적을 좇아 아를을 방문하는 관광객의 발길이 끊이지 않자 원조 아를의 카페조차 노란색으로 벽면을 칠했다고 한다. 이제 우리나라에서 고흐를 주제로 하는 전시를 찾아보기 어렵지 않다. 왜 고흐의 인기가 유달리 높은 걸까? 고흐의 순탄치 않은 인생이 주는 울림도 있겠지만, 아마도 특유의 색감과 질감으로 단순하지만 강렬한 인상을 주며 직관적으로 가져다주는 메시지가 크기 때문일 것이다.

예술을 주제로 하는 의정부 답사를 다니며 그동안 가지고 있던 선입관과 오해가 사라지고 이 도시의 새로운 가능성을 엿본 듯싶다. 이제 의정부역으로 이동해 이 도시의 다른 면모들도 살펴보기로 하자.

의정부의 상징, 부대찌개 거리에 서다

이번에는 의정부 하면 떠오르는 대표 이미지인 부대찌개 거리와 경기 북부에서 가장 큰 시장인 의정부제일시장을 탐방해보기로 하자. 누군가 의정부를 말하면 부대찌개가 자연스레 떠오를 정도로 이 음식의 입지는 확고하다. 이 음식은 의정부의 미군 부대 앞 작은 식당에서 기원했다고 전해진다. 어느덧 한국을 대표하는 요리 중 하나로 성장한 부대찌개는 모호한 정체성으로 인해 천덕꾸러기 취급을 받았지만 현재는 의정부를 넘어 한국요리의 대표 주자로 전 세계에서 사랑을 받고 있다.

의정부 부대찌개의 원조, 오뎅식당

그 시작은 6.25 전쟁 직후로 거슬러 올라간다. 한미 상호 방호 조약으로 미군 부대가 국내에 주둔한 이후 그 주위에 살던 굶주린 사람들이 부대에서 햄, 베이컨, 소시지 등을 얻곤 했다. 그들은 소시지 등이 입맛에 잘 맞지 않았는지 햄과 김치를 솥뚜껑에 함께 볶아 먹었는데, 그것이 지금 우리가 알고 있는 부대찌개의 시초라 할 수 있다. 미군 부대 주위에서 수많은 부대찌개집이 번성하기 시작했는데 그 대표격이 의정부와 송탄이다.

하지만 부대찌개의 대표 도시를 하나 뽑자면 단연 의정부다. 서울에서 가까운 지리적 이점과 306 보충대로 입소하는 수많은 젊은이가 의정부 부대찌개를 접하며 이미지가 고착되었다. 특히 의정부역에서 머지않은 곳에 부대찌개를 최초로 개발한 오뎅식당을 비롯하여 9개의 부대찌개집이 몰려있는 거리가 있어 지금도 많은 사람이 부대찌개를 먹으려 이 거리를 찾는다. 거리의 초입부터 부대찌개와 관련된 벽화가 그려져 있고, 저마다 다양한 방식으로 손님을 유도하고 있지만 아무래도 원조인 오뎅식당을 이길 수 없었다. 이미 허영만 화백의 작품인 〈식객〉을 비롯해 〈수요 미식회〉 등 수많은 매체의 스포트라이트를 받았지만 최근에는 평이 좀 갈린다고 한다. 그 맛이 궁금하여 식당 문을 활짝 열고 들어갔다.

가게의 명성에 비해 규모는 작고 아담했다. 물론 주변에 신관도 있고, 분점이 널리 펴져있긴 하다. 주문한 지 오래 지나지 않아 바로 음식이 나왔고, 찌개가 끓는 동안 가게 주변을 조심스레 살펴보았다. 오래되고 명성이 있는 식당인 만큼 유명인들과 찍은 사진과 식당 관련 기사들이 벽면을 빽빽하게 수놓고 있었다. 차근차근 살펴보다가 부대찌개가 어떻게 만들어졌는지 인터뷰 기사를 천천히 읽어보기 시작했다. 흥미로운 사실은 부대찌개는 처음부터 찌개의 형태가 아니라 육수가 들어있지 않은 부대볶음의 형태였다는 것이다. 처음에 가게를 열었을 당시 미군 부대에서 음성적으로 햄과 스팸을 들여와 틈만 나면 경찰서에 불려 갔고, 많은 고초를 겪었다고 한다. 88올림픽이 열리던 그해, 기존에 있던 볶음 형태에서 찌개의 형태로 바꾸면서 장사가 더욱 번창해 자리 잡게 되었다는 스토리가 인상 깊었다.

어느덧 찌개는 펄펄 끓고 있었고 조심스럽게 숟가락으로 첫 국물을 떠먹어본다. 어? 간이 생각보다 심심하다. 화려한 송탄식에 비해 베이크드 빈이 들어가지 않고 전체적으로 자극적인 맛이 덜했다. 아무래도 시대가 흐르며 간이 점점 세지는 데 비해 여기는 전통적인 맛을 고수하고 있는 듯

부대볶음에서 발전해 지금의 부대찌개 형태가 되었다.

싶다. 전체적으로 자극적인 맛이 덜했다. 하지만 계속해서 먹다 보니 그 심심한 맛이 깔끔해 거부감 없이 쭉 먹을 수 있었다. 오뎅식당을 나와 부대찌개 거리를 걸어 큰길을 건너면 의정부는 물론이요, 경기 북부에서 가장 큰 규모의 전통시장을 바로 만날 수 있다.

　의정부는 예전부터 서울에서 함흥으로 이어지는 경흥대로의 중간지점에 자리해 상인들을 비롯한 수많은 사람이 이 고장을 거쳐 갔다. 노원을 지나 도봉산역으로 이어지는 이 주변 지역은 예전에 다락원이라 불리며 수많은 주점이 자리했다. 다락원을 지나면 지금은 돼지갈비로 유명한 장수원이 나오고 곧이어 지금의 의정부역 부근에는 의정부점이라 불리는 주막거리도 있었다고 한다. 굳이 비교하자면 다락원은 지금의 호텔 같은 고급스러운 숙박시설이 있었던 곳이고, 의정부점은 서민들의 술집, 여관 등이 있던 것이다.

그러다가 일제강점기 당시 의정부점 부근에 경원선이 지나가고, 그 부근에 의정부역이 들어선다. 자연스레 사람들이 몰리며 큰 장터가 형성되었다. 이후 1978년에는 경기 북부에서 가장 규모가 큰 시장이 만들어졌는데 이곳이 바로 의정부제일시장이다. 규모는 물론 전통시장 평가에서도 1,500개 시장 중 경기도 내 1위, 전국 3위를 차지할 만큼 많은 지자체와 전통시장 관계자가 벤치마킹하는 시장이기도 하다. 600개의 점포가 출입구를 기준으로 가, 나, 다, 라 동으로 이루어져 있고, 다양한 물품은 물론 다채로운 음식도 맛볼 수 있다. 한동안 전통시장은 마트에 밀려 고전을 면치 못했지만 천편일률적인 대형마트와 달리 매력적인 특색과 개성으로 무장해 도시를 대표하는 관광지로 부상하고 있다.

그 대표격인 의정부제일시장은 평일에도 수많은 차로 뒤엉켜 주차하는데 상당히 애를 먹을 정도로 인파가 붐빈다. 하지만 시장 내부가 아케이드 형식으로 만들어져 있고 재화의 종류에 따라 구획별로 잘 정비되어 있어 방문객이 편하게 쇼핑을 즐길 수 있다. 시장마다 명물이 있는데 의정부제일시장은 명물이 정말 많다. 통닭골목에 가면 초벌된 통닭을 바로 튀겨서 담아주고, 시장 한복판에 자리한 곰보 냉면은 역사가 무려 40년을 넘어 의정부의 대표 맛집으로 자리 잡았다.

제일시장에서 꼭 가봐야 할 곳은 떡볶이 골목이 아닌가 싶다. 수십 개의 매대가 각각의 특징을 가지고 경쟁적으로 팔고 있으며 어딜 가든 맛과 인심이 훌륭하다. 그중 대표격은 1988년에 오픈한 호돌이네 가게로 쌀떡볶이가 매우 유명하다. 매콤하고 쫄깃한 맛은 어릴 적 하교할 때 먹던 떡볶이 맛의 향수를 일으키는 듯하다. 아직 송산사지, 의정부2동 성당, 서계 박세당 사랑채 등 채 다루지 못한 곳이 많지만 미완의 여정으로 남겨야 할 듯싶다. 기존의 이미지를 벗어나 적극적으로 변화를 꾀하는 부천과 의정부 두 도시가 앞으로 만들어갈 미래가 정말 기대된다.

죽음의 호수에서
생태도시로의
극적인 변화

죽음의 호수에서 생태도시로의
극적인 변화

시흥시에는 시흥이 없다

경기도는 현재 서울을 넘어 전국에서 가장 많은 인구를 가진 지자체가 되었다. 31개의 가장 많은 시와 군을 지니고 있으며 지금 이 순간에도 수많은 신도시가 새롭게 생기고 있다. 10년 뒤에는 행정구역이 어떻게 변할지 예측하기 힘들다. 경기도의 도시들을 하나둘 답사하다 보니 이곳의 도시 역사가 우여곡절이 많다는 것을 새삼스레 느낀다. 그 출발은 산업화를 거친 서울이 도시를 점점 확장하면서부터다. 서울 사대문을 넘어 예전 양주와 시흥에 속했던 동네들이 대부분 서울에 종속되어 과거와 현재의 간격이 매우 커졌다.

시흥은 경기도 시흥시 일대를 일컫는 말이지만 본래 중심지는 서울 영등포구와 금천구 시흥동 일대였다. 현재 시흥 향교터와 정조가 수원으로 참배 갈 때 머물렀던 시흥행궁 등 주요 유적 대부분이 서울의 시흥동에 모여 있으니 아이러니가 아닐 수 없다. 정작 지금의 시흥은 인천, 안산 등에 속하다가 1914년 부군면통폐합때 시흥에 편입되었고, 예전 시흥군청은 지금의 시흥동에 자리했다.

시흥은 한때 서울의 남부 지역(영등포, 금천, 구로, 동작, 관악)과 과천, 안양, 의왕, 안산, 광명까지 모두 아우르는 거대한 지역이었지만 이 고을에 속한 영등포가 서울에 편입되면서 다사다난한 역사가 시작되었다. 이후 시흥군청은 지금의 안양으로 이전했지만 안양이 시로 승격하면서 시흥은 동서로 분단되었다. 이제 시흥에 속해있던 읍들이 하나둘씩 빠져나가고, 시흥군은 해체 수순을 밟기 직전까지 이르렀다.

그나마 남은 소래면, 군자면, 수암면 일대가 시흥시로 승격되면서 현재로 이어지고 있으니 도시의 이름이나마 명맥을 유지해서 다행일지도 모르겠다. 하지만 현재의 시흥은 시화공단과 매립지 이외에는 딱히 생각나는 것이 없고 도시의 중심지도 명확하지 않다. 부천과 생활권을 공유하는 일명 은신대(은행동, 신천동, 대야동)와 안산과 많은 영향을 주고받는 배곧신도시 그리고 정왕, 월곶동의 시화지구와 시 중앙부의 시흥시청 주변 등으로 각기 흩어져 있기에 뚜렷한 정체성도 존재하지 않는 것처럼 보인다. 수도권 전철의 종점으로 유명한 오이도가 사람들의 발길을 종종 이끌고 있다. 하지만 이런 시흥시도 생태관광도시라는 캐치프라이즈를 내걸고 새롭게 거듭날 준비를 하고 있다. 경기도에서 가장 훌륭한 생태공원과 조선 시대부터 조성된 연꽃의 장관을 볼 수 있는 고장으로 시흥의 이미지를 새롭게 만들어가고 있다.

생태도시라 불리는 시흥의 캐치프라이즈를 처음 들었을 때, 두 눈을 의

외곽순환도로의
시흥구간에 들어선
시흥 하늘휴게소

심했다. 그도 그럴 것이 시흥이라 하면 환경 문제로 큰 이슈가 되었던 죽음의 호수 시화호가 가장 먼저 떠오르기 때문이다. 어렸을 때 각종 매스컴을 통해 방영되었던 기름이 둥둥 떠 있는 호수면 위로 죽은 갈매기들의 모습과 주위 공단에서 끊임없이 쏟아져 나오는 오수 같은 끔찍한 광경이 아직도 생생하다. 그러나 공단과 산업도시로 유명한 울산도 과거의 오명을 씻고, 우리나라에서 가장 오염되었던 강인 태화강을 깨끗하게 만들어 현재는 국가정원으로 지정될 정도로 거듭났다. 그런 반전의 매력을 기대하며 외곽순환도로를 타고 내려가 시흥으로 가보자.

외곽순환도로의 시흥 구간에는 독특한 모양의 휴게소가 있어 들르지 않을 수 없다. 좁은 땅 부지를 효율적으로 활용하기 위해 도로 위 브리지 형식으로 설계한 시흥 하늘휴게소란 곳이다. 외곽순환도로의 특성상 워낙 이용하는 차량도 많고 땅값이 비싼 수도권이라 휴게소를 설치할만한 장소도 부족해 오랜 시간을 도로에서 머물러야 하는 운전자들에게는 불편하기

[시흥, 안산] 죽음의 호수에서 생태도시로의 극적인 변화

그지없었다. 그런 연유로 한동안 휴게소를 새롭게 건설하려는 시도는 지속적으로 있었지만 비싼 땅값과 땅주인의 알박기 시도 때문에 계획은 번번이 좌절됐다고 한다.

그러나 이런 악조건이 전화위복이 되어 국내 최초 본선 상공형 복합 휴게소가 건설되기에 이르렀고, 친환경적으로 만들어져 생태도시 시흥의 이미지를 더욱 확고히 다지면서도 일반 여행객이나 답사객들도 일부러 찾아가는 명소로 탈바꿈했다. 예전 고속도로 휴게소하면 잠시 화장실을 들르거나 우동이나 호두과자, 구운 감자 등 배고픔을 달래기 위해 간단한 요깃거리 정도만 해결하는 장소였다. 그런데 어느 순간부터(아마도 한 예능에서 이영자의 휴게소 먹방을 방영했던 것부터) 지역특산물을 활용한 휴게소의 음식이 주목받고 있다.

어느덧 각지의 휴게소는 다양한 먹거리와 쇼핑타운까지 갖춘 복합공간으로 거듭나고 있다. 시흥 하늘휴게소 역시 마찬가지다. 이곳만의 독특한 점이 있다면 상행선과 하행선을 연결해 주는 다리 위에서 수많은 차량의 행렬을 지켜보는 것이다. 초입부터 인상 깊은 휴게소를 살펴보며 앞으로 이어질 시흥의 매력들이 기대된다.

서해안의 큰 염전에서 생태공원으로 변모, 시흥갯골생태공원

시흥이 생태도시를 자신 있게 외칠 수 있게 만든 가장 큰 공헌을 한 장소로 가보자. 그곳은 경기도 유일의 내만 갯골로서 옛 염전의 정취를 느낄 수 있고, 계절마다 색다른 아름다움을 보여주는 산책길을 걸으며 한가로운 시간을 보낼 수 있는 곳이다. 이제는 시흥의 대표 명소로 자리 잡은 갯골생태공원이 바로 그곳이다. 도시 한가운데라고 믿기지 않을 만큼 면적이 상당히 넓고 공원을 관통하는 대표적인 트레킹 코스 중 하나인 늠내길 2코스가 이곳을 관통하기에 평일에도 찾는 사람들이 많다. 공원의 규모에 비해 주차장이 다소 협소한 게 아쉽긴 했지만 정문으로 들어서자마자 눈을 가로막는 장애물 없이 광활한 초원이 끝없이 뻗어있다. 그동안 여러 가지 일들로 인한 마음속 답답함이 뻥 뚫리는 시원한 광경이었다. 시흥 어디서든 접근이 편해 근처 주민들이 이런 공간을 마음껏 누릴 수 있다는 점이

다양한 경관을 보여주는 갯골생태공원

[시흥, 안산] 죽음의 호수에서 생태도시로의 극적인 변화

갯골생태공원의 시간의 언덕

한편으로는 부럽기도 했다.

이 공원은 걷기 힘든 노약자나 장애인을 위해 무장애 탐방로를 설치해서 열린 관광지로 선정되기도 했다. 전기로 다니는 셔틀을 타고 공원 전체를 누비기도 하고, 자전거를 대여하여 돌아볼 수도 있다. 하지만 공원 전체를 둘러보려면 모름지기 걸어서 돌아다녀야 그 장소의 숨겨진 참맛을 느낄 수 있지 않을까? 한걸음 한걸음 앞으로 내딛으며 시흥갯골의 매력을 하나하나 파헤쳐 볼 생각이다.

먼저 만나 볼 곳은 붉은색 댑싸리가 모여 있는 작은 언덕이다. 영화 〈반지의 제왕〉에 나왔던 모르도르가 현실에서 재현된다면 아마 이러지 않을까 싶을 정도로 황량한 벌판에 옹기종기 모여 있는 댑싸리가 인상적이었다. 이곳은 시간의 언덕이라 불리는데 바로 그 밑에는 시흥시의 백 년 기록을 담은 타임캡슐이 봉해져 있다.

우리가 후손에게 물려줄 기록이 무엇일까 궁금하기도 하지만, 100년 뒤에 타임캡슐을 열어본 후손들이 우리를 어떻게 평가를 할지 자신이 없다. 날로 심해지는 기후변화, 환경파괴의 원죄를 우리 세대의 탓으로 돌릴지도 모를 일이다. 이 공간을 통해 환경 보호의 소중함을 배우길 기대하며 갯골생태공원을 차분히 걸어가 보기로 한다. 과연 갯벌을 테마로 한 생태공원답게 갈대밭이 물길을 따라 이어지며 늦가을의 정취를 마음껏 누릴 수 있었다.

습지 초원의 광활한 풍경을 경기도 근교에서 보게 될 줄은 생각도 못했는데, 아직도 가보지 못한 장소가 많다는 사실을 한번 더 실감하게 된다. 길을 따라 걷다 보면 낯선 풍경의 염전이 눈앞에 펼쳐진다. 이 물길은 소래포구와 이어지게 되는데 이곳 일대는 본래 소래염전이라 불리던 지역으로 1934년에서 1936년 사이에 조성되었으며, 145만 평 규모를 자랑하던 거대한 규모의 염전이었다. 당시 이곳에서 생산된 소금은 근처에 있는 수인선과 경부선을 통해 부산항으로 운반되어 일본에 수탈되었던 아픈 역사를 지니기도 했다. 한때는 인근의 남동 염전, 동남 염전과 더불어 우리나라 소금 생산량의 30%를 담당하고 있었으나 각종 환경오염에 관한 이슈와 천일염 수입자유화에 따른 채산성 약화로 1996년에 문을 닫고 말았다. 한동안 방치되었던 염전은 이제 생태공원의 일부로서 아이들에게는 소중한 체험의 현장으로, 어른들에게는 예전의 추억과 새로운 볼거리를 선사하는 문화공간으로 탈바꿈하였다.

예전 염전 창고로 쓰이던 장소는 각종 체험 활동을 할 수 있는 공간으로 변했고, 더 이상 쓰이지 않는 소금밭은 어린이들이 소금을 직접 만지며 놀 수 있는 공간인 소금놀이터로 변모했다. 비교적 예전 모습을 잘 간직하고 있어 저마다 사진을 찍는 대상이 되었다. 특히 예전에 소금을 실었던 기찻길과 열차가 전시되어 있어 살아 있는 역사 공부도 할 수 있다.

염전 지역을 빠져나오니 어느새 하얀 소금밭의 모습은 사라지고 푸릇푸릇한 잔디밭 언덕이 시원하게 펼쳐진다. 그 언덕의 정상에는 갯골 생태공원의 랜드마크인 흔들전망대가 당당한 자태로 우뚝 서 있다. 원통형의 목탑 모양을 한 흔들전망대는 22m 높이의 6층 구조로 명칭이 '흔들'인 만큼 오르면 오를수록 탑이 바람에 흔들리는 느낌이 발끝에서부터 전해져

공원에는 옛 염전의 흔적을 엿볼 수 있다.   갯골생태공원의 랜드마크 흔들전망대

온다. 당장 탑이 무너질 것 같은 아찔함이지만 구조적으로 안전하다고 하니 이것 또한 하나의 흥미로운 요소로 받아들여야 할 것 같다. 조심스럽게 회전 모양의 길을 따라 정상에 오르면 갯골의 광활한 풍경이 시원하게 펼쳐진다. 하지만 탁 트인 평원이라 그런지 유난히 바람이 세차게 분다. 바람이 부는 만큼 탑이 흔들리는 진동이 땅 밑에서부터 거칠게 느껴진다.

갯골생태공원에는 이밖에도 습지센터와 벚꽃 터널 등 다양한 시설을 갖추고 있다. 역사와 아름다운 자연환경을 동시에 지닌 이 공원을 통해 시흥의 인상이 점점 바뀌고 있다.

최초의 연꽃 시배지, 관곡지와 연꽃테마파크

시흥에는 갯골생태공원 말고도 여름에서 초가을까지 2만 6천 평의 거대한 연꽃을 감상할 수 있는 장소인 연꽃테마파크가 유명하다. 갯골생태공원에서 차를 타고 동쪽으로 이동하다 보면 이곳의 초입에 미처 들어오기도 전에 수많은 차량이 주차난을 겪는 광경을 목격하게 된다. 어떤 장소이기에 많은 사람이 찾을까 하는 생각이 들었다. 빈 자리에 겨우 주차하고 앞을 바라보니 거대한 연꽃들이 빈틈없이 빼곡하게 늘어서 있는 광경이 광활하게 펼쳐졌다.

그 광경을 자세히 관찰해 보니 원래는 호수가 있던 공간 전체를 연꽃이 빈틈없이 뒤덮고 있는 것이었다. 놀라움을 넘어 소름이 끼칠 정도다. 분명

많은 사람이 찾고 있는 연꽃테마공원　　여름철 관곡지는 연꽃이 만개한다.

이곳은 단순한 테마파크가 아니라 이렇게까지 해서 조성한 사연이 있었을 것이다. 놀라움에 넋이 나가 한동안 가만히 서서 바라만 보다가 왼편 언덕 너머 심상치 않은 한옥과 정자가 눈에 들어왔다. 그 위로 올라가면 왠지 연꽃밭의 풍경을 한눈에 볼 수 있을 것만 같았다. 차도를 건너 언덕 위의 정자로 한걸음 나아가니 이 주변의 연못이 관곡지라 불린다는 사실과 이곳이 우리나라 최초로 연꽃 재배를 시작한 곳이라는 것을 알게 되었다. 조선 초기의 문신인 강희맹 선생이 중국 난징의 전당지에서 연꽃 씨를 채취하여 이곳에서 시험 재배를 시작했다고 전해지는 장소이다.

　불교에서 연꽃이 상징적이라는 것을 상식처럼 알고 있었기에 삼국 시대 불교의 전래와 함께 전해지지 않았을까 생각했었는데 무척 의외였다.

관곡지에 자리한 한옥은 강희맹의 사위인 권만형에게 넘어간 이후 지금은 안동 권씨 종가에서 관리를 맡고 있다고 한다. 원래는 이 일대가 사유지였지만 안동 권씨 종가와 시흥시가 힘을 합쳐 이 일대를 가꾸어갔다고 하니 이것이야말로 민관협력의 좋은 사례가 아닌가 싶다. 종갓집의 통 큰 결정 덕분에 우리는 정자에 올라가 연꽃밭의 한없이 넓은 경관을 마음껏 감상할 수 있는 것이다. 연꽃밭에는 봄부터 늦가을까지 피는 수련을 비롯해 다양한 연꽃들을 살필 수 있다. 홍련, 백련, 기간티아, 메그노라이로자 등 다양한 색상의 연꽃을 한자리에서 보는 경험은 여기 시흥의 연꽃테마파크에서만 가능할 것이다. 연꽃은 비교적 더러운 물에서도 잘 자라고, 씨앗의 생명력이 대단해 천 년 묵은 씨앗도 다시 발아한다고 한다. 우리도 연꽃처럼 힘든 세상 속에서도 자기만의 색깔을 만들어가며 흔들리지 않는 사람으로 거듭나길 바란다. 아직도 시흥의 매력은 끝나지 않았다.

지하철 4호선의 종점, 더 이상 섬이 아닌 육지의 섬 오이도

공해와 오염 등 어두웠던 시흥의 이미지가 자연 경관을 통해 극적으로 변모하는 과정이 정말 인상적이었다. 시흥의 대표적인 지명이라 하면 '오이도'라는 세 글자를 먼저 떠올리게 되는데, 이런 생각을 하게 된 것은 지하철 4호선의 종점이 오이도까지 연장된 이후부터일 것이다. 지하철을 타고 갈 수 있는 종점이 섬이라는 설렘과 호기심이 겹쳐 전철을 타고 오이도

[시흥, 안산] 죽음의 호수에서 생태도시로의 극적인 변화

를 방문하는 사람이 하나둘 늘어만 갔다.

하지만 오이도에 가기 전, 두 가지를 명심해두어야 한다. 하나는 오이도역에서 오이도까지 꽤나 먼 거리라는 점이고, 다른 하나는 오이도는 매립되어 더 이상 섬이 아니라는 사실이다. 그럼에도 불구하고 맛있는 해산물을 먹고 즐기며 제방길을 따라 서해안의 광활한 갯벌을 한눈에 살필 수 있는 곳은 오이도가 제격이라 본다. 뿐만 아니라 오이도는 선사 시대 사람들에게도 살기 좋은 장소였다. 이곳에 가면 잘 정비된 선사유적공원을 산책할 수 있으며, 최첨단의 전시기법을 갖추고 직접 체험할 수 있는 다양한 프로그램까지 겸비한 오이도박물관까지 있어 볼 만한 장소가 많다.

시흥시청을 지나 오이도 방면으로 내려가다 보면 띄엄띄엄 떨어져 있

오이도박물관에서 바라본 송도

던 도회지의 분위기가 어느덧 신도시의 느낌이 물씬 풍기는 곳으로 이어진다. 바로 배곧신도시라 불리는 지역으로 독특한 지명이 무슨 유래가 있을까 궁금증을 자아내게 한다. 하지만 이곳은 매립되어 새로 만들어진 땅이기 때문에 예전의 지명이랄 것이 존재할 수 없다. 배곧신도시라는 이름은 주시경 선생이 조선어강습원을 한글 배곧이라 부른 데서 착안했다고 하는데, 시흥이 교육도시를 표방했기에 붙여진 이름이다. 앞으로 이곳이 자기만의 정체성을 어떻게 만들어 나갈까 기대하며 길을 재촉하니 어느덧 시화방조제 초입에 자리한 오이도박물관에 도착했다.

독특한 모양을 한 오이도박물관에 도착하자마자 서쪽에서 불어오는 바닷바람이 뺨을 스쳐 지나간다. 오이도박물관은 오이도 선사유적에서 출토된 유물을 전시하는 곳으로 다른 박물관과 달리 다양한 전시기법으로 관람자의 흥미를 북돋는 방식이 주목받고 있다. 입구에서 관련 영상을 관람하고 타임캡슐의 문을 열 듯 전시실로 들어서는데 내부에는 단순히 유물만 진열하는 것이 아니라 각종 밀랍인형으로 그 시대의 생활상을 충실하게 재현해 놓았다. 많은 체험 중 터치스크린으로 빗살무늬를 직접 새기고 그걸 프린터로 인쇄하는 체험은 정말 흥미로웠다. 박물관 옥상에 올라가 바닷바람을 마음껏 받아본다. 어느새 노을이 서쪽으로 지고 있었다.

해가 어수룩하기 전에 우선 가봐야 할 장소가 남아 있다. 오이도 뒷동산에는 선사 시대 유적이 깔끔하게 조성되어 있기에 그곳으로 올라가 보기로 한다. 오이도박물관과 조금 떨어져 있지만 구름다리로 쉽게 접근할 수 있어 한가롭게 산책하기 좋다. 박물관에서 먼저 유물을 보고 그 현장에

선사 시대의 조개 채집 등을 마네킹으로 재현한 오이도박물관

직접 가보니 옛날 선사 시대부터 사람들이 왜 이곳에 모여 살았는지 한눈에 이해되었다. 그 해답은 바로 앞에 펼쳐지는 드넓은 갯벌이다. 당시 사람들의 최우선 과제는 먹을 것을 확보하는 일이다. 갯벌에서 나오는 조개들과 수많은 해산물은 선사 시대 사람들에게 최고의 먹거리였다. 게다가 그당시 오이도는 본토와 바닷길로 떨어져 있는 섬이라 육지 사람들의 침략에도 어느 정도 대비할 수 있는 안전한 지역이었다.

패총전시관을 지나 오이도 선사공원 전망대에 올랐다. 전망대는 원 모양으로 설계되어 있어 더욱 다채로운 전망을 살펴볼 수 있었다. 오이도의 전체적인 모습부터 멀리 서해바다 너머 송도신도시의 빌딩 숲까지 한눈에 보인다. 주위의 갈대숲은 바람에 산들산들 흔들리고, 연인들은 서로를 부

둥켜안고 미래를 다짐한다. 천천
히 갈대숲을 내려와 선사 시대 사
람들이 살았던 움막집 이곳저곳
을 두리번거리며 그 시대를 상상
해 본다.

선사유적공원 반대편으로 나
오면 드디어 오이도의 바다 풍경
이 한눈에 펼쳐진다. 오이도는 해
안가를 따라 둑방길이 이어져 있
기에 천천히 바닷바람을 맞으며
일직선으로 따라가기만 하면 된

오이도의 상징 빨간등대

다. 둑방에서 반대편을 바라보니 조개구이집, 횟집, 카페들이 끊임없이 따
라 이어진다. 오이도만의 특별함이 있을까 두리번거리지만 월미도와 큰
차이는 없어 보인다. 그러나 둑방길은 꺾이는 지점마다 주목해봐야 할 조
형물이 있다. 첫 번째로는 생명의 나무라 불리는 작품이다. 신석기 시대부
터 유구한 역사를 지닌 오이도가 갯벌 매립으로 큰 변화를 겪었지만 옛 오
이도가 가진 역사와 생명, 사람들의 흔적을 후대에 길이 알리기 위해 이 공
간을 디자인했다고 한다. 두 번째는 오이도의 랜드마크는 빨간색 등대가
아닐까 싶다. 박물관에서 멀리 바라봤을 때는 조그만 규모인 줄 알았는데
막상 앞으로 다가서니 전망대도 갖춘 상당한 규모. 전체적으로 빨간색
에 둥그런 외형을 하고 있어 디자인적으로도 세련돼 보인다. 오이도 빨간

등대는 지금도 변함없이 근처를 오가는 배들의 안녕을 기원하고 있다.

이제 발걸음은 어느덧 마지막 여행지인 월곶포구로 이어진다. 현재는 소래포구와 오이도에 밀려 제법 한산한 느낌까지 주는 항구지만 예전엔 수군만호가 들어설 정도의 군사 요충지이기도 했다. 현재 월곶포구는 해안가를 따라 산책로가 길게 정비되어 있고, 특히 야경이 아름답기로 유명하다. 포구의 한쪽에는 예전 수협공판장 건물을 이용해 다양한 예술가의 활동을 지원하는 월곶 예술 공판장 아트독이 들어서 있고, 여러 카페도 주변에 들어서고 있다. 하루를 여기서 마무리한 후 다음 도시로 이동해보기로 한다.

월곶포구

대부도가 안산에 속하게 된 이유, 국제도시, 안산다문화거리

오이도 부근에서 출발해 대부도까지 이어지는 시화방조제는 어떤 이들에게는 아름다운 드라이브코스로, 강태공들에게는 낚시를 즐기는 주요 포인트로 여겨지고 있다. 그리고 그 길 끝에 자리한 대부도는 수도권에서 비교적 가깝고, 바다를 보면서 해산물을 마음껏 즐길 수 있는 여행지로 사랑받고 있다. 하지만 그 대부도가 안산에 속해 있다는 사실을 아는 사람은 많지 않다. 정작 대부도는 화성과 가깝고 안산과 직접적으로 이어져 있지 않기 때문이다. 안산 시내에서 대부도로 가려면 시흥을 거쳐야 한다. 원래는 대부도가 옹진군에 속해 있다가 시화호 간척사업으로 인해 육지와 연결되면서 새롭게 행정구역을 정했다. 그런 과정에서 주민들은 어느 도시에 속할지 투표를 통해 시흥, 안산, 화성 중 하나를 선택해야 했다. 대부도 주민들은 비록 시흥, 화성보다 멀리 떨어져 있지만 그중 제일 번화한 안산을 고르게 되었고, 현재 대부도는 안산시 단원구 대부동이다.

대부도는 안산시 전체 면적의 3분의 1을 차지할 정도로 크고 육지와 다른 문화를 지니고 있다. 하지만 안산 자체도 독특한 매력을 지니고 있다. 무엇보다 안산역 바로 앞 원곡동의 안산 다문화마을을 가면 이곳이 한국인가 싶을 정도로 이질적인 분위기가 확 느껴진다. 안산시는 세계 102개 국에서 온 8만 7천여 명의 외국인 주민이 살 정도로 다른 도시보다 외국인 비중이 높은데, 특히 원곡동은 전체 주민의 87%가 외국인이라 한글 간판보다 중국어, 영어 간판을 흔히 접할 수 있는 동네이다. 처음에는 많은 외

[시흥, 안산] 죽음의 호수에서 생태도시로의 극적인 변화

국인 이주민으로 인해 현지 주민들이 치안의 불안감을 겪기도 했고, 문화 차이로 인한 오해도 있었다고 한다. 현재는 그런 오해를 딛고 화합을 이끌어내 운남 쌀국수, 인도 요리를 맛보러 서울에서도 찾아오는 유명한 장소가 되었다.

그뿐만이 아니다. 안산은 인천에서 수원까지 이어지는 수인선의 중간 지점으로 현재는 전철로 바뀌었지만 바로 옆에 옛날 수인선 철로변이 남아 있다. 이곳은 가을에는 코스모스 명소로 유명해 많은 연인이 방문하고 있다. 그리고 단원구의 단원이 김홍도의 호이고, 그 단원이란 장소가 예전에 안산에 존재했다는 사실을 아는 사람은 많지 않다. 보면 볼수록 속 깊은 도시 안산으로 함께 떠나보자.

주민 87%가 외국인인 안산 원곡동

우리나라는 흔히 단일민족의 국가라고 여겨진다. 우리는 어릴 때부터 오천 년 찬란한 역사를 자랑하고, 한 번도 다른 민족의 피가 섞이지 않았다는 긍지를 지닌 교육을 받았다. 그런 교육관이 국민 사이의 일체감을 불러일으켜 갈등의 요소를 최소화하고 경제 발전에도 이바지 해왔다고 생각한다. 하지만 현재 재한외국인의 숫자는 어느덧 200만을 넘어 대한민국 인구의 4%를 차지하고 있고, 이는 일본의 외국인 비율 1%보다 많다. 이는 곧 다문화 사회로 가고 있다는 지표이다. 하지만 우리 사회는 아직 다문화에 대한 이해가 부족한 것 같다.

우리 사회를 구성하는 대부분의 외국인은 단순 노동에 투입되는 경우가 많았지만 사회가 점점 다변화되면서 다양한 직종에 종사하는 사람들이 늘고 있다. 브라운관에서 한국말을 유창하게 하는 외국인이 등장하는 프로그램이 더 이상 낯설지 않은 것만 봐도 그렇다. 하지만 아직까지 외국인에 대해 부정적인 풍조가 많아 안타까운 마음이 들었다.

앞서 언급했듯이 안산은 노동집약적인 공장이 몰려있는 시화, 반월공단이 있고, 10만 명에 가까운 외국인 노동자들이 살고 있다. 특히 안산역 주변은 대부분이 외국인이 살고 있는 지역이다. 이러한 다양성을 바탕으로 2009년 지식경제부로부터 다문화마을 특구로 지정되었다. 14개국의 음식을 250개의 식당에서 현지 그대로의 맛을 잘 보존하고 체험할 수 있다는 점이 눈길을 끌어 안산의 대표 명소로 자리매김했다.

안산역에서 나오자마자 역 건너편에 보이는 이질적인 간판들, 거리를 메우고 있는 낯선 사람들, 독특한 향의 식재료가 눈에 들어온다. 분명 전철

안산다문화특구는 다양한 국가의 음식을 맛 볼 수 있다.

만 타고 왔을 뿐인데 비행기를 타고 몇 시간 날아온 듯하다. 지하도를 건너 본격적으로 안산 다문화거리를 탐방하기 시작한다. 동남아를 여행할 때처럼 향신료의 향이 진하게 풍겨오고 인도네시아, 캄보디아, 태국 등에서 흔히 접하는 브랜드의 간판도 보여서 신기했다.

　주 도로를 따라 양옆으로 늘어선 가게들은 각종 잡화와 우리나라에서 보기 힘든 음식을 팔고 있었다. 이태원하고 다른 점을 꼽자면 이태원은 관광 오는 서양인과 미군들을 상대로 생겨났다면 안산은 아시아인이 중심이 되어 그들 자체적으로 자연스럽게 형성되었다는 것이다. 다문화거리를 방문하는 사람의 절반은 외국인이지만 명소로 주목받으며 한국인 여행객의 숫자도 늘었다고 한다.

다문화거리의 중간 지점에는 비교적 잘 정비된 공원이 있고, 그 한편에는 경찰센터가 자리해 치안에 대한 불안감을 한껏 완화해준다. 세계 각국의 언어로 적힌 간판이 눈에 띄었는데 은행 간판조차 중국어와 영어로 조성되어 있었다. 길거리에 보이는 수많은 음식 중 무엇을 먹어야 할까 고민이 될 정도로 종류도 많았고, 단순히 그 나라의 대표 음식뿐만 아니라 란저우라멘, 운남 쌀국수 등 특정 지방의 음식도 있었다. 고심 끝에 이 거리에서 유명하다는 운남 쌀국수를 먹어보기로 했다. 쌀국수는 뚝배기에 면과 콩나물 그리고 두부피가 듬뿍 담긴 채 푸짐하게 등장했다. 면은 우동처럼 탱글했으며 두부 면이 곁들여져 다양한 식감을 맛보는 재미가 있었다.

다문화거리의 뒤편으로 가면 안산 세계문화체험관도 방문할 수 있다. 악기, 가면, 놀이문화 등 다양한 주제로 전 세계의 문화를 다양하게 체험해보고, 다문화를 이해할 수 있는 좋은 기회를 제공하는 장소였다. 앞으로 이런 장소가 꾸준히 홍보되고 많은 사람들에게 널리 알려진다면 다문화가 우리 사회에서 자연스럽게 받아들여지지 않을까 생각한다. 이민자의 도시 뉴욕도 수많은 문화가 융합되면서 세계적인 도시로 성장했다. 안산도 이 거리를 중심으로 경기도에서 가장 번창하는 도시가 되길 기원하며 다음 장소로 이동해본다.

안산의 시가지를 따라 지하철 4호선이 이어져 있다. 시흥에서 시작해 안산을 거쳐 서울의 중심부를 관통하는 4호선은 현재 안산의 중요한 대동맥이다. 과거에는 협궤철도 '수인선'이 현재의 4호선 한대앞역~안산역 구간을 비슷하게 따라가며 이어져 있었다. 폐선이 된 1995년 이후에도 흔적

전철이 다니는 고가철로 옆길에는
수인선의 일부가 보존되어 있다.

옛 수인선의 역명판

은 남아 중앙역에서 고잔역을 거쳐 초지역에 이르기까지 일부 공간에 공원처럼 보존되어 있다.

지금은 수인선이 다시 전철로 복원되면서 수원과 인천을 연결하는 교통수단이 되었지만 원래는 일제 강점기부터 거슬러 올라가는 유서 깊은 철도노선이었다. 하지만 철도의 궤간이 표준계보다 짧은 협궤로 부설되어 있어 맞은편 다리가 맞닿을 정도로 작은 규모의 아담한 기차였다. 일본인 소유의 조선 경동 철도 주식회사가 운영하는 사철로 수원군 수원읍에서 인천부 용현동까지 부설되었다.

철도는 일제가 수탈을 위해 부설한 것으로 주로 경기도 해안 지방에서 생산된 소금과 더불어 같은 협궤 노선이었던 수려선과 연계해 경기도 동부의 곡물까지 인천항으로 수송해 일본으로 반출하는 주 경로였다. 일제강점기에는 화물노선으로 주 기능을 수행했지만 해방 후 여객의 비중이 점차 높아졌다. 그러나 1960년대 이후 산업도로가 개통되고 자동차의 비중이 높아지면서 작고 느린 수인선을 이용하는 사람들은 점차 줄었다. 수인선은 노선을 축소하면서까지 근근이 운영되다가 2000년 초반 노선 전체가 폐선되는 운명을 맞았다. 하지만 지역주민의 요구가 끊이지 않아 복선전철로서 오랜 공사 끝에 오이도역부터 인천역까지 전철공사를 완료했고 수도권 전철 '수인선'으로 다시 부활했다.

초지역에 내려 역 앞으로 걷다 보면 길게 뻗어 있는 옛 철로 부지와 함께 꽃이 피어 있는 모습을 볼 수 있다. 특히 하절기 내내 눈이 심심할 일이 없을 정도로 다양한 종류의 꽃이 피는데 유채꽃을 포함해 꽃양귀비, 데이지, 구절초, 코스모스 등이 주로 피며 철도동호회를 비롯하여 사진동호인들의 주요 출사지가 되었다.

지금까지의 답사는 역사를 테마로 한 여행이 많았기에 즐거움도 있었지만 무언가를 생각해야 한다는 압박감과 긴장감도 있었다. 하지만 일직선을 따라 쭉 이어져 있는 철로변에서 우리는 어디로 갈지 고민을 하지 않고 쭉 걷기만 하면 된다. 폐선 부지의 한복판에는 예전에 기찻길을 마음껏 누볐을 열차의 객실 칸이 지금은 카페와 청년창업 지원시설로 쓰이고 있다. 앞으로 부지를 활용해 각종 시설들이 조금씩 보충될 예정이라고 하니 또 다른 변화의 모습이 기대된다.

포도향 물씬 풍기는 섬, 대부도

대부도는 수도권에서 가까워 많은 사람이 바람 한번 쐬러 드라이브 가기도 하고 낚시, 캠핑을 즐기거나 바지락 칼국수를 맛보기 위해 간다. 이처럼 우리는 대부도에 관해 단지 몇 가지 이미지로만 축약하는 경우가 많다. 하지만 대부도는 독특한 지리로 형성된 자연 경관, 섬과 육지의 문화가 융합된 독자적인 문화를 가지고 있고 아픈 역사의 현장까지 있어 무게감을 느낄 수 있는 역사와 문화의 섬이다.

대부도에 가기 위해 접근하는 도로는 두 군데다. 하나는 화성의 전곡항에서 탄도방조제를 통해 남쪽 선감도 방향으로 들어오는 경로, 다른 하나는 유명한 시화방조제를 따라 대부도의 북쪽에서 들어오는 길이다. 인천이나 수도권에서 내려오는 사람들은 들어오는 길이 편한 시화방조제를 따라간다. 시흥시 정왕동 오이도 부근에서 출발하는 시화방조제는 대부도까지 길이 11.2km의 상당한 거리를 자랑한다. 도로 3분의 2 지점에는 휴게소와 함께 75m의 달 전망대도 위치해 있다.

시화방조제에 자리한 시화나래전망대

원래 시화호는 경기만의 일부였던 군자만을 바다와 분리한 다음 담수화시켜 공업용수, 생활용수로 쓰고 일부는 간척하여 사용하고자 국토부에서 야심차게 준비한 계획이었다. 하지만 물은 흐르지 않고 고여 있으면 자연스레 오염된다. 게다가 주위가 온통 공업단지라 공업용수가 유입될 확률도 높은 곳이었다. 갑문을 닫아 시화호가 흐르지 않으니 물 위에 물고기와 갈매기가 죽어 동동 떠있고, 대부도의 포도농사를 망치게 되는 등 문제는 점점 커져갔다.

결국 1998년 11월 국토부에서 담수화를 포기하고, 시화호의 물을 농업용수로 쓰는 일도 금지했다. 물이 흐르게 되자 시화호의 상태는 점점 좋아지고 수많은 강태공도 낚시질에 여념이 없다. 시화방조제 길은 우리나라에서 보기 드문 지평선을 따라 일직선으로 뻗어 있다. 그 때문인지 방조제길에는 유난히 과속 차량이 많다.

양옆의 바다를 멀리 굽어 보며 나만의 속도를 내면서 유유히 가기로 했다. 어느덧 멀리 전망대와 휴게소를 알리는 이정표가 나오고 잠시 쉬어가기로 한다. 양옆이 바닷가라 유난히 바람이 세지만 마음은 상쾌해진다. 이곳 시화호의 중간 지점에는 시화조력발전소가 자리하고 있는데 연간 50만 명이 사용할 수 있는 전력량을 생산하는 세계 최대 규모의 조력발전시설이라 한다. 서해안의 조수간만 차가 크고 그로 인해 형성된 갯벌이 역시 세계 최대 규모로 알려져 있는데, 조수의 힘을 이용해 전기를 생산하는 시설을 두 눈으로 보니 살아 있는 지구과학을 보는 듯하다. 옆의 전망대에서는 방조제를 전체적으로 살필 수 있고, 조력발전에 대한 설명을 해놓은 전시

[시흥, 안산] 죽음의 호수에서 생태도시로의 극적인 변화

대부도는 예로부터 어업은 물론 풍요로운 토지 덕분에 농업도 발전했다.

관도 있다. 하지만 조금이라도 빨리 대부도에 들어가고 싶다.

대부도로 들어서자마자 길가를 따라 쭉 늘어서 있는 바지락 칼국수가 유혹하지만 우선 가봐야 할 장소가 있다. 대부도가 섬이라서 어업의 비중이 높을 것 같지만 다른 섬보다 평지의 비중이 높고 간척지로 만들어진 땅이 비옥해 농사도 잘 된다고 한다. 특히 대부도를 대표하는 명물은 바로 포도다. 대부도는 바닷가의 뜨거운 열기와 습도, 낮과 밤의 심한 기온차, 미네랄이 풍부한 토양 등 포도를 재배하기에 훌륭한 입지를 지니고 있다. 이런 대부도의 훌륭한 포도를 가지고 와인을 만드는 와이너리가 있어 방문해 보지 않을 수 없었다. 우리나라 포도 품종은 대부분 캠벨얼리인데, 알맹이가 커서 식용으로 먹기에는 적합하지만 양조를 하기에는 당도와 산도가 턱 없이 부족해 와인을 만들기에는 부적합한 품종으로 알고 있다. 근래에 영동, 영천 등 국내의 포도 산지에서 와인을 생산하는 업체가 늘고 있지만 아직까지 썩 만족스럽진 않았다. 대부도의 대표 와이너리 그랑꼬또는 과연 어떨지 기대 반 걱정 반의 심정으로 와이너리 입구에 다다랐다.

좁은 골목에 자리한 그랑꼬또는 농림축산식품부와 한국농수산식품유통공사가 지원하는 '찾아가는 양조장'에 선정되어 있어서인지 방문객을 위해 와인 테이스팅은 물론 와인 족욕, 와인병 드로잉아트 등 많은 프로그램을 제공하고 있었다. 사실 그랑꼬또는 회사 이름이 아니고, 정식 명칭은 그린영농조합이다. 하지만 이름이 주는 어감으로 인해 발걸음이 여기까지 미치게 되었다.

내부로 들어서자마자 마치 와인갤러리를 연상시키는 인테리어가 인상

대부도를 대표하는 와이너리, 그랑꼬또   그랑꼬또의 청수와인은 각종 상을 휩쓸고 있다.

적이었다. 한쪽은 와인을 판매하는 장소 겸 테이스팅을 할 수 있게 구성되었고, 반대편은 그랑꼬또 외 다양한 국내 와이너리가 제조한 와인이 진열되어 있었다. 우선 와인 판매장에서 그랑꼬또가 판매하는 다양한 와인을 눈에 담아 본다. 레드와인과 화이트와인 아래에 어울리는 음식들을 적어놓고, 와인의 맛을 쉽게 설명한 표가 있었다. 레드는 삼겹살, 보쌈, 김치전 등 한식과 어울리고 화이트는 해산물과 함께 하면 좋다고 한다.

이 와이너리의 명성을 여기까지 오게 하는데 큰 역할을 한 와인이 있다. 바로 청수와인인데, 다른 와인보다 몇 배 비싸지만 이 와인을 맛봐야 그랑꼬또 와이너리의 진면목을 알 수 있다. 청수는 국내에서 개발한 청포도 품종으로 풍부한 과실향을 지니고 있다. 그랑꼬또는 청수포도를 이용해 만든 청수와인으로 아시아 와인 트로피, 한국 와인 페스티벌, 우리 술

바다 너머 저편에는 영흥도와 선재도를 잇는 영흥대교가 보인다.　　구봉도로 들어가는 대부해솔길 1코스

품평회 등 쟁쟁한 대회에서 상을 받았다. 한국 와인이 단순히 과실주의 개념을 넘어 독자적인 영역을 개척할 수 있는 계기를 마련한 것이다. 와이너리 밖 언덕 아래의 포도밭에서 날려오는 향긋한 포도향이 콧속을 살금살금 건드린다. 와인 몇 병을 짊어지고 다음 장소로 이동해보기로 한다.

대부도의 대표적인 자연 경관은 어디일까? 대부도는 섬의 형태가 팔방으로 발을 벌린 큰 낙지처럼 생겼다고 해서 '낙지섬'이라 불렸다고 전해진다. 낙지의 발에 해당하는 바다로 돌출된 지형과 그 사이에 육지로 들어간 지형에는 서로 다른 퇴적물이 혼재되어 분포한다. 그런 연유로 대부도에는 특이한 자연 경관도 많을 뿐더러 경기 지역에서 염전이 가장 잘 보존되어 있다.

이제 해도 질 시간이 되었으니 방향을 서쪽으로 틀어 구봉도 낙조전망대로 이동해본다. 대부도는 지형이 복잡한 만큼 다채로운 자연을 즐길수 있는데 이를 이용해 대부해솔길이라는 코스를 개설했다. 총 7개의 길 74km를 걷는 코스인데 자연 그대로 형성된 오솔길, 해안길을 따라 자연친화적으로 조성했으며, 해안선을 따라 대부도 전체를 둘러볼 수 있다. 코스별로 소나무숲길, 염전길, 석양길, 바닷길, 갯벌길, 갈대길, 포도밭길 등 다양한 풍경을 걸어서 둘러볼 수 있는 걸로 유명하다. 하지만 시간상의 어려움으로 코스를 전부 즐기긴 어려울 것 같아 가장 하이라이트인 1코스의 일부분을 걸어보고자 한다. 1코스는 방아머리 해수욕장에서 출발해 갯벌을 병풍처럼 둘러싼 해송숲을 지나 구봉도의 낙조전망대에 이르는 코스다.

그중 구봉도 구간을 걸어보고자 했는데 여기서 시간을 잘못 계산했다. 지도에서는 작은 구간이었지만 실제로는 산길을 걸어 왕복 2시간이 소요

눈앞에 보이는 낙조전망대

되는 꽤 긴 거리였다. 그래도 물 한 병을 휴대하고 차분히 걸어보기로 한다. 입구에서 산길을 따라 천천히 오르니 멀리 해안선을 따라 송도의 마천루가 등장한다. 30분 정도 지나면 너른 터가 나오는데 근처에 구봉 약수터가 있고, 여기서부터 산길이 험해지면서 오르막과 내리막이 지속적으로 반복된다. 대부도를 통한 밀항도 수차례 있었는지 경고문이 쓰인 팻말과 군인이 근무했던 초소도 보인다. 숨도 가빠지고 지쳐서 맥이 빠질 무렵, 갑자기 발밑으로 바다가 펼쳐지는 탁 트인 경관이 내려다보인다. 대부도에서 구봉도를 잇는 다리가 가늘게 이어진 지점인 개미허리라 불리는 곳이다.

구봉도로 넘어가기 직전에 있는 개미허리

　시야 왼편에는 영흥대교가 길쭉하게 이어져 대부도와 선재도, 영흥도
를 연결하고 있고 서해안의 수많은 섬을 한눈에 담으니 걸어오며 힘들었
던 기억이 순식간에 사라진다. 다리를 천천히 걸으며 이제 곧 지나갈 구봉
도의 자태를 감상한다. 구봉도는 현재 무인도이고 크기도 작지만 낙조전
망대는 구봉도에 도착해서도 20분 정도 더 산길을 타야 한다. 그래도 여기
서 멈출 수는 없다. 언덕을 지나 구봉도 밑으로 내려가면 더 이상 나아갈
땅은 없어 보인다. 드디어 구봉도 낙조전망대에 도착한 것이다. 이곳은 육
지의 끝이라 가리는 것 없이 해가 넘어가는 일몰을 가장 아름답게 살필 수
있다. 이렇게 대부도에서의 하루를 마감한다.

　　　　　　　　　　　　　[시흥, 안산] 죽음의 호수에서 생태도시로의 극적인 변화

대부도의 둘째 날이 밝았다. 방아머리 해수욕장 인근에 숙소를 잡았으므로 아침 식사 대신 간만의 여유를 즐기러 바닷가 백사장으로 천천히 걸어 나왔다. 국내에서 해무가 가장 심하게 낀다는 서해안답게 가시거리가 채 2m가 안 되었다. 그 속에서 지독한 고독이 느껴졌다. 그 고독 속에서 오로지 나 자신에게 집중하며 앞으로의 계획을 다듬어본다.

대부도에 얽힌 아픈 역사의 흔적

어느새 해무는 걷히고 끝이 없는 망망대해가 눈에 들어온다. 이번에는 대부도의 역사를 천천히 훑어보며 떠나보기로 하자. 대부도는 선사 시대부터 사람이 거주했던 흔적과 각종 유물이 남아 있어 예전부터 풍요로웠던 땅이라는 것을 짐작할 수 있다. 특히 신라 시대에는 중국 당나라와 교역하는 중요한 루트였으며 아직도 섬 주위에는 침몰한 당 무역선이 종종 발견된다고 한다. 하지만 일제강점기에 들어서면서 많은 일이 이 섬에서 일어났었다. 대부도가 자랑하는 동주염전이 이 시기에 생겨났으며 일제 강점기의 삼청교육대, 형제복지원 사건이라 할 수 있는 선감학원이 아픈 역사의 현장으로 남아 있다.

어느덧 첫 행선지인 구(舊)대부면사무소에 도착했다. 현재는 에코뮤지엄으로 변모하여 체험활동 및 문화예술인들의 지원센터로 활용되고 있다. 1934년에 지어진 구대부면사무소는 원래는 2개의 건물로 구성되어 있었

수용생활을 하던
아이들의 옷차림

예전 선감학원이 있던 자리는 경기창작지원센터로 바뀌었다.

으나 현재는 1개의 건물만 남아 있다. 전체적으로는 한옥의 형태지만 돌출된 정면은 일본식을 차용하고 있다. 적산가옥의 느낌이 물씬 풍기는 이 가옥은 박물관 역할뿐만 아니라 주민들의 문화생활을 지원하고 있다. 바로 앞에는 대부면사무소 3.1 운동 만세 시위지를 알리는 비석이 있는데 옆 고장인 화성과 마찬가지로 이 섬에서도 치열했던 항쟁의 역사가 존재했다.

대부도 역시 강화도와 마찬가지로 간척의 역사가 무척 오래되었다. 갯벌이 많은 섬 특성상 간척을 하기 편했고, 그로 인해 확보된 넓은 들판은 대부도의 주민들이 농업에 종사하면서 풍족한 생활의 발판이 되었을 것이다. 지금은 대부도와 한 몸이지만 시화방조제가 건설되기 전까지는 선감도라는 섬이 존재했다. 지금은 평화로운 동네지만 예전엔 감히 입 밖에도 꺼내지 못할 아픔이 섬 전체에 도사리고 있었다. 시골길을 따라 들어가면 옛 학교를 개조한 경기창작센터가 있어 주민들의 참여를 유도하는 문화센터로서 역할을 하고 있지만 예전에는 무시무시한 선감학원의 일부였다고 한다. 선감학원은 일제강점기부터 1982년까지 무려 40년 넘게 존재했는데, 당시 일제는 선감도의 주민들을 내쫓고 섬 전체를 수용소로 만들었다.

선감학원은 일제가 거리의 불량배와 부랑아들을 교화한다는 명목 하에 수백 명의 소년을 각지에서 잡아와 노동착취를 일삼은 비극의 현장이다. 처음에는 절도나 폭행 등을 일으킨 소년이 대상이었으나 점차 항일 독립 행위, 사회주의자들 그리고 할당량을 채우기 위해 아무런 이유 없이 잡혀온 청년들도 있었다. 겉으로 보기에는 일반 학교와 동일한 수업을 실시했

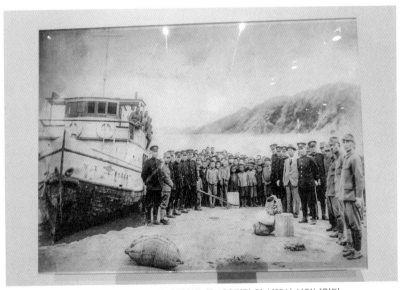

죽음의 섬 선감도로 입도한 아이들, 300명 아이들 중 100명만 이 섬에서 살아남았다.

지만, 선감원에 온 소년들은 공부는커녕 강제 노역에 시달렸고, 잘못을 저지르면 처벌로 끝을 뾰족하게 깎은 대나무를 손톱 밑에 끼워 넣는 고문을 받았다. 신념으로 가득 찬 독립운동가들도 견디기 힘들었던 고문을 아이들을 상대로 자행한 것이다. 게다가 섬이어서 소년들은 달리 나갈 방도도 없었다.

기껏 탈출을 시도해도 이 지역이 조류가 심하고 유속이 빠르기 때문에 파도에 휩쓸려 죽은 아이들도 많았다 한다. 2차 대전이 절정으로 치달았을 땐 선감학원의 소년들도 강제로 징병에 동원되었다. 광복 이후 관리권이 경기도로 이관되었지만 박정희 대통령 시기 역시 거리의 부랑아들을 모아 강제로 수용하였다. 삼청교육대, 형제복지원과 마찬가지로 무고한 청년들이 강제로 끌려왔고, 정부는 선감학원을 모범적 복지시설이라 적극 홍보했다.

현재는 이런 아픔을 영원히 기억하기 위해 선감학원 뒤편에 선감 역사박물관을 만들었다. 컨테이너 형식의 2층 건물로 구성되었고, 내부에는 그때의 아픔을 기억하는 사진 자료가 전시되어 있다. 국가가 앞장 서 폭력을 자행하는 야만의 시대가 불과 몇 십 년 전까지 존재했었다. 선감학원은 당시 이곳 원장의 아들이었던 이하라 히로미츠에 의해 알려졌다고 한다. 이 분이 아니었다면 이 사실은 영원히 해무 속에 묻혔을지도 모를 일이다.

사진과 각종 물품을 둘러보며 가혹한 노동에 시달렸을 그들의 아픔에 마음이 숙연해진다. 당시 수용자는 400명 정도인데 탈출하려다 죽고, 각종 가혹 행위에 시달리다 죽어 생존자는 100명밖에 남지 않았다고 한다. 300명의 억울한 소년이 매장된 묘가 건너편 야산에 남아 있다. 15분 동안 무거운 발을 이끌고 천천히 걸어가 보니 봉분 없이 풀만 무성히 자라 있는

선감묘역 유해발굴
야산에서 발굴된 아이들의 유골과 유품

장소가 나오는데 이곳이 300명 소년의 묘라고 한다. 죽어서도 대접을 받지 못하는 안타까움에 차마 말이 나오지 못했다. 이 장소가 널리 알려져 다시는 이런 비극이 되풀이 되질 않기를 바란다.

선감학원의 아픔을 뒤로 하고 누에섬이 있는 탄도항으로 내려가다 보면 삼림욕을 즐기면서 바다전망을 볼 수 있는 바다향기수목원과 유리섬 등 수많은 볼거리가 있다. 하지만 조금씩 여운을 남겨야만 다음에 또 올 수 있다.

어느덧 대부도의 최남단 탄도항에 도착했다. 화성의 전곡항이 지근거리에 있어 여기서 한 발만 걸어간다면 다시 육지로 돌아갈 수 있다. 여행이 끝나간다고 해서 아쉬워할 건 없다. 바로 옆에 대부도의 역사, 문화, 자연 생태계를 아우르는 안산어촌민속박물관이 있기 때문이다. 박물관은 총 2층 규모에 3개 전시실이 갖춰져 있다. 이 박물관은 대부도가 간척되고 어민들의 숫자가 날로 감소하고 있어서 점차 사라져 가는 삶과 문화를 보존하고자 건립했다고 한다. 수많은 흥미로운 이야기가 박물관에 담겨 있었다. 부속섬 풍도에서는 청일전쟁의 시발점인 풍도 해전이 발생했다는 사실과 그런 역사와 더불어 대부도 주민들의 생활을 마네킹과 집 모형으로 충실히 재현해 놓았다. 대부도는 반농반어의 땅이라 주민들은 농사를 주생업으로 하면서 바지락이나 굴 등을 채취하는 부업도 이어갔기에 소득이 많았다고 한다. 대부도 어민들의 창고는 농업도구와 어업도구가 함께 가지런히 놓여 있었다.

이제 마지막인 탄도항으로 갈 차례다. 항구에서는 멀리 누에섬이 보이고 그 사이에 거대한 바람개비와 같은 풍력발전소가 일렬로 늘어서 있는

탄도항에서 바라본 풍경   대부도 주민은 반농반어의 생활을 보냈다.

[시흥, 안산] 죽음의 호수에서 생태도시로의 극적인 변화

데, 하루에 2번 바닷물이 빠지고 넓은 갯벌이 드러나면서 풍도항에서 누에 섬까지 걸어서 갈 수 있다고 한다. 대부도의 포도밭, 아픈 역사, 소금 염전, 석양 등 많은 인상을 가슴에 새기고 그랑꼬또 와인 한잔하며 다시 돌아올 그날을 고대해 본다.

대부도 사람들의 생활사   탄도항에 자리한 안산어촌민속박물관

조선 시대 문인·예인들의 친목회가 열렸던 장소, 김홍도와 이익

　다시 안산의 육지로 돌아와 이 고장에 담긴 역사와 이야기를 좀 더 알아보려고 한다. 이곳은 다른 경기도의 도시 못지않게 많은 변화를 거쳤고 1986년에 비로소 현재의 안산시 경계가 만들었을 정도로 파란만장하다. 예전의 모습을 짐작하기 어려울 정도로 안산의 옛 발자취는 찾기 어려워졌지만 제법 굵직한 인물들이 이 도시와 인연을 맺고 있다. 태종 이방원의 측근이었던 이숙번은 안산 군수 시절 왕자의 난이 일어날 당시 안산의 군사를 이끌고 와서 공을 세웠고, 조선 회화 최고의 거장 단원 김홍도와 실학가 성호 이익선생도 이 고장과 깊은 관련이 있다. 안산이란 이름은 고려 태조 시절부터 등장했고, 문종이 탄생한 땅이라 하여 1308년 안산군으로 승격한 이래 조선 시대 내내 독자적인 정체성을 가지고 있었다. 예전 중심지는 지금과 달리 수리산 수암봉 자락의 안산동 일대였으며 객사, 동헌 등 관아가 밀집된 지방행정 중심지였다. 일제강점기였던 1914년에 부군면통폐합(府郡面統廢合)한 이후 80년대 안산시로 다시 부활하기 전까지 안산의 중심지로 역할을 다해왔다.

　안산동은 지금은 시흥으로 가는 길 중간의 한적한 동네이지만 멀리 수암봉의 옹골찬 위엄 아래 읍성의 터와 새롭게 복원된 객사가 남아 있다. 인근의 수암마을 전시관에서 예전 안산의 역사를 사진과 도표로 정리해 놓았다. 안산은 일제에 의해 시흥군 수암면이 되었지만 그 당시에도 여전히 안산으로 불렸으며 우편물도 시흥군 안산으로 적어 배달했다고 한다. 객

당대 최고의 예인들이
한자리에 모인
〈균와아집도〉   새롭게 복원된 안산객사

사 뒤편으로 옛 안산읍성터가 있어 지금도 마을 주민들의 산책코스로 이
용되고 있었다. 옛 안산읍성터를 지나 남쪽으로 내려가면 이 고장에서 가
장 자랑스러워하는 단원 김홍도미술관이 있다.

김홍도는 안산에 거주하며 활동한 표암 강세황에게 지도를 받아 그림
을 그렸으며 잘 알려진 풍속화는 물론 산수화, 인물화에 이르기까지 다양
한 장르의 작품을 남긴 조선의 대표 화가다. 김홍도의 아호에는 단원 말고
도 서호, 단구가 있는데 3개의 아호 전부 미술관 바로 옆, 지금은 인공폭포
가 흐르는 노적봉 인근에 있던 옛 지명이다. 그중 단원은 원래 노적봉 일
대의 박달나무숲을 의미했다. 숲은 사라졌지만 단원은 안산시 단원구로
서 이제 안산 시민에게 중요한 지명이 되었다. 김홍도미술관에는 그가 있

던 당시 안산의 모습을 살펴보는 전시를 하고 있었다. 그중 〈균와아집도〉
라는 그림이 정말 인상적으로 다가왔는데 노적봉 인근의 균와라는 장소에
서 강세황, 심사정, 최북, 김홍도 등 18세기를 대표하는 화가들이 한자리
에 모인 장면을 그린 것이다. 안산을 기반으로 하는 화가들의 면모를 살펴
보며 예상치 못한 반전을 이 도시의 역사에서 배우는 듯싶다.

앞서 언급한 단원이라는 숲은 사실 이재덕의 집 근처 숲의 명칭이었고,
이재덕은 바로 성호 이익의 손자였다. 이렇게 안산을 대표하는 두 인물이
동시대는 아니지만 활동했던 지역이 비슷하다는 점이 놀라웠다. 김홍도
미술관에서 머지않은 곳에 성호 이익 기념관이 있다.

임진왜란과 병자호란 등 연이은 전란으로 인해 조선 후기는 새로운 변

옛 안산의 진산, 수암봉

김홍도와 관련된 전시가 열리는 김홍도미술관

곡점을 맞이한다. 그럼에도 불구하고 개혁들은 무뎌져만 가고, 조선 전반을 지배하던 성리학은 점차 교조화되었다. 재산상속을 함에 있어 여성은 물론 장남이 거의 독식하는 구조가 되었고, 왕실조차 3년상을 치르는 문제 때문에 몇 차례의 당쟁을 겪기도 하는 등 이런 현상은 점차 심해져만 갔다. 이런 모순을 해결하고자 실학자들이 연이어 나타나면서 영조, 정조로 이어지는 조선 후기 르네상스의 밑바탕이 되었다. 그중 중농학의 대표격인 인물이 성호 이익 선생이다. 이곳은 그의 묘가 근거리에 있고, 그의 사상과 학문은 물론 그가 속한 가문인 여주 이씨의 유물과 대표작인 『성호사설』이 전시되어 있어 성호 이익 종합박물관이라 부를 만하다.

　여주 이씨 가문은 성호 이익의 증조부인 이상 시절부터 번창했다. 남인

옥동 이서가 직접 만들어 연주했던 옥동금

에 속해 정치적 주류가 되지 못했지만 그만큼 학문에 매진해 '일가 학림'을 형성했다. 부친 이하진의 필적과 셋째 형인 옥동 이서가 직접 만들어 연주했던 옥동금 등 여주 이씨 가문의 가전(家傳) 유물이 인상적이었다. 여주 이씨 가문은 대대로 중국 사행을 떠나면서 선진문물에 대한 이해가 높았고, "학문이란 쓰임이 있고 배운 대로 실천해야 한다."는 선조들의 말씀을 충실히 따랐다. 성호 선생은 예학이 추구하는 가치와 원리는 한결같더라도 예를 행하는 양식은 시대에 따라 달라지는 것으로 파악했다. 따라서 변화하는 시대에 따라 이에 맞는 양식을 행하자는 선진적인 사고방식을 보였다. 관혼상제의 예식을 대폭 간소화한 '성호예식'에서도 이를 볼 수 있다.

　수많은 저서를 통해 자신의 사상을 전파했던 성호 이익, 그는 평생 벼

[시흥, 안산] 죽음의 호수에서 생태도시로의 극적인 변화

성호 선생의 대표 저서인 『성호사설』

슬길에 나가지 못한 야인 신세였지만 후세에 많은 영향을 끼쳤다. 우리나라 중심의 역사 서술을 강조한 성호 선생은 제자인 안정복으로 하여금 『동사강목』을 저술하게 했고, 후대에도 서양의 새로운 문물과 지식에 대한 관심은 지속되었다. 그가 평생 살던 안산이 현재 국제적인 도시로 변모했을 거라는 사실을 일찍이 성호 선생이 짐작했을지도 모른다.

　다문화거리에서 출발한 안산 여행은 대부도를 지나 굵직한 인물들의 발자취를 따라가는 것에서 끝나게 되었다. 안산은 빠른 산업화로 예전 모습이 바뀌었지만 이 도시가 지니고 있는 콘텐츠는 매력이 많다. 아직 중구난방인 느낌이 들지만 시간이 지날수록 이런 이야기가 하나로 묶여 문화와 역사의 도시로 거듭나길 바란다.

[양주, 동두천]

경기 북부의
너른 고을 양주와
현대사가 켜켜이
쌓여있는 동두천

경기 북부의 너른 고을 양주와
현대사가 켜켜이 쌓여있는 동두천

태조 이성계가 회한을 달래던 양주 회암사터에 가다

어린 시절 넓은 공터나 마당에서 익살스러운 가면을 쓰고 흥겨운 춤과 놀이로 펼쳐진 마당놀이를 관람했던 기억이 아직도 선명하다. 가면을 쓰고 하는 놀이문화는 베니스의 카니발 축제를 비롯해, 중국의 변검과 일본의 전통극 노(能)에 이르기까지 전 세계 어디서나 보편적으로 사랑받고 있다. 가면이라는 도구를 사용해 자신의 정체를 가려주는 특징이 도덕이나 신분의 굴레에서 벗어나 자유로운 행동을 마음껏 펼칠 수 있게 만들어주기 때문이다.

한국에서는 가면을 양반과 사회의 부조리를 비판하고 풍자하는 도구로 이용했다. 그래서 힘든 삶을 살았던 서민들에게 많은 위로가 되었다. 배우들은 탈을 쓰고, 흥겨운 가락에 맞춰 춤을 추며 양반을 마음껏 비판했다. 이번에 소개할 양주에는 경기도의 대표 가면극인 양주별산대놀이가 지금까지 명맥을 이어오고 있다. 양주별산대놀이는 지금까지 원형이 보존되어

양주별산대놀이

있고, 상설공연도 정기적으로 열린다. 본래 애오개, 송파 등지의 산대놀이에서 영향을 받아 18세기 중엽부터 시작되어 현재의 양주시 유양동 일대에서 수백 년간 지속되고 있다. 지금의 양주는 남양주, 구리 등 주변의 많은 도시에 비해 이름값이 조금 떨어질지 모른다. 하지만 예전 이 고을의 영역은 서울의 노원, 중랑, 도봉, 광진구를 비롯해 의정부, 남양주, 동두천, 구리를 아우르는 거대한 고장이었으며 지방관의 품계상으로도 '양주목'이라 지정할 정도의 위상 높은 고을이었다. 고려 시대에는 지금의 경기도 일대가 광주와 양주의 두 글자를 따서 양광도라 불릴 정도였으니 과거의 위세는 말할 것도 없다.

한동안 손발이 끊긴 채 조용했던 이 도시가 '옥정신도시' 조성으로 다소 시끌벅적해졌지만 적어도 회암사지라는 절터가 남아 있는 이상 경기북부를 대표하는 역사문화도시로서 손색이 없다. 절터의 크기나 남아 있는 초석의 흔적만 해도 어마어마했던 당시의 위세를 짐작할 수 있다. 게다가 이 절터를 중심으로 하여 우리나라에서 제일 잘 조성된 유적공원과 박물관이 회암사지의 품격을 더해주고 있다. 또한 양주는 조선 시대 화려했던 고을의 역사를 짐작할 수 있는 목관아와 이 도시를 대표하는 명산인 불곡산이 함께 자리해 둘러볼 만하다. 90년대에는 많은 대학생의 MT 장소로 사랑 받던 북한산 자락의 장흥유원지가 이제는 굵직한 작가들의 미술관과 조각공원, 박물관으로 변모해 여행객을 기다리고 있다.

고려말 조선초 급변하는 혼란의 시기, 그 시대를 정면으로 돌파했던 한 남자가 있었다. 청년기에는 남쪽에서 올라온 왜구와 북쪽에서 내려온 홍건적의 침입을 막아내어 국가적 영웅이 되었다. 장년기에는 목숨을 건 결단으로 정권을 잡고, 만인지상의 우두머리로 자리 잡았다. 하지만 상승일로에만 있던 그의 인생이 노년에는 아들의 반란으로 인해 더없이 쓸쓸한 말년을 보내야만 했다.

인생의 동반자였던 신하도 사랑스러운 막내아들도 없는 상황에서 그의 삶을 지탱했던 것은 무엇이었을까? 바로 종교가 아니었을까? 태조 이성계가 아들 이방원에게 왕위를 물려주고 수시로 찾아가던 장소는 양주에 위치한 회암사였다. 이성계의 종교적 스승이자, 친우였던 무학대사가 여기서 주지를 지냈고, 끝내 회암사에서 입적해 그의 승탑이 들어서게 된다. 『조선왕조실록』에서도 회암사에 관한 기록은 수시로 등장한다.

회암사의 창건 시기는 정확하게 알려지진 않았지만 『동국여지승람』에 따르면, 고려 명종 4년(1174년)에 금나라 사신이 들렀다는 기록이 있으므로 12세기 후반 이전부터 존재했던 것으로 추측된다. 회암사는 인도인 승려 지공 선사의 뜻에 따라 그의 제자인 나옹선사가 크게 중창하였으며, 태조 이성계의 왕사인 무학대사가 왕실의 후원을 받으며 화려했던 전성기를 맞이하게 된다.

　　이곳의 위상은 다른 절에 비해 격이 높았다. 왕자의 난으로 왕위에서 물러난 이성계는 회암사에 궁실을 짓고 살아 '왕의 행궁' 역할을 수행했다. 발굴 조사로 출토된 유물을 보면 왕실에서만 사용된 청기와, 용문기와, 봉황문기와는 물론 지붕 위를 장식한 용두, 잡상의 모양이나 왕실 관요에서

왕궁 못지않은 규모를 자랑했던 옛 회암사의 모형

정청터에서 발굴된 청기와

태조 이성계가 태상황 시절 머물렀다고
전해지는 정청터

제작된 도자기까지 예전 회암사의 영광을 전해주고 있다.

이후에도 효령대군, 정희왕후, 문정왕후 등 왕실 인물들의 후원을 받아 조선 전기 최대의 왕실 사찰로 자리 잡았다. 하지만 문정왕후가 죽고 사림이 본격적으로 득세하면서 숭유억불의 거친 파도가 밀려왔다. 지금의 탑골공원에 자리한 원각사가 폐사되었고, 많은 절이 불타거나 불상의 머리가 잘려 앞마당에 뒹구는 신세로 전락했다. 게다가 수십 년 뒤에 닥친 임진왜란으로 회암사는 터만 남기고 역사의 뒤편으로 사라지고 만다.

조선 후기 회암사지에서 언덕 너머 승탑들이 모여 있는 좁은 터에 회암사가 재건되어 지금까지 그 명맥을 유지하고 있지만 예전의 화려했던 영화는 더 이상 찾을 수 없었다. 그렇게 잊혀갈 때쯤 1997년부터 2015년까지 12차에 걸친 발굴 조사를 통해 예전의 실체를 짐작할 수 있는 유물이

[양주, 동두천] 경기북부의 너른 고을 양주와 현대사가 켜켜이 쌓여있는 동두천

대량으로 출토되었다. 회암사지는 일반적인 사찰 건축과 달리 궁궐 건축의 건물 구조나 방식이 곳곳에 나타나는데 건물 주위에는 위엄을 나타내는 회랑이 쳐져 있어 그 엄숙함이 궁궐에 못지않았다 전해진다.

궁궐 못지않은 화려함을 보여주는, 왕실사원 회암사지

천보산 자락의 터 넓은 양지바른 평원에 자리 잡은 회암사지는 대학 시절에도 종종 방문할 정도로 역사에 관심 많은 사람들 사이에서는 꽤나 많이 찾는 답사지였다. 특히 회암사지에서 포천으로 이어지는 국도는 시골길의 정겨움과 아름다움을 동시에 느낄 수 있을 정도로 상당히 외진 곳으로 기억한다. 10년이면 강산도 변한다고 했던가? 2차선의 구불구불한 시

서역인의 모습을 하고 있는 잡상

골길은 어느새 4차선 자동차 전용도로로 변모했고, 회암사 너머로 신도시의 아파트가 우후죽순 늘어서 하늘 끝까지 치솟고 있었다.

그러나 부정적인 측면만 변한 게 아니다. 회암사지는 그동안 황량했던 절터에서 벗어나 대중이 편안하게 다가갈 수 있는 훌륭한 유적공원으로 변했다. 시민들이 휴식을 취하며 역사를 자연스레 접할 수 있게 조성한 이 공원은 단순한 유적이 아니라 이제는 복합 문화 공간이라 할만하다. 주차장에 내려 유적 공원으로 천천히 발걸음을 옮기면 입구에서부터 흩날리는 조선 시대의 깃발이 벌써부터 기대감을 갖게 한다. 유적 공원은 중간중간 디테일이 살아 있어 관찰하는 재미가 있다. 입구에는 회암사지박물관이 있는데 들어가기 전에 보이는 왕의 옥좌에 앉아 너나 할 것 없이 사진을 찍고 있다. 주목해야 할 점은 한 유적을 테마로 한 전시관이 아니라 박물관이라는 것이다. 그만큼 회암사지가 갖고 있는 의미와 유물이 풍부하다는 뜻이다. 전시실에는 궁궐만큼 화려했다는 기록처럼 건물들이 빽빽하게 들어서 있는 모형이 있고, 토수와 용두, 잡상 등 기와를 장식한 유물들이 전시되어 있었다.

유물에 대한 심미안이 없는 사람이라도 그 화려함과 역동성이 살아 숨쉬고 있어 누구나 넋을 잃고 쳐다볼 수밖에 없었다. 2층으로 올라가면 수백 명의 수도승이 참선했던 국내 최대의 온돌 시설 서승당의 모형이 재현되어 있어 눈길을 끈다. 박물관에 전시된 여러 유물 중 필자의 눈길을 끄는 것은 효령대군이 새겨진 수막새라 할 수 있다. 불교를 숭상했다고 알려진 효령대군의 흔적을 눈앞에서 마주하게 되니 500년 전의 역사가 눈앞으로

건물의 화려함을 보여주는 토수   그 시절 영화를 엿볼 수 있는 용두

생생하게 다가오는 듯하다. 그리고 궁궐에서도 좀처럼 보기 힘든 청기와
가 이곳에서 출토되었다. 회암사에서 가장 깊숙한 지점인 정청터에서 출
토된 유물로 아마도 이성계가 머물렀다는 전각이라 사실상 궁궐과 다름없
었다.

　박물관과 회암사지는 제법 멀리 떨어져 있는데, 그 사이의 공간을 역사
테마공원으로 적극적으로 활용하고 있었다. 캠핑장을 비롯해 가볍게 피크
닉을 즐기는 넓은 잔디밭도 있다. 혹자는 문화유적 앞마당에 이런 시설이
생겨 걱정 어린 의견을 내비치기도 하지만 그런 염려는 하지 않아도 될 정
도로 구성이 훌륭하다. 유적지와의 거리가 조금 떨어져 있기에 혹시 모를
훼손이나 소음 공해에서 자유롭다. 그렇다고 단순히 잔디밭만 설치해 놓
은 것이 아니라 회암사지와 관련된 테마 구역으로 만들어져 역사에 큰 관

출토된 기와를 쌓아서 만든 시간의 미로

심이 없는 사람이라도 충분히 즐길만하다.

　우선 시간의 미로를 체험해 볼 수 있는데, 미로의 벽은 회암사지에서 발굴된 기와 파편을 활용해 만들었다고 한다. 미로 속에서 갈림길이 나오면 회암사지 관련 OX 퀴즈를 풀면서 갈 길을 정한다. 자연스럽게 역사를 이해하며 배울 수 있는 공간이라서 아이뿐만 아니라 어른들에게도 인기가 높다. 미로를 지나 잔디밭으로 가면 사진을 찍을 만한 조형물들이 눈길을 끈다. 단순히 크기만 우람하고 보여주고 싶은 부문만 강조하는 괴기한 모양의 조각품이 아니라 작가의 생각과 철학이 담긴 하나의 예술작품이라 봐도 무방하다. 특히 검은색 그림자 모양으로 길게 늘어서 있는 이성계의 어가행렬을 재현한 조형물에 눈길이 간다. 가는 곳마다 사진을 찍다간 언제 회암사지에 도달할지 장담할 수가 없다. 멀리서부터 석축이 겹겹이 쌓여있는 회암사지의 자태가 보인다. 가까이 다가갈수록 감춰졌던 건물의 터가 훤하게 드러난다. 다른 절터와 달리 석탑은 존재하지 않지만 남아 있는 기단의 흔적에서 성대했던 과거를 유추할 수 있다. 가장 먼저 1구역에는 당간지주, 괘불대를 볼 수 있으며 중앙 진입계단의 난간에는 아름다운 부조가 새겨져 있어 과연 왕궁에 버금가는 위세를 자랑했던 절이라는 사실을 실감했다.

총 8구역으로 구성되어 있는 회암사지는 궁궐에서나 볼 수 있는 회랑 등이 어우러져 건물의 밀집도가 꽤 높은 편이다. 그중 좀처럼 보기 힘든 화장실 터가 남아 있다. 지하 석실 형태로 된 이곳에서 퇴적토 일부를 채취해 기생충 검사를 실시한 덕분에 그 면모가 알려지게 된 것이다. 중심 불전인

다양한 조형물이 설치되어 있는 회암사지 역사공원

보광전터를 중심으로 동쪽에는 일자 건물지와 서쪽에는 앞서 소개한 서승당의 터가 남아 있다. 보광전은 정방형에 가까운 2층의 중층건물이고 예전에는 6.2m에 달하는 월대가 놓여있었다. 사방에 답석을 깔아 비 오는 날에도 미끄러지지 않고 무사히 통행할 수 있었다. 가장 안쪽의 정청은 청기와로 지어졌으며 태조 이성계가 말년에 심신을 달래던 곳으로 알려져 있다. 여기서 오른쪽 뒤편에는 흡사 탑 모양의 거대한 승탑이 자리해 있다. 승탑은 사원의 외곽에 자리하는데 내부에 자리한 것을 보면 위상이 높으신 스님이 아닐까 추측한다. 하지만 현재는 정확한 주인을 몰라 회암사지승탑이란 명칭으로 남아 있다.

회암사터를 바라보는 지점에 들어선 회암사지승탑

[양주, 동두천] 경기북부의 너른 고을 양주와 현대사가 켜켜이 쌓여있는 동두천

끊어진 회암사의 명맥을 잇고 있는 새로운 회암사는 절터에서 상당히 먼 거리에 위치한다. 언덕을 넘고 넘어 천보산 중턱에 이르러야 닿을 수 있는데 비록 예전의 위세는 찾을 길 없지만 천보산 기암괴석 아래 양지바른 곳에 자리 잡은 아늑한 사찰이다. 회암사지만 보면 되지 굳이 여기까지 가야 하나 생각하는 사람도 있을 것이다. 굳이 이곳에 가야 할 이유가 있다면 고려말 조선초의 유명한 고승들의 승탑이 이곳에 있기 때문이다.

회암사 동쪽에는 고려말 조선초의 삼대 고승이라 할 수 있는 지공, 나옹, 무학대사의 승탑이 각자의 단을 쌓고 자리하고 있다. 먼저 만나는 승탑은 화려하지는 않지만 정갈한 느낌의 지공선사 승탑과 석등이다. 지공선사는 인도 출신의 고승이자 나옹선사의 스승이다. 그가 고려에 머물렀던 기간은 2년에 불과하지만 금강산과 통도사를 비롯한 전국의 명찰을 돌며 법회를 열었고, 국왕을 비롯해 백성에 이르기까지 지공을 추앙하지 않는 자가 없었다. 전국 순회법회를 마치던 그해 지공은 회암사를 방문했다. 지공선사의 눈에 회암사의 주변 지형들은 마치 인도의 날린다 대학과 유사했고, 북경에 돌아가서도 고려에 날린다 대학 같은 곳을 세우길 염원했다.

지공대사는 꿈을 이루지 못한 채 열반했고 그의 제자인 나옹선사에 의해 지공의 사리는 고려로 옮겨져 생전 불법의 도량으로 점찍어두던 회암사의 뒤편으로 자리 잡게 된 것이다. 그 위에는 그의 학맥을 이은 나옹선사의 승탑이 지공선사와 비슷한 외관을 하고 있다. 그는 회암사를 새롭게 중창하고 왕사(王師)로서 명성을 드높였다. 그가 열반한 신륵사와 함께 그의 사리는 두 군데에 나누어 모셔졌다. 다시 맨 아래로 내려가면 지금껏 보았

회암사 옆 언덕에 자리 잡은 무학대사승탑

던 다른 승탑들과 달리 화려한 용이 음각되어 있고, 규모도 2배 이상인 무
학대사의 탑이 웅장한 자태로 서 있다.

무학대사는 태조 이성계와의 인연은 물론 숭유억불을 기조로 삼은 조
선 왕실에서도 왕사로서 존중을 받은 인물로 알려져 있다. 무학대사 승탑
은 조선 전기 승탑 중 가장 뛰어난 걸작으로 평가받고 있고 바로 앞의 쌍사
자석등과 더불어 보물로 지정되어 있다. 회암사지 일대는 경기 북부를 통
틀어 가장 볼거리가 풍부하고 역사적 의미가 깊은 장소가 아닐까 싶다. 길
고 길었던 여행을 마치고 양주의 다른 곳을 둘러보기로 하자.

임꺽정의 혼이 깃든 불곡산과 추억의 교외선

　회암사지의 아랫동네에 자리한 옥정신도시를 지나 양주시청 쪽으로 방향을 잡고 남쪽으로 내려간다. 본래 행정구역의 절반 이상이 날아간 현재의 양주시는 위로는 동두천이 아래는 의정부가 있어 현재의 중심부는 조금 애매하다. 심지어 양주시청이 자리 잡은 동네도 황량하기 그지없는데 조선 시대 양주의 모습은 어떨까? 불현듯 궁금증이 확 치밀어 올라온다.

　천지개벽이 일어나 많은 것이 바뀌어 옛 자취를 짐작하기 어려워져도 산은 변하지 않는다. 우리나라의 웬만한 도시에 명산 하나씩은 자리하고 있다. 그 산들을 진산(鎭山)으로 지칭해 해마다 제사도 지내고 숭배와 기원의 대상으로 삼을 정도로 우리 민족의 산에 대한 사랑은 지극했다. 서울의 북한산(또는 북악산)과 부산의 금정산이 있는 것처럼 양주에는 불곡산이 있다. 불곡산은 해발 404m의 높지 않은 산이지만 양주의 진산답게 바위로 이루어진 기암괴석과 암릉이 많아 수도권 등산객들 사이에서 널리 사랑받고 있다. 산 중턱에는 신라의 명승 도선국사가 창건한 백화암이 있고, 최근에 조성된 마애삼존불상이 꽤 명물로 알려져 있다. 불곡산의 주봉에서 서쪽으로 뻗은 자락에는 우리에게 익숙한 이름의 임꺽정봉이 위치했다. 조선 전기 팔도를 들썩이게 했던 도적이자 의적이라 불린 임꺽정은 백정으로 받았던 차별과 명종 시기의 간신 윤원형의 혼란스러웠던 정세 속에 일어난 시대의 산물이다. 숱한 매체에서 나타났던 것처럼 부패한 관리들의 재물을 약탈해 가난한 백성에게 나누어 주는 임꺽정의 의적 활동은 실제

기록에는 남아 있지 않다. 아마 지금의 이미지는 벽초 홍명희 선생의 소설 『임꺽정』의 영향이 큰 탓이다. 불곡산 아래에는 임꺽정이 숨어 지냈다는 동굴이 있고, 그가 살았다는 집터에는 비석이 남아 예전의 자취를 말없이 전해주고 있다.

이번에는 불곡산 자락에 위치한 양주목관아로 가보기로 한다. 조선 중종 이래 줄곧 양주의 행정중심지로 역할을 다해왔지만 이제는 주위가 휑해서 예전의 영화를 찾을 길이 없다. 새롭게 복원된 양주목관아는 근래 전국의 목관아를 복원하는 흐름에 맞춰 다시 우리 앞으로 돌아왔다. 하지만 복원된 후 사후활용에 대한 부분도 우리에게 남겨진 과제다. 우리나라의 한옥은 사람들이 자주 드나들고 가꾸어야 하지만 몰개성적인 이런 목관아에서 오랜 시간을 머무르기 망설여진다. 앞마당에는 어디를 가든지 흔하

불곡산 자락의 양주목관아   양주목관아, 동헌

게 볼 수 있는 형틀 체험과 곤장이 놓여있고 지방관은 형벌을 내리는 사또의 이미지만 강하다. 양주목관아뿐만 아니라 전국적으로 복원되는 목관아 역시 활용법을 고민해 봐야 할 것이다.

이번에는 대학 시절 설레는 마음으로 첫 MT를 갔던 추억을 되짚어 북한산 자락의 양주 일대로 떠나보려 한다. 교외선을 따라 북한산 계곡 일대에는 일영, 송추, 장흥에 걸쳐 수많은 펜션이 모여 있다. 예전에는 의정부에서 고양까지 교외선 열차가 다녔기 때문에 서울에서 기차를 타고가면 쉽게 접근이 가능했다. 계곡에는 노점상들이 자리 잡아 백숙이나 닭볶음탕을 팔며 비싼 식사를 하지 않으면 이용하지 못하게 하는 등 상업적인 모습에 눈살이 찌푸려진 기억도 더러 있었다. 게다가 계곡을 이용하는 사람들은 쓰레기를 여기저기에 버려 물이 오염되는 환경 문제도 심각했다.

더 이상 교외선 열차는 지나가지 않지만 이제 장흥지역은 번잡했던 유원지에서 벗어나 자연에서 예술을 마음껏 즐길 수 있는 미술관과 문화 시설이 곳곳에 들어서고 있다. 서울과 가까우면서 도시의 번잡함이 전혀 없고, 가볍게 드라이브 삼아 다녀올 수 있는 장흥면은 행정구역상 양주에 속하지만 정작 양주 도심보다 의정부나 서울 북부가 가깝다. 먼저 찾아갈 곳은 현재 열차가 다니지 않는 한가로운 일영역이다. 깊은 산자락을 따라 이어지는 교외선 철도길은 보일 듯 말 듯 그 모습을 쉽게 보여주지 않는다. 드디어 주택가 사이로 일영역의 표지판과 함께 방탄소년단의 〈봄날〉 뮤직비디오 촬영지를 알리는 글귀가 조그맣게 붙어있다. 방탄소년단의 명성 덕인지 이 한적한 시골역을 찾는 사람들이 조금 있는 듯하다.

고양과 의정부를 이어주던 교외선 일영역   교외선은 다시 기차 운행이 재개될 날을
                                                기다리고 있다.

일영역은 옛날 시골 읍내 역처럼 낡아 녹이 슬고 간판의 글자는 누렇게
변색되었지만 오히려 그 점이 정겨웠다. 더 이상 운행하지 않는 대합실을
지나자마자 시원하게 쭉 뻗은 철길과 플랫폼이 나타난다. 전철화가 되기
전의 경춘선이 이런 느낌이라 반갑기 그지없었다. 기찻길을 멍하니 바라
보며 대학 시절의 봄날을 되새긴다.

유원지의 붐볐던 흔적은 오간 데 없고 쌀쌀한 겨울바람만 매몰차게 분
다. 이제 일영을 나와 장흥으로 발걸음을 옮겨본다. 차는 어느새 통일로에
서 갈라지는 39번 국도를 지나 산자락을 따라 고개를 마주한다. 이 고개를
넘기 직전 '온릉'이란 표지판이 조그맣게 있어서 눈여겨보지 않으면 지나
치기 쉽다. 온릉은 조선 11대 임금, 중종의 첫째 왕비 단경왕후의 능이다.
한동안 비공개로 사람의 출입을 금했다가 2019년 비로소 대중에게 공개

되었을 정도로 베일에 싸여있던 미지의 장소다. 작고 초라한 입구와 달리 능역에는 넓은 숲길이 펼쳐져 가벼운 마음으로 산책하기 좋았다. 최근에 개방한 왕릉이라 그런지 숲은 더욱 촘촘했고, 전반적으로 깔끔한 인상이 었다. 어느덧 좌측 너머 소박한 능침이 보인다.

　조선 왕릉 대부분이 능침을 정자각 위로 올려다 보이는 구조로 이뤄져 있고, 언덕 위에 있는 능침 영역은 들어갈 수 없어 멀리서 바라만 봐야 하는 경우가 대부분이다. 하지만 온릉은 능침이 매우 낮기에 전체적인 모습을 살필 수 있다. 병풍석과 난간석이 생략되었고, 석양과 석호도 한 쌍식 줄였으며 무인석을 세우지 않았다. 온릉의 주인인 단경왕후가 우여곡절이 많은 생을 살았기 때문이다. 단경왕후는 왕비의 자리에 오른 지 7일 만에

온릉은 작지만 전체적으로 아늑한 분위기가 느껴진다.

폐위된 비운의 삶을 겪었다. 단경왕후 신씨의 아버지인 신수근은 연산군 시절 좌의정을 지냈고, 그의 누이는 연산군의 왕비였다. 그는 딸을 동생인 진성대군과 혼인시켜 고모와 조카의 관계가 왕가에서 동서지간으로 만나게 되었다.

그러던 중 연산군의 폭정이 날로 심각해지자 두 번의 사화를 겪은 신하들은 들고 일어나 반정을 일으켰다. 진성대군을 왕위에 올릴 결심을 한 반정의 주역 박종원은 신수근을 찾아가 계획을 알렸으나 그는 "매부를 폐하고 사위를 왕으로 세우는 일은 부적절하다."라며 반대했다. 이후 중종반정은 성공했고, 신수근은 죽음을 면치 못했다. 왕위에 오른 진성대군, 즉 중종은 공신들의 반대에 부딪혀 왕비를 7일 만에 폐하기에 이른다.

사가로 쫓겨난 단경왕후는 50년이 넘는 세월 동안 독수공방의 신세로 그 자리를 묵묵히 지키다가 명종 12년 71세의 나이로 한 많은 일생을 마무리 지었다. 한동안 신씨 가문에 의해 보호받고 있던 온릉은 200년이 지난 영조 때에 이르러서야 단경이란 시호가 내려지며 왕비의 능으로 복권되었다. 이제 개방이 된 만큼 많은 사람이 이곳을 찾아 그녀의 아픈 삶은 위로해주면 어떨까 싶다.

이제 본격적으로 장흥지역으로 들어왔다. 큰길에서 계곡으로 접어들면 갑자기 수많은 카페와 식당, 다양한 테마의 박물관들이 눈에 잡힌다. 예전 우리의 추억이 담겨있는 청암민속박물관, 천문테마파크, 송암스페이스센터도 장흥계곡 한 자리를 차지하고 있어 한번쯤 들러볼 만하지만 다음 기회로 미뤄두고 지나친다. 장흥계곡의 중간지점에 오면 배우 임채무

가나아트파크 전경

가 운영하는 두리랜드라 불리는 놀이공원과 맞은편 조각상들의 자태와 건물들의 생김새가 심상치 않은 장소가 나타난다. 장흥의 유명한 미술 테마공원인 가나아트파크다. 티켓을 끊고 안으로 입장하니 빨강, 노랑, 파랑 등 원색으로 이루어진 건물과 마당에선 독특한 조각 작품이 저마다 한자리를 차지하고 자태를 뽐내고 있었다.

　이곳의 파란색 건물은 피카소를 테마로 하는 미술관이다. 이 건물의 특징은 1층을 통유리로 처리하고 그 공간을 미술관이 아닌 카페, 담소의 장소로 활용한다는 점이다. 관람자는 이곳에서 긴장을 풀고 관람 공간인 2층에 들어서면 오로지 미술품에 집중할 수 있게 유도한 것이다. 여기에는 피카소의 진품 두 점과 그의 생애가 요약된 패널이 있고, 한편에는 피카소가 말년에 몰두했던 도자기 작품까지 관람할 수 있다. 그리고 동일한 건축양식에 색만 빨간색으로 바뀐 레드 스페이스로 이어진다. 여기는 기획전시가 번갈아 가며 이어지는데 필자가 갔을 당시에는 가구에 관한 기획전을 하고 있었다. 마지막 옐로스페이스는 가나아트파크의 명물인 예술작품이자 아이들의 놀이터로 활용되는 에어포켓이 있지만 예약제로 운영하고 있어 특정 시간대에만 입장이 가능하다고 한다.

이제 실내 관람은 끝났고, 넓은 잔디밭에 펼쳐진 조각품을 감상하며 천천히 산책하는 일만 남았다. 국내 최초 사립미술관인 토털미술관이 가나아트파크의 전신인데 그때부터 존재하던 작품이라 한다. 문신, 최종태, 한진섭 등 한국을 대표하는 조각가를 비롯해 브루델, 조엘 사피로 등 세계 근

피카소의 작품, 도자기

피카소를 테마로 하는 미술관

[양주, 동두천] 경기북부의 너른 고을 양주와 현대사가 켜켜이 쌓여있는 동두천

현대 조각을 아우를 수 있는 세계 작품을 감상하며 한동안 주위를 계속 맴돌고 있었다. 주변 자연 경관도 훌륭해 단풍이 활짝 피는 가을에 다시 오면 좋을 듯싶다.

미술관에는 피카소의 진품도 전시되어 있다.

이번에는 계곡 더 깊숙이 들어가 보도록 하자. 서울 근교의 유원지인 덕분에 요양병원도 눈에 띄고 모텔인지 호텔인지 아리송한 건물도 보인다. 그중 심상치 않은 건물이 하나 보이는데 바로 장욱진미술관이다. 장욱진은 박수근, 이중섭, 김환기와 함께 한국의 근현대미술을 대표하는 서양화가로 알려져 있고, 특히 앞선 1세대 작가와 달리 개성과 독창성이 두드러지는 2세대의 선두주자이기도 했다. 동양화, 서양화의 이분법에서 벗어나 서양화를 바탕으로 한 문인 산수화, 민화, 벽화 등 전통적인 도상을 적극 수용함으로써 우리의 과거와 현대를 이어주는 이미지에 새로운 가능성과 의미를 부여한 화가였다. 이전 그의 저택에서도 작품을 감상한 터라 부푼 기대를 안고 미술관으로 입장했다.

미술관의 입구에서 미술관까지 꽤 떨어져 있다. 장흥계곡의 아름다운 숲을 지나 조각공원을 벗어나면 어느덧 하천과 그 너머 독특한 현대 건축

장욱진미술관 입구

이 있는데 이 건물이 바로 미술관 본
관이다. 이 건물은 장욱진 화가의 그
림 〈호작도〉의 집을 모티브로 건물
의 내외부가 모두 백색으로 구성되
어 있으며 2014년 김수근 건축상,
영국 BBC 2014년 위대한 신설 미
술관에 선정된 바 있다.

장욱진미술관에 전시되어 있는
그의 마지막 작품

　이곳은 송혜교, 박보검 주연의 드라마 〈남자친구〉의 촬영지이도 했는
데 1층은 주로 신진작가를 양성하기 위한 기획전시실로 쓰이고, 2층은 장
욱진 화가의 상설전시가 열리고 있었다. 장욱진 화가의 작품은 많지 않지

[양주, 동두천] 경기북부의 너른 고을 양주와 현대사가 켜켜이 쌓여있는 동두천

만 시대와 환경의 변화에 따른 작품 스타일의 변화를 엿볼 수 있다. 장욱진 화가는 덕소, 명륜동, 수안보, 용인 등 수차례 집을 이사했으며 그에 따른 스타일도 조금씩 변해갔다. 말년 시절인 용인 시기의 그림을 보면 불안의 요소가 있다. 그림의 화자가 허공에 떠 있는 듯한 모습이 죽음을 의식하지 않았나 생각된다. 미술관 바로 옆의 하천을 넘으면 캠핑장이 있는데 그 이름도 '미술관 옆 캠핑장'이라는 게 맘에 든다.

한때는 경기도를 대표하는 도시였지만 지금은 영역이 축소된 양주, 그러나 본질은 훼손되지 않았다. 회암사의 찬란한 역사와 양주별산대놀이 등 경기도 전체를 대표할 만한 유산이 잘 보존되어 있다. 다시금 경기 북부의 중심도시로 거듭나길 기대한다.

동두천과 미군부대 그리고 경기도의 소금강, 소요산

양주와 연천 사이 자그마한 면적으로 이름조차 이질적으로 들리는 동두천은 수도권 1호선의 역명이나 간혹 들려오는 미군부대 관련 소식으로만 접했을 뿐 딱히 친숙한 동네는 아니다. 역사가 깊은 동네도 아니고, 경기도 도시라면 으레 존재할 만한 신도시 하나 없다. 6.25 전쟁 이후 현재의 동두천 일대가 폐허가 되었고, 미군들이 이 일대에 주둔하면서 이 조그만 도시에는 미군과 외국인을 위한 위락시설이 집중적으로 들어섰고, 그 결과로 새롭게 도시가 만들어졌다. 미군부대는 양주의 일부에 지나지 않앉던 동두천을 독립된 행정도시로 변화시켰고, 경제적 궁핍기에 있던 시기에 미군을 통해 유입되는 첨단 서구문화로 국내 여타 도시보다 앞서 문화적 풍요를 누리기도 했다. 한때 동두천 일대는 서울의 미8군 클럽과 함께 70~80년대 전성기를 구가하는 대중가수의 요람이기도 했다. 특히 록의 대부인 신중현이 국내 최초의 록 밴드 애드훠(ADD4)를 결성하고 활동한 곳으로 록과 한국 대중음악의 시발점으로 평가받고 있다. 미군의 문화적인 욕구를 충족시키기 위해 출발한 쇼단 문화는 역설적으로 이 지역에서 걸출한 음악인들을 수없이 배출하게 되었다. 대표적인 인물로 현미, 패티김, 인순이, 유현상(백두산) 등이 있다.

이런 동두천의 록 문화는 보산역 동두천 관광특구에 위치한 두드림 뮤직센터와 8월에 열리는 동두천 록페스티벌이 계승하고 있다. 하지만 빛이 있으면 그림자도 따라오는 법. 동두천을 발전시켰던 미군은 이 일대에서 끊임없이 사건을 일으키는 것은 물론 한미상호방호조약으로 인해 만들어진 치외법권으로 인해 많은 문제점을 야기하게 된다.

처음 미군이 이곳에 주둔할 때만 해도 동두천 전체 면적(99.66km²)의 42%(40.63km²)를 미군부대가 차지했다고 하니 이 도시는 사실상 미군에 종속된 도시나 다름없었다. 현재는 상당수의 미군이 철수했다고 하지만 캠프 케이시를 중심으로 여전히 동두천 전체 부지의 19%를 차지하고 있다. 하지만 이런 배경이 동두천만의 정체성을 만들었는지 모른다. 무엇보다 미국 문화가 먼저 들어온 도시이고 그로 인해 한국과 미국의 문화가 융합된 몇 안 되는 고장이기도 하다. 그리고 이 지역에는 경기도의 명산으로

[양주, 동두천] 경기북부의 너른 고을 양주와 현대사가 켜켜이 쌓여있는 동두천

경기도의 소금강, 소요산

불리는 소요산이 있고, 70~80년대 단관극장의 향수를 느낄 수 있는 동광, 문화극장이 있어 흥미로운 도시답사가 진행될 것 같은 생각이 든다.

동두천을 상징하는 명소는 어디일까? 이 도시가 낯선 사람이라도 수도권 1호선의 종점인 소요산을 모르진 않을 것이다. 전철을 타고 갈 수 있는 편리성 덕분에 수많은 행락객의 사랑을 받고 있지만 어느 명산 못지않게 산세가 수려하고 아름다운 자태를 지니고 있다. 해발 587m인데, 비교적 높이가 낮다고 우습게만 볼 산은 아니다. 경사가 급하면서 험한 구간도 있고, 주봉인 의상대를 비롯해 나한대, 공주봉 등 소요산의 여러 봉우리를 돌고 내려오면 4시간은 족히 넘으니 단단한 각오를 하고 올라야 한다.

소요산은 예로부터 '경기의 소금강'이란 별칭이 있을 정도로 명성이 자

자했고, 이름의 유래도 화담 서경덕, 봉래 양사언, 매월당 김시습이 자주 소요(산책)하였다 하여 붙여졌을 만큼 발길 닿는 장소마다 수많은 이야기가 깃들어져 있다. 특히 이곳의 중심 사찰인 자재암은 신라의 고승 원효대사가 요석공주와 인연을 맺은 후 이 산으로 들어와 수행하면서 창건한 것이라 한다. 소요산역을 나오면 과연 동두천을 대표하는 관광지답게 수많은 카페와 음식점이 등산로 입구를 따라 우후죽순 들어서 있었다. 이제 가을을 지나 단풍도 다 떨어지고 꽤 쌀쌀했지만 아직 많은 행락객이 이 산을 찾고 있었다. 매표소에서 표를 끊고 등산로로 본격적으로 들어가자 북적거림은 사라지고 고요함만이 주위를 감싸고 있다.

단풍잎은 바닥에 수북이 쌓여 있고 나무는 가지만 남아 앙상했지만 산의 전체적인 골격이 한눈에 들여다 보인다. 길 중간에는 요석공주가 머물렀다는 궁터를 알리는 표지석이 있었다. 요석공주와 인연을 맺은 원효대사는 파계승이 되어 속인의 옷을 입고 표주박을 두드리며 기인의 행색을 하던 중 이곳 소요산 원효대에 머물면서 다시 수행해 전념했다고 전해진다. 이 소식을 들은 요석공주는 아들인 설총을 데리고 와서 조그만 별궁을 짓고 아침, 저녁으로 원효가 수도하는 원효대를 향하여 예배를 올렸다 한다. 그 봉우리가 공주봉이다. 이곳에는 태조 이성계의 별궁 터도 있었다 전해지는데 아마도 회암사지와 가깝고, 고향 함흥으로 통하는 길목에 있기 때문일 것이다.

일주문을 지나 본격적으로 산을 오르기 전에 원효굴과 원효폭포를 지나가게 된다. 물줄기는 얇지만 원효대사가 수행하던 공간이라 그런지 신

[양주, 동두천] 경기북부의 너른 고을 양주와 현대사가 켜켜이 쌓여있는 동두천

원효대사가 수도했다고 전해지는 원효굴　　　요석공주가 거주하던 터

비스러움이 느껴진다. 이제 본격적으로 소요산을 올라가 보자. 난이도에 따라 여러 코스가 있지만 일반적인 종주코스는 자재암에서 시작해 하, 중, 상 백운대를 거쳐 나한대, 의상대, 공주봉으로 내려오는 루트다. 시작부터 만만치 않은 계단을 올라 소요산의 골격이 환하게 드러나는 위치에 지붕이 없는 문인 금강문이 시원하게 서있다. 그리고 산이 훤하게 보이는 지점에 원효대사가 정진 중에 지친 심신을 달래던 원효대가 있어 많은 산객이 저마다 잠시 쉬어간다. 이제 계곡을 따라 오르다 보면 이 산에서 가장 큰 암자인 자재암이 나온다. 규모는 크지도 작지도 않고 정갈한 암자의 건너편엔 기묘하게 생긴 바위와 조화를 이루는 청량폭포가 이곳의 아름다움을 더해준다.

　이제는 끊임없는 계단을 오르는 일만 남았다. 끝이 보이지 않을뿐더러 제법 급경사라 한 걸음 오를 때마다 허벅지가 터질 것 같은 고통이 밀려왔다. 이제 와서 돌아갈 수도 없는 노릇이라 고통을 즐기며 한 걸음씩 발을 내딛는다. 어느덧 능선이 나타나고 발밑에는 주변 산세와 동두천 시내까지 훤히 보이기 시작한다. 이성계는 이곳에서 머물며 회암사를 자주 왔다갔다 했으며 백운대에 올라 왕자의 난으로 실각한 자신의 회한을 달랬다

자재암의 청량폭포

고 한다. 백운대를 지나 나한대로 가는 길은 칼바위 구간이라 낙상사고 빈번히 일어났다고 한다. 지금은 우회길이 나 있어 굳이 이곳을 통과하지 않아도 갈 수 있다.

　나한대는 소요산에서 두 번째로 높은 봉우리로 아마도 불교의 명칭을 따왔을 것인데 원효 이후 나옹선사와 이성계가 이곳에서 수행하면서 주변 봉우리의 명칭을 불교식으로 바꿨다고 전해진다. 이제 소요산의 주봉인 의상대가 나온다. 동두천은 물론 파주의 명산인 감악산까지 한눈에 들어온다. 남은 봉우리는 공주봉이지만 길이 험하고 등산로가 일정하게 나 있지 않아 기진맥진하며 걸음을 조심스레 옮겨야만 했다. 요석공주의 명칭

　[양주, 동두천] 경기북부의 너른 고을 양주와 현대사가 켜켜이 쌓여있는 동두천

을 딴 이 봉우리에 서서 의상대를 바라보니 지나갔던 험하고 날카로운 산세가 아른거린다. 아마 요석공주에게는 원효대사가 이처럼 험하고 접근하기 힘든 낭군이 아니었을까 싶다. 이제 나무계단을 따라 천천히 원점으로 돌아온다. 가는 길에는 팻말에 좋은 글귀가 하나씩 적혀있었는데 "삶은 한 순간도 제자리에 머물러 있지 않다."라는 말이 눈에 들어온다.

4시간 동안의 산행은 힘들었지만 우리네 인생을 압축본으로 보여주는 것 같아 세대를 불문하고 사랑받는 것 같다. 우리나라에는 어느 동네를 가든지 이런 명산이 있어 조금만 발품을 팔면 쉽게 오를 수 있는 점이 참 좋다. 동두천에는 소요산이 있어 이 도시의 가치를 한층 끌어올린다. 이제 산에서 내려와 시내로 방향을 이동해 보도록 하자.

동두천의 작은 미국, 외국인 관광특구 '캠프 보산', 세월이 멈춘 듯한 동두천 시가지

미군 2사단이 들어온 동두천의 보산역 일대는 1950년대 이후 자연적으로 형성된 수백 개의 상가가 밀집해 있다. 지금도 거리를 걷다 보면 간판의 외국어는 물론 방문객의 절반 이상이 외국인일 정도로 이질적이고, 미국의 대표 음식인 수제 햄버거부터 시작해 페루의 세비체와 튀르키예의 케밥까지 맛볼 수 있는 동두천을 대표하는 관광지로 급부상하고 있다. 한때 외국인으로 인한 사건사고가 끊이지 않았지만 동네를 방치하지 않고

외국인 관광특구 '캠프 보산'

길을 재정비하면서 건물 외벽에 특색 있는 그래피티를 그려 넣으며 사람들의 이목을 끌게 했다.

안산과 마찬가지로 관광특구로 지정된 동두천 외국인 관광특구 '캠프 보산'은 1호선 전철을 타고 쉽게 접근할 수 있기에 제2의 이태원으로 주목받고 있다. 현재 동두천은 미군부대가 평택으로 이전해 절반 이상이 빠져나갔다곤 하지만 보산역에서 내리자마자 광장으로 나아가면 길거리를 걷는 사람의 상당수가 외국인이다. 그리고 주위를 살펴보면 건물을 가득 채우고 있는 그래피티의 풍경이 압도적으로 다가온다. 우리나라도 이제 벽화마을은 어렵지 않게 찾을 수 있지만 스타일 자체가 한국보다는 미국에서나 볼만한 스타일이다.

예로부터 미국인을 전문적으로 상대했던 상업지구라 그런지 건물의 양식이나 간판의 글씨체가 우리나라보다는 외국에서 볼 법하다. 60년대 이후 개발이 이뤄지지 않아 오래전부터 명맥을 이어오던 가게들도 많고, 그런 곳을 구경하는 것도 쏠쏠한 재미다. 현재는 보기 힘든 맞춤 정장집과 세월의 때가 묻어있는 이발소에서 과거의 화려했던 동두천의 영화를 떠올려 본다. 벽화에서 사진도 찍어보고 신기해 보이는 간판을 살피며 걷는다. 세계의 다양한 음식을 맛보는 푸드 스트리트가 있지만 저녁 시간에만 오픈한다고 하니 이점은 아쉬웠다.

골목을 지나 북쪽으로 걷다 보면 간판이 낡아서 색이 바랜 한 경양식점을 만나게 된다. 건너편의 미군 캠프와 역사를 함께하고 있는, 53년의 역사를 자랑하는 오륙하우스라는 식당이다. 미군부대 주방에서 근무하던 1대 사장이 문을 열고, 지금은 롯데호텔 출신의 오승호 셰프가 대를 이어 운영하고 있는 경양식 전문점이다. 그런데 식당명을 오륙하우스라 지은 이유가 궁금했다. 혹시 부산 오륙도와 관련 있지 않을까 했는데 성이 오씨이고 가족이 6명이라는 의외의 대답이 돌아왔다. 식당 내부는 마치 과거로 거슬러 올라가듯 세월의 흔적이 곳곳에서 묻어 나왔다. 메뉴판은 미군이 주 손님인 만큼 영어가 병기되어 있었고, 식당에 찾아갔을 당시에도 미군인 듯한 손님이 몇몇 눈에 띄었다.

원래는 국내 1세대 수제버거집으로 직접 만드는 고기 패티를 사용하는 햄버거로 유명하다고 한다. 그러나 필자는 밥이 당긴 나머지 다양한 요리를 맛보는 오륙하우스 정식으로 시켜보았다. 샐러드와 식전 빵은 요즘 트

렌드에서 비껴간 듯했지만 가게
만의 독특한 개성이 보인다. 스
파게티, 튀긴 만두피로 모양을
잡은 감자튀김, 베이크드 빈즈
를 올린 돈가스 모두 예전의 추
억을 떠올려 볼 만한 맛이었다.
부디 오래도록 가게의 명성을
지켜나가길 바라면서 보산역 남
쪽으로 다시 한번 이동해본다.

미군 문화가 비교적 진하게
남아 있는 북쪽 보산동 일대와
달리 동두천 중앙역을 중심으
로 한 거리는 예전 60~70년대
의 풍경을 그대로 재현해 놓은
듯하다. 마치 과거와 현재가 교
차하면서 낡은 흑백영화를 상영
하는 느낌이랄까? 특수한 환경
에서 성장한 도시답게 다른 도

동두천의 노포, 오륙하우스

오륙하우스의 코스요리

시에서 좀처럼 보지 못한 독특한 장소가 적지 않게 남아 있다. 그 장소 중
우선 양키시장을 가보려고 한다. 1950년부터 군화와 군복 등 미군 의류와
식품 등을 판매하는 상점들이 들어와 시장을 형성했는데, 이곳에서는 미

군이 내다 팔거나 부대에서 흘러나오는 물품으로 가득했다고 한다. 경제적으로 어려운 시절이라 미군이 쓰던 제품은 선망의 대상이었고, 물건을 사고자 찾아온 내국인과 미군들로 인해 시장은 호황을 누렸다. 하지만 시대가 변하면서 공산품 수입이 자유로워졌고, 미군 제품이 주는 메리트가 점점 사라지면서 이제는 나 같은 뜨내기들이나 가끔 구경하러 올 뿐 대부분의 상점은 텅 빈 채 시장에는 쓸쓸함만 가득하다.

그래도 아직 몇몇 상점에서 미군들이 쓰던 군복을 비롯해 각종 군장 용품과 캠핑 붐에 편승한 듯한 군용 텐트 같은 것도 취급하고 있었다. 한마디로 총이나 무기류를 제외한 모든 것이 이곳에 있는 것이다. 나도 그냥 지나가기 아쉬워서 전투식량을 하나 구입하고는 쓸쓸한 마음으로 양키시장을 나왔다. 주위는 건물들의 색이 바래 낡은 티가 아직도 역력했고, 시간이 그대로 멈춘 듯한 모습을 하고 있었다.

갑자기 어릴 때 부모의 손을 잡고 들어갔던 오래된 극장이 나를 맞이해준다. 지금은 멀티플렉스에 밀려 대부분 사라진 단관극장이지만 동두천은 동광극장이 1959년 문을 연 이래 아직까지 명맥을 유지하고 있었다. 나도 영화관을 찾을 때 편리한 근처 프랜차이즈를 이용하기보다 종로의 단성사나 피카디리까지 가서 영화를 보곤 했었다. 단성사는 현재 평범한 귀금속 상가로 바뀌었고, 피카디리는 대기업에 인수되면서 어디서나 볼 수 있는 평범한 영화관으로 변모해 항상 아쉬움이 많았다. 동광극장의 외관은 옛 모습 그대로 걸린 노란색 영화 간판이 세월의 흔적을 담고 있었다. 물론 예전에는 수작업으로 그린 영화 포스터가 극장 외벽에 걸려있었겠지만 지금은 일반 포스터로 바뀌었다. 그래도 아직까지 영화관으로서 기능을 잃지 않았다는 점이 무척 감사하다. 현재도 최신 영화를 상영 중이며 내부는 다른 멀티플렉스와는 다른 요소가 많아 과거로 시간 여행을 온 듯하다. 실제로 드라마 〈응답하라〉 시리즈를 여기서 찍기도 했다. 눈길을 끈 것은 이것만이 아니다. 안에는 일반 영화관에서 보기 드문 수족관과 각종 피규어가 전시되어 빈티지한 느낌을 가져다준다.

하지만 대기 구역과 달리 상영관 내부는 무척 깔끔했다. 대대적인 리모델링을 통해 스크린과 음향, 의자 등 제반 시설을 전부 현대식으로 싹 바꿨다고 한다. 1층에는 고급스러운 가죽 소파가 설치돼 있었고, 2층은 좀 더 독특한 구조다. 2층 첫 줄 관객석은 다리를 올릴 수 있는 받침대에 추가로

옛 모습을 간직하고 있는 동광극장

핸드폰 콘센트가 있어 충전도 가능하다. 그래서 더욱 쾌적하게 영화를 감상할 수 있었다. 동두천은 단관극장인 동광극장만으로 동두천 시민들의 문화 욕구를 충족하는 것은 아무래도 한계가 있을 것이다. 그 역할을 근거리에 있는 문화극장이 나누고 있다. 문화극장 역시 80년대 건물 형태를 취하고 있지만 동광극장보다 조금 더 세련된 분위기가 느껴진다. 하지만 대기실의 시골의 버스터미널 같은 분위기와 의자들이 예전의 추억을 물씬 풍기게 해 준다.

이런 동두천의 영화관들이 언제까지 버틸 수 있을까? 2021년에 동두천에 CGV가 공사를 마치고 오픈하기 직전의 상황이었지만 코로나로 인해 개관이 연기된 상태. 부산의 남포동 영화거리를 주름잡고 있던 부산극장도, 대구의 만경관도 편리함과 친숙함으로 무장된 대기업의 멀티플렉스 공세를 이기지 못하고 역사의 저편으로 사라졌다. 그럼에도 불구하고 천연기념물 같은 동두천의 두 극장이 계속해서 우리 곁에 남았으면 좋겠다.

우리나라의 웬만한 중소 도시에는 도시를 대표하는 시장 주위에 대부분의 노포가 모여 있다. 동두천도 마찬가지다. 1960년대 도시의 중심부가 동두천역 부근에서 생연동으로 이전하면서 1967년 동두천을 대표하는 중앙시장이 문을 열었다. 이 시장 주위에 도시를 대표할 만한 가게가 있다. 그중 호수식당은 부대찌개의 이전 형태라 할 수 있는 부대볶음을 주력 메뉴로 팔고 있다. 부대볶음은 일반 부대찌개보다 훨씬 많은 햄과 소시지가 들어가 있고 처음에는 육수가 없었지만 나중에 채소에서 물이 나와 육수를 조금씩 뿜어낸다. 맛은 부대찌개보다 압축된 진한 맛이 나와 밥도둑이

동두천브루어리

따로 없다. 부대찌개와 달리 부대볶음은 절반 이상 먹고 나서 라면사리를 추가한다. 이때 육수를 부어 면을 익힌 후 조려내는 시스템이라 신선하다.

동두천 중앙시장 대로변 2층 건물에 자리 잡은 동두천브루어리에서는 경기도에서 손꼽히는 수제 맥주를 맛볼 수 있다. 간판도 조그맣고 주차도 편하지 않지만 시장에서 머지않은 곳에 위치한 맥주공장이 나의 마음을 두근거리게 한다. 들어가는 길은 여느 호프집과 크게 다르지 않았다. 하지만 올라가는 계단에 동두천 맥주에서 생산되는 라인업이 붙어 있었다. 인디아 페일 에일, 바이젠, 헬라스 라거 등 다양한 맥주의 사진을 볼 때마다 앞으로 마셔볼 맥주에 대한 기대감이 가득 차올랐다.

동두천브루어리로 들어서자 거대한 맥주 생산시설이 눈을 압도했다. 거대한 스테인리스 맥주통이 바로 눈앞으로 다가왔다. 브루어리를 운영하는 사장님은 맥주 시음을 권하면서 주말에는 브루어리 투어와 설명도 들을 수 있으니 꼭 다시 방문하라는 말씀을 남겼다. 페일 에일, 인디언 페일 에일, 바이젠, 헬라스 라거 순으로 시음이 이어졌는데 모두 하나같이 그 자체로 훌륭해 안주가 따로 필요 없을 것 같은 맛이었다. 게다가 브루어리에서 바로 뽑아낸 것이라 신선함이 이루 말할 수 없었다.

동두천시 외곽 언덕에 자리한 전망 좋은 카페인 파인힐 커피하우스에서 시내를 내려다보며 여행의 여운을 느껴본다. 한때 영화를 누렸지만 이제 그런 시절은 다시 지나가고 새로운 정체성을 만들어가고 있는 동두천. 앞으로 동두천이 가야 할 길은 무엇일까? 작지만 강한 경쟁력을 갖추고, 이 도시에만 있는 독특함이 사람들의 발길을 이끄는 매력적인 고장으로의 변화에 도움이 되기를 기대한다.

동두천의 노포 호수식당

호수식당의 부대볶음은 부대찌개의 원형으로 알려져 있다.

[광주]

가는 곳마다
사연이 깃든
경기도의 넓은 고을

가는 곳마다 사연이 깃든
경기도의 넓은 고을

경기도를 대표하는 고장이었던 광주의 굴곡진 역사

때는 바야흐로 1637년, 뼛속까지 파고드는 추위와 한 달 넘게 이어진 굶주림으로 인하여 남한산성 성벽을 의지하던 조선군은 이미 전의를 잃은 상태였다. 당대 최강의 청나라 팔기병이 불과 8일 만에 한양을 함락했고, 조선의 임금 인조는 혼란한 상황 속에서 피천할 기회를 놓쳐 수축한 지 얼마 되지 않은 남한산성으로 들어가 기약 없는 농성을 펼치고 있었다. 신료들은 주화파와 주전파로 갈라져 청과 싸울지 혹은 항복할지를 놓고 소모적인 논쟁을 펼쳤고, 조선의 국운은 청 태종 홍타이지의 손에 맡겨진 상황이었다.

성남 구도심의 짜릿한 언덕길을 넘어 남한산성으로 들어가는 산길은 언제 가도 운치가 있다. 북적거리는 도로와 하늘 무서운 줄 모르고 치솟는 아파트 단지가 지근거리인데 울창한 숲으로 들어가니 도시의 소음은 사라지고 오직 아름다운 새소리만 도로를 가로질러 메아리치듯 울린다. 고개

남한산성 행궁의 정문인 한남루

를 돌고 돌아 터널을 지나면 금세 너른 터가 나오고 여기서부터 광주라는 폴 사인을 만나게 된다. 그렇다. 유네스코 세계유산으로 지정되어 있으며 서울 시민과 경기도민의 큰 사랑을 받는 남한산성은 바로 여기 경기도 광주에 있다.

그 유명한 광주광역시와 이름이 같다는 이유로(물론 한자는 다르다) 광주시의 존재감은 경기도 내에서 크지 않다. 오히려 곤지암이라는 지명이 중부고속도로 나들목과 오컬트의 유행으로 광주시보다 이름값이 높았던 적도 있다. 하지만 광주시가 가지고 있는 문화적 유산과 역사적인 풍부함은 여느 경기도 도시 못지않다. 조선 시대만 하더라도 광주는 지금의 송파, 강동 일대와 하남, 성남시를 포두 포괄했던 고을이었다. 고려시대 양광도의 명칭 중 '광'이 경기도의 광주를 의미했던 것은 광주의 위상이 만만치 않았음을 보여주는 하나의 예시이다.

원래 광주의 읍치는 지금의 하남시에 있는 광주향교 부근이었다. 하지만 정묘호란을 겪고 재침에 대비하기 위해 남한산성을 수축했고 동시에 읍치와 광주 유수부도 남한산성 안으로 이전했다. 그리고 우리가 알고 있는 병자호란의 주무대가 바로 이곳 남한산성이다. 병자호란이 끝난 후에도 남한산성은 군사적 요충지이자 행정중심지로 줄곧 이어져 왔고, 일제강점기 초반까지 광주군청이 성내에 있다가 1917년 이전해 지금은 산객들이 찾는 마을로 남아 있다.

광주에 속해 있던 많은 지역이 다른 도시로 독립했지만 도시의 면적은 그럭저럭 큰 편이다. 하지만 면적에 비해 도회지의 규모는 크지 않다. 광주시를 남북으로 관통하는 경안천이 팔당댐 부근에서 한강과 합류하기에 이일대가 상수원 보호구역으로 지정되어 대부분 지역이 규제를 받기 때문이다. 그럼에도 불구하고 2001년 광주시로 승격하고, 판교에서 여주로 이어지는 복선전철 경강선이 광주를 지나감에 따라 이로 인한 인구 유입이 조금씩 늘고 있다.

광주는 남한산성이 전부인 줄 아는 사람도 더러 있지만 이 도시의 역사가 유구한 만큼 긴 세월의 층이 켜켜이 쌓여있다. 먼저 중남부에 위치한 곤지암에는 유명한 소머리국밥집과 곤지암의 유래가 된 곤지바위, 관리가 깔끔하고 정갈한 화담숲이 있다. 그리고 광주는 경기도에서 가장 많은 백자를 제작했던 도요지가 집중적으로 분포된 도시다. 도자기를 만드는 데 필

[광주] 가는 곳마다 사연이 깃든 경기도의 넓은 고을

요한 고령토를 구하기 쉬웠으며 수도 한양과 가까운 거리이고 한강의 수운을 이용해 운반도 손쉽게 가능했다. 이로 인해 왕실과 관청에 쓰이는 도자기를 전문적으로 제작한 왕실 분원도 이곳에 있었다. 또한 광주는 천주교 신자라면 모를 수 없는 매우 중요한 성지가 있었다. 광주의 산골짜기 아래 천진암에서 강학을 열어 천주교에 대한 교리를 서로 배우고 토론하면서 한국 천주교의 기틀이 마련되었다. 역사가 깊은 도시인 만큼 관련 있는 인물들의 자취가 진하게 남아 있다. 탄금대 전투의 신립과 조선 여류시인으로 명성을 떨쳤던 허난설헌의 묘가 있고, 우리나라 초대 국회의장을 지냈던 신익희 선생의 생가가 광주에 연고를 두고 있다. 광주와 관련된 역사인물의 발자취를 쫓는 것만으로도 하루가 훌쩍 지나간다.

조선 시대 경기도의 4대 유수부이자 번화한 장터를 지닌 남한산성

다시 남한산성으로 돌아가 여기서부터 광주 이야기가 시작된다. 남한산성의 중심부에는 종로라 불리는 산성로터리 일대가 나타난다. 이쪽 일대에 주차장과 식당 등 편의시설이 갖춰져 있어 남한산성으로 여행 온 대다수의 탐방객은 산성 트레킹을 즐긴 후 이 일대에 있는 식당에 들어가서 백숙 또는 산채요리를 즐긴 후 하산한다. 남한산성은 조선 시대에 한국 역사상 최초의 패스트푸드인 효종갱이 탄생한 장소이기도 하다. 효종갱(曉鐘羹)은 '새벽종이 울릴 때 먹는 국'이라는 뜻이며 해삼과 전복, 배추 속 등이

조선 시대 사대부가 즐겨 먹었던 효종갱

들어간 해장국이라 보면 되는데 이 일대에서 국을 끓여 한양 사대문 안으로 배달했다고 전해진다. 사대부가 해장음식으로 즐겨 찾았고, 음식이 식지 않게 솥 주위를 솜으로 꽁꽁 싸매서 보냈다고 한다. 예나 지금이나 우리의 국밥 사랑은 여전한 듯싶다. 하지만 이런 음식도 한동안 명맥이 끊겼다. 현재 남한산성 일대에서는 맛보기 힘들고 남산골 한국의 집 등 다른 식당에서 효종갱을 접할 수 있다. 그러나 남한산성에 오면 꼭 먹어봐야 하는 음식이 몇 가지가 있다. 일명 남한산성 3대 음식으로 불리는 닭백숙과 산채정식 그리고 손두부다.

남한산성은 조선 시대까지만 하더라도 경기 남부에서 수원 다음으로 번성했던 장이 섰고, 행정의 중심지로 번영을 누렸다. 그러다 세월이 흐르면서 이곳은 쇠퇴했고, 주민들의 생계를 유지하기 위해 이곳을 찾는 등산객들을 상대로 백숙을 팔았던 것이 지금에 이르고 있다. 남한산성은 1950년대 중반 우리나라 최초로 도립공원으로 지정되었고, 1973년 영동고속도로가 개통되기 전까지 서울, 경기 지역에 사는 학생들의 수학여행지로 인기가 높았다. 그때는 아직 남한산성으로 들어가는 자동차 도로가 개통되지 않아 지금의 광지원리 부근에서 동문까지 8km를 걸어 올라가야 했다고 한다. 남한산성에 숙소를 잡은 학생들이 머물렀던 곳이 백제장, 반월장을 비롯한 3군데였고, 지금도 그 명맥은 이어져 산채 정식을 비롯해 한정식집으로 유명하다. 하지만 남한산성에서 가장 잘 알려진 명물은 백숙이다. 행궁 앞에 백숙 거리가 따로 있지만 개인적으로 남한산성 아랫자락에 있는 닭죽 거리를 추천한다. 하지만 수많은 먹거리 대신 좀처럼 접하지

남한산성의 명물, 손두부

못한 다른 명물을 먹어보기로 한다. 바로 주먹두부라 불리는 음식으로, 순두부를 면포에 싸서 주먹 정도의 크기로 한 모씩 모양을 굳어냈다고 해서 그 이름으로 불리고 있다. 두부의 식감이 순두부와 일반 두부 어느 중간쯤 되는 것 같았고, 간수 특유의 쓴맛은 덜하고 담백함이 더 강조되는 듯했다. 두부라고 해서 배가 덜 부를 줄 알았건만 전골로 먹어서 그런지 속이 든든하다. 이제 배도 채웠으니 남한산성에 대한 설명을 간략히 마무리하고 본격적으로 함께 둘러보자.

남한산성은 해발 480m가 넘는 험준한 자연지형을 따라 둘레 11km가 넘는 성벽을 구축하고 있으며, 옹성 3개, 문 4개, 암문 16개, 우물 80개 등 다양한 시설을 두루 갖추고 있다. 특히 외성은 병자호란 이후 보강된 것으로서 본성과 시차를 두고 건설되었으며 이전 삼국 시대에 건설된 성벽부터 조선 시대까지 각 시기별로 성을 쌓는 기법을 특징적으로 보여주고 있다.

남한산성에는 성벽만 남아 있는 게 아니다. 왕이 임시로 머물렀던 행궁을 비롯해 객사, 지휘소, 정자, 사당 등 200여 개의 문화재가 산재해 있어 자연환경과 더불어 수많은 이야기와 설화가 깃들어 있다. 다시 남한산성 로터리로 돌아와 본격적으로 남한산성의 긴 여정을 떠나려고 한다.

남한산성은 규모만큼이나 접근방법도 다양하고 둘러보는 탐방코스도 많다. 산성 내부에 산재해 있는 유적을 답사하는데도 상당한 시간이 소요되며 11km에 가까운 성벽을 도는 데만 거의 3시간 반 가까이 드는 등 그 자체로 조그마한 도시를 한 바퀴 도는 듯하다. 현재는 음식점이 그 자리를 차지하고 있지만 로터리 부근은 5군영의 하나인 수어청이 주둔했고, 수도 다음으로 중요한 행정구역이었던 유수부가 설치되기도 했었다. 로터리에서 동문 방향으로 걷다 보면 멀리서 봐도 심상치 않은 한옥 건물의 자태가 눈에 띈다. 1625년 군사 훈련을 하기 위해 건립한 지휘소인 연무관이다. 언덕 위에 자리한 연무관은 꽤 웅장한 규모로 위로 올라가면 남한산성 주위가 훤히 보일 듯하다. 예전에는 연무관에서 왕이 행차할 때마다 문과, 무과 시험이 열리기도 했었다. 연무관 주위에는 조선 시대 사용했던 무기들이 진열되어 있었는데 구석에 장터라 써진 조그만 표지석이 보인다. 남한산성으로 가는 길은 산길을 타고 올라야 해서 무거운 물건을 들고 운송하기에 불편할 텐데 왜 이 지역이 장터로 번성했을지 궁금증이 일었다.

설명문을 차근차근 읽어보며 필자 스스로 상상력을 더해본 결과 남한산성 자체가 행정타운으로서 수요가 있고, 당시에 어디든지 육로로 통하는 길이 좋지 않았던 터라 산성이라고 해서 딱히 교통의 핸디캡이 되지 않았던 듯하다. 오히려 한강의 수운을 통해 접근하기 편리해 그 점은 확실히 이득이 된 듯하다. 연무관을 지나면 맞은편에 한옥과 콘크리트 건물의 기괴한 조합 같은 남한산성 교회와 남한산성 순교성지라는 팻말과 함께 한옥 양식의 성당이 눈에 들어온다. 남한산성은 병자호란 이외에도 수많은 천주교 신자들이 처형되었던 비극의 장소로 알려져 있다.

천주교 최초의 박해인 신해박해(1791)부터 천주교 신자들이 남한산성에 투옥되었고, 이때 최초의 순교자가 발생했다. 그 후 병인박해에 이르기까지 300명에 달하는 천주교 신자가 참수, 교살, 장살 등의 방법으로 순교하였다. 현재 남한산성에서 순교한 신자 300명을 위해 순교성지가 조성되

산성안의 지휘소, 연무관   독특한 양식의 남한산성교회

어 있다. 입구에는 순교자들이 옥에 갇혀 있을 당시 쓰고 있던 칼 모양으로 순교자 현양비가 보인다. 눈에 보이지 않는 신의 존재를 위해 믿음과 신념을 지키면서 목숨까지 바쳤다는 사실에 절로 경외감이 든다. 당시 순교했던 사람 중의 양반의 비율도 높았지만 농부와 여인들의 숫자도 만만치 않았다고 한다. 희망이 없었던 당시 조선 사회에서 신앙이란 돌파구를 삼으려 했던 그들의 애달픔이 전해져 온다.

현양비를 지나 순교성지로 들어가면 마치 조선 시대 양반 가옥과 흡사한 한옥 성당이 보인다. 내부는 한옥처럼 나뭇결이 드러나 원목 구조로 되어있고, 성당 전체적으로 엄숙한 분위기가 감돌고 있다. 조용히 성당의 구석에 앉아 억울한 죽임을 당했던 민초들을 위한 기도를 드렸다. 순교 성지를 나와 동문 방향으로 계속 걷다 보면 남한산성 세계유산센터가 나오고 곧이어

[광주] 가는 곳마다 사연이 깃든 경기도의 넓은 고을

ㄷ자 연못 위에 우아한 자태로 서 있는 지수당이란 정자가 보인다.

지수당은 남한산성의 여러 명소 가운데 가장 아름다운 장소가 아닌가 싶을 정도로 자연과 정자의 조화가 훌륭하다. 지수당 앞의 ㄷ자 연못, 건너편엔 ㅁ자형태의 연못을 볼 수 있는데 예전에는 이 연못의 섬 자리에 관어정이라는 정자가 있었고, 원래는 지수당 뒤편에도 연못이 하나 더 있었다 한다. 이곳에서 남한산성의 높은 관리들이 유흥도 즐기고, 낚시도 하곤 했다. 하지만 다른 쪽에 눈길을 끄는 비석이 하나 있다. '흔남 중의 흔남 서흔남 보통 사람들의 롤모델 서흔남'이라 적힌 안내판과 함께 서흔남의 묘비가 지수당 옆자리에 그의 부인의 깨진 묘비와 함께 서있었다. 이 서흔남이라는 사람은 당시 신분제 사회가 엄격했던 조선 사회에서 입지적인 인물로 그의 일화를 보면 영화의 소재로 삼아도 될 정도로 드라마틱하다. 서흔남은 원래 남한산성 서문 밖에서 태어난 사노비로 기와 잇기와 대장장이, 장사꾼 등으로 생계를 꾸려갔다. 아마 서흔남에게 병자호란이란 재난이 있지 않았다면 평범한 노비로 살다가 생을 마감했을지도 모르는 일이다. 하지만 호란이 터지고 남한산성이 청나라 군대에 포위당하면서 성 안팎의 소식이 끊기자 전령을 자처하면서 그의 인생에 반전이 일어난다.

왕이 적은 유지를 노끈으로 꼬아 옷으로 얽어매고 거지와 병자 행세를 하며 유유히 적진을 지나간 것이다. 청나라 군사가 거지인 줄 알고 먹을 것을 던져주자 서흔남은 더욱 실감 나는 연기를 위해 일부러 손을 쓰지 않고 입으로 받아먹고 그 자리에서 대변을 보는 등의 행동으로 청나라 군인들의 의심을 피할 수 있었다. 서흔남은 무릎으로 기어서 적진을 빠져나온 뒤

화살같이 달려가 전국에 이를 전했다. 이후 수차례 성 밖을 왕래하며 왕명을 전하였고, 적진에 들어가 첩자의 역할을 하는 등 공로가 어느 장군 못지 않았다. 그 밖에도 인조가 남한산성으로 들어갈 때 잘 걷지 못하자 왕을 등에 메고 성안으로 들어가 하사품으로 왕이 입던 곤룡포를 받았다고 전해진다.

서흔남은 병자호란의 공으로 천민 신분을 벗고 그 당시로선 파격적인 정2품 당상관인 훈련 주부와 가의대부 등을 역임했다. 그는 죽으면서 인조에게 받은 곤룡포를 함께 묻어달라는 유언을 남겼고, 남한산성 아래 병풍산 기슭에 묻혔다. 그래서 그의 무덤을 일컬어 곤룡포 무덤이라 불렀다. 하지만 그의 묘비가 지수당 기슭으로 옮겨진 까닭은 조금 기구하다. 수십 년 전 후손이 그의 무덤을 처분하고 묘를 이장하면서 묘비만 광주문화원을 거쳐 이곳으로 오게 된 것이다. 여러 가지 사연이 있는 이곳의 비석을 통해 서흔남이란 사람의 삶을 배우고 간다.

다시 로터리로 돌아와 행궁을 바라보고 그 옆에 있는 인화관이란 곳으로 재촉해본다. 최근에 복원된 행궁의 위엄에 가려 사람들의 발길이 좀처럼 닿지 않는다. 인화관은 남한산성을 찾아온 고위 관료를 위한 숙소인 객관으로 쓰였던 건물이기 때문에 그 중요성이 덜하지 않다. 일제강점기 시절 인화관은 허물어졌으나 2014년 행궁과 함께 복원되어 지금에 이르고 있다. 팬데믹 이전에는 수많은 전통공연이 이루어지는 무대로 유명했다. 판소리, 창극, 국악 등 인화관을 배경으로 행해지는 공연은 남한산성을 찾는 사람들 사이에서 인기가 높았다고 한다. 다시 코로나가 완화되기 시작하면서 행궁 패션쇼 등 다양한 행사가 펼쳐지기 시작했다. 다시 공연이 활발하게 펼쳐지는 인화관이 되길 바라며 행궁으로 이동한다.

행궁이란 임금이 서울의 궁궐을 떠나 도성 밖으로 행차하는 경우 임시로 거처하는 곳을 말한다. 수원화성의 행궁이 가장 규모가 크고 복원이 활발히 진행되고 있다. 하지만 수많은 행궁 중 전란이나 유사시에 그 기능을 실제로 행했던 곳은 남한산성의 행궁이 유일하다. 병자호란 당시 인조는 남한산성 행궁으로 피난 와서 47일 동안 머물렀다. 인조가 돌아간 후에도 숙종, 영조, 정조, 철종, 고종이 여주로 능행길을 떠날 때 수시로 남한산성의 행궁을 이용했다.

로터리에서 서문 또는 수어장대 방향을 바라보면 산성으로 올라가는 탐방로 입구부터 격조 높은 행궁의 처마가 아른거린다. 터는 비록 좁지만 기단을 쌓고 높은 단위에 건물을 올려놓아 최소한이나마 궁궐의 위엄을 느끼게 해 준다. 남한산성은 한때 항일의병의 근거지로 산성과 행궁 등을 점령하고 저항을 펼쳤던 곳이기도 하다. 일제는 의병을 소탕하기 위해 행궁 등 남한산성 내의 수많은 시설물을 불태웠다. 2011년 복원을 통해 제 모습을 찾게 되었다. 우선 남한산성 행궁의 정문이라 할 수 있는 한남루로 간다. 당당한 2층 누각 형태의 문으로서 행궁이 처음 지어질 당시에는 없던 건물이었으나 삼문 삼조 즉 세 개의 문을 거쳐 정전으로 들어가는 궁궐의 격식을 갖추기 위해 1789년 광주유수 홍억이 건립했다고 한다.

한남루를 지나자마자 으레 일직선으로 뻗어야 할 건물들이 오른쪽으로 급격하게 각을 꺾어버린다. 게다가 급격한 경사의 계단이 꽤 위협적으로 다가온다. 지형적인 한계에 의한 타협일 수도 있고 왕의 안전을 위한 보호 장치일지도 모른다. 급격한 계단을 터벅터벅 오르며 세월의 무게를 온몸으로 받아들인 채 외삼문과 외행문을 지나간다. 외행문을 지나면 궁궐의 정전이라 할 수 있는 외행전이 나타난다. 가운데 전돌을 깔아놓아 건물의 권위를 높여서 그런지 엄숙함이 주위를 감돌고 있었다. 행궁은 산자락 계곡을 따라 건설되었기에 안으로 들어갈수록 기단이 점점 높아진다. 그래서 행궁 뒤의 건물들이 줄지어 차례를 기다리는 것만 같다. 화성행궁과 전혀 다른 인상과 구조를 가진 남한산성 행궁이다.

외행전은 병자호란 당시 임금이 정사를 논하고 병사들에게 음식을 베푸는 호궤를 행했던 전각이라 한다. 인조는 외행전에서 어떻게 이 난관을

남한산성 행궁, 외삼문

[광주] 가는 곳마다 사연이 깃든 경기도의 넓은 고을

돌파해야 할지 고민이 많았을 듯싶다. 이미 이괄의 난, 정묘호란 등으로 부침을 수없이 겪었지만 당대 최강의 청군을 맞아 어떤 돌파구를 마련할지, 주화파와 주전파로 나뉜 신료들을 어떤 방식으로 균형을 잡아 왕권을 수호할지 여러 생각에 잠겼을 것으로 보인다.

그 당시 청나라도 입장이 급하긴 매한가지였다. 생각보다 순조롭게 한양을 함락했지만 후방의 명나라가 아직 버티고 있었고, 후방의 보급이 생각보다 원활하지 않았기에 조선의 문제를 최대한 빨리 해결하고 싶었을 것이다. 비록 삼전도의 굴욕이란 치욕이 있었지만 조선 왕조는 명줄을 이어나갔고, 청나라의 큰 간섭을 받지 않았다.

각설하고 외행전의 우측으로 가면 가건물 같은 발굴지가 나오는데 이

행궁의 중심전각 외행전

곳이 통일신라 시대의 건물 터라 한다. 남한산성은 조선 시대 이전부터 중요한 요충지로서 역할을 해오던 곳이다. 산성에 오르면 그 당시 최대의 격전지인 한강 일대를 굽어 볼 수 있기에 일종의 감제고지로서 꼭 장악해야 할 요새 중 하나였다. 고고학자들은 『삼국사기』에 등장했던 당나라와의 전쟁에 대비해 쌓았던 성인 주장성이라는 의견이 지배적이다. 남한산성에서 왕은 잠깐만 있다가 가는 존재이지만 평시에는 광주 유수부의 관청으로 사용되기도 했다. 외행전의 바로 왼편에는 광주유수가 집무를 봤던 건물인 일장각이 있다.

또다시 계단을 올라 내행전 권역으로 넘어간다. 비록 행궁의 건물들이 새로 복원된 것들이지만 주위의 고목들이 운치를 더해주면서 건물의 품격을 만들어주는 것 같다. 이런 풍경을 보며 문화재는 항상 제자리에 있어야만 그 가치를 유지한다고 본다. 내행전은 임금의 안위를 위해 사방이 벽으로 둘러쳐 있으며 임금과 세자의 침전으로 사용되었다고 한다. 다른 건물들과 달리 내부를 둘러볼 수 있게 문이 활짝 열려 있었고, 가구와 침구류까지 배치되어 있어서 역사적 상상력을 마음껏 발휘할 수 있었다.

임금과 세자는 불과 한 칸의 공간만 남겨두고 전쟁 동안 불편한 동거를 했을 것이다. 그 주인공이 인조와 소현세자라면 아마 그랬을지도 모른다. 역사에 가정은 없지만 소현세자가 왕위에 올랐으면 조선의 역사는 달라졌을까? 혹자는 근대화를 앞당길 수 도 있다고는 하지만 기득권이 주름잡는 세상에서 쉽지는 않았을 것이다.

행궁이 왕궁에 비해 규모가 작긴 하지만 왕이 머물던 거처의 위엄을 최소한으로 갖추었기에 후원 같은 공간이 남아 있다. 좌 승당 뒤편 아름드리 소나무 가 인상적인 이위정이라는 정자가 바로 그곳이다. 조선 말 순조 시절 광주부 유수 심상규가 활을 쏘기 위해 세 운 정자로 이곳에 오르면 행 궁 전체와 로터리 일대가 훤 하게 내려다보인다. 비록 정 자가 세워지기 전이지만 인 조도 전란의 답답한 심사를

내행전에 재현되어 있는 왕의 침실

풀기 위해 종종 바람 쐬러 나오지 않았을까 싶다. 겉보기와 달리 궁궐의 격 식을 갖추고 있고, 볼거리가 상당히 풍부한 남한산성 행궁이다.

행궁의 담장 너머 흡사 종묘와 비슷한 두 채의 건물이 심상치 않아 보 인다. 그렇다. 전국의 행궁 중 유일하게 종묘와 사직을 모신 전각이다. 좌 전이라 불리는 이 건물은 유교 법도에 나오는 '좌묘우사'에 따라 이름이 붙 여졌다고 한다. 하지만 이 건물을 보려면 다시 한남루에 내려갔다가 담장 을 끼고 올라가야만 한다. 행정의 편의를 위해 관람 편의성을 떨어트리는 하나의 예다. 관람객의 편의를 위해 이점은 재고해 봐야지 않을까 싶다.

성곽을 오르기 전 주변을 둘러보는 데만 해도 한나절 이상이 소모된 것

같다. 남한산성을 다루는 것만으로도 경기도의 웬만한 도시 못지않게 역사와 이야깃거리가 무척 풍부하다. 세계문화유산으로 지정된 이후 경기도는 남한산성을 체류형 관광지로 만들기 위해 많은 노력을 벌이고 있는 것으로 알고 있다. 유럽의 작은 중세도시처럼 남한산성도 1박 이상을 머물 수 있는 콘텐츠를 다수 개발하기 바란다.

남한산성에 올라 한강을 바라보다

남한산성은 본성이 9km, 옹성이 2.71km로 총 11.76km에 달하는 결코 무시하지 못할 길이를 자랑한다. 규모 있는 길이와 넓이만큼이나 남한산성은 다양한 코스를 갖추고 있다. 단순히 성벽을 따라간다고 해서 산성의 모든 것을 보는 게 아니다. 산성의 계곡마다 그 나름의 이야기를 품고 있는 유적지가 산재해 있기에 이곳을 수없이 방문해야 남한산성의 아름다움과 실체에 조금씩 다가갈 수 있다.

남한산성은 서쪽의 청량산을 주봉으로 두고 동쪽의 남한산까지 허리를 감싸듯이 성벽을 두르고 있다. 흔히 성남에서 남문 방면으로 주로 오르지만 광주에서 동문을 거쳐 가는 방법도 있고, 차를 하남의 고골계곡에 세워두고 밑에서부터 올라오는 코스도 있다. 즉, 남한산성을 중심으로 3개의 시가 경계를 삼고 있는 것이다. 남한산성이 인기 많은 이유는 여러 가지가 있겠지만 산행은 물론 코스에 따라 어린이와 노인을 포함한 온가족이 가

남한산성의 대표적인 건축물, 수어장대

볍게 산책을 즐길 수도 있기 때문이다. 특히 로터리에서 시작해 북문을 거쳐 서문을 돌아 수어장대에 이른 후 남문 방면으로 내려오는 1코스는 남한산성의 주요 사적지를 거치며 무난한 산행을 즐길 수 있어 가장 인기가 많은 국민 코스라 할 만하다. 시설이 몰려있고 길이 편리해 서쪽의 코스가 상대적으로 인기가 높지만 남한산성의 동쪽 코스는 사람이 드물어도 옛길의 호젓함이 살아 있고 무너진 성벽에서 예전 그대로의 정취를 느낄 수 있다.

　1코스부터 5코스까지 남한산성의 공식 코스로 지정되어 있지만 길이 사방으로 나있기에 어디서 출발하든, 또 어디로 내려오든 상관없다. 나는 행궁의 뒤편인 서문 방면으로 곧장 올라가는 길을 택한다. 올라간 지 얼마나 되었을까? 경주의 왕릉 숲에서나 볼 만한 거대한 소나무 숲이 시야를 가린다. 조선 시대 이래 임금의 거처가 있었기 때문에 일반 백성들이 벌목을 하지 못하게 엄금을 하였고 그랬기에 지금의 숲이 보존될 수 있었다. 소나무가 너무 울창해 한낮에도 햇빛을 보기 힘들 정도이다. 30분 정도 지났을까? 어느덧 능선에 오르니 웅장한 성벽과 함께 건너편으로 영화 〈반지의 제왕〉에 나오는 사우론의 탑처럼 생긴 롯데타워와 황금빛 한강이 우리를 오라고 손짓하고 있었다.

물고기를 잡는 손맛 때문에 그 맛을 잊지 못하고 낚시터를 찾는 것처럼 산을 오르는 참맛은 한눈에 모든 것이 펼쳐지는 전망과 구름을 타고 내려오는 시원한 맞바람이 아닐까 싶다. 예로부터 한강이 내려다보이는 이런 전망을 얻기 위해 수많은 세력이 치열한 각축전을 펼쳤을 것이다. 왜 인조가 남한산성으로 들어가 항전을 펼쳤는지, 청나라 군대가 산성을 포위하고 50일 동안이나 버텼는지 현장에 와보면 몸으로 와 닿는다.

이제 능선을 따라 고개를 한번 넘으면 남한산성의 아이콘이자 상징적인 건축물이라 할 수 있는 수어장대에 닿는다. 수어장대로 가려면 조그마한 문을 지나 낡은 사당 하나를 지나쳐야 한다. 청량당이라 불리는 이 사당은 이회라는 장수의 넋을 기리기 위해 세워졌다.

원래 이회는 남한산성을 축성할 때 동남쪽 부근을 책임지는 장수였다. 하지만 공사금을 탕진하고 축성에 힘쓰지 않았다는 모함을 받아 처형 당할 운명에 처해졌다. 이회는 자신이 죄가 없으면 죽을 때 매 한 마리가 날

이회장군의 사당, 청량당

아올 것이라는 예언을 남겼다. 과연 그 말대로 매 한 마리가 날아와 그의 죽음을 지켜봤다고 한다. 그의 부인도 남편의 죽음 소식을 듣고 한강에 몸을 던지는 비극이 연이어 일어났다. 하지만 얼마 지나지 않아 그가 맡은 구간이 가장 튼튼했고, 전부 모함임이 밝혀졌으나 이미 물은 엎질러진 뒤였다. 이들의 억울함을 달래주고자 수어장대 옆 지금의 자리에 사당을 지어 원혼을 달래며 지금에 이르고 있다.

이제 계단을 조금 오르면 남한산성에서 가장 화려하고 웅장한 건축물인 수어장대기 등장한다. 수어장대는 군대의 지휘와 관측을 위한 군사적인 목적으로 지어졌으며 서장대라 불리기도 했다. 원래 남한산성에는 5개의 장대가 있었다고 하나 현재는 수어장대 하나만 남아 있다. 수원화성의 서장대와 비슷한 양식으로 지어졌지만 수어장대의 고풍스러움과 장대함이 한 수 위다. 남한산성의 모든 건축물 중 단연 첫 손에 꼽을 것이다. 오래 머물지 못하는 아쉬움을 뒤로하고 서문방향으로 내려간다.

성벽은 산을 따라 굽이치듯 이어져 있고, 숲에서는 산새의 합창이 메아리치듯 울려 퍼진다. 그동안 한국을 비롯한 전 세계의 수많은 여행지를 다녀봤지만 우리나라는 어디를 가든지 자연의 손길이 안 닿은 명소가 없었고, 건축물 자체도 중요하지만 건물이나 유적을 감싸고 있는 숲과 나무의 존재감이 상당하다. 우리 주위에는 평소에는 잘 보이지 않지만 눈을 활짝 뜨고 세심히 관찰한다면 진주가 흙을 털고 눈앞에 나타날지도 모를 일이다. 양식, 한식, 중식 각자의 매력이 다르듯이 우리의 문화재도 고유의 아름다움을 간직하고 있다고 확신한다.

단순하게 돌로 쌓아 만든 성곽길 자체도 그 나름의 미학을 지니고 있다. 곡선과 직선으로 뻗으며 고도와 지형에 따라 수많은 얼굴을 보여준다. 그리고 오직 성벽만 보고 따라 걸으면 되기에 길을 잃을 염려가 전혀 없다. 성곽길이 보여주는 다양한 감정과 표정을 감상하며 내리막길을 걸은 지 10분쯤 되었을 때 우익문이라 불리는 서문이 나타난다.

남한산성의 4대문 중 가장 규모가 작고, 주위의 경사가 가장 급하지만 한강의 광나루와 송파나루로 진입하는 가장 빠른 길이었다. 이 문을 통해 인조와 소현세자가 빠져나와 삼전도의 굴욕을 맞이했다고 한다. 그리고 서문을 나와 언덕 위를 조금 오르다 보면 남한산성의 최고 조망대인 서문 전망대가 나온다. 위례신도시를 비롯해 송파 일대가 환하게 보이는 이곳

남한산성 서문

은 사진작가들이 항상 진을 치고 다양한 사진을 찍는 명소이다. 이제 서문을 나와 북문 방면으로 성곽길은 계속 이어진다.

서문을 지나면 잠시 성벽 대신 호젓한 숲길이 나오고 국청사라는 사찰을 발밑에 두게 된다. 남한산성에는 국청사뿐만 아니라 장경사, 망월사, 개원사 등의 사찰이 지금도 남아 있다. 남한산성의 승려들은 평시엔 성을 지키며 사찰 안에 군기와 화약을 보관했다고 한다. 전시에는 승군에 속해 군사로서 역할을 수행하기도 하는 등 궂은일을 도맡아서 했다. 북한산성의 승려와 마찬가지로 숭유억불의 조선 시대 사회에서 얼마나 천대받았는지 알수 있는 기록이다. 어느덧 이번 산성 트레킹의 종착점인 북문에 도달했다.

전승문이라 불리는 북문은 보수 공사 중이라 주위가 어수선했다. 하지만 한강에서 들어온 세곡이 이 문을 통해 들어오기도 했다고 전해진다. 이 문에 전승이라는 이름이 붙게 된 데에 특별한 사연이 있다. 이곳은 이시백이 병자호란 당시 북문에서 군사 300명을 이끌고 전투를 준비하기 위해 대기하던 중 청나라의 기습을 받고 전멸했던 비극이 있던 장소다. 그래서 이 일을 기려 패하지 말고 이기자는 뜻에서 전승문이라 이름을 지었으니 정말 역설적인 발상이라고 밖에 들리지 않는다.

해는 벌써 산 너머로 어둑해지고 있었고, 하루 종일 바쁘게 다녔던 남한산성 답사도 이쯤에서 막을 내려야 한다. 미처 소개를 못했지만 백제의 시조 온조왕과 그 시절 성곽의 책임자였던 이서를 함께 모신 사당인 숭렬전과 청나라에 항복하기를 끝까지 반대했던 신료들을 모신 현절사, 남문

남한산성 성곽길을 따라 트레킹 코스가 이어져 있다.

[광주] 가는 곳마다 사연이 깃든 경기도의 넓은 고을

과 동문 그리고 남한산성 외곽을 감싸고 있는 외성 등 며칠을 돌아도 모자랄 답사처가 수없이 남아 있다. 여운을 뒤로하고 다음 장소로 가보자.

곤지암의 오해와 진실, 절경을 자랑하는 화담숲

길고 길었던 남한산성의 하루를 지나 본격적으로 광주의 속살을 파헤치는 여행을 떠나려고 한다. 광주의 면적이 넓은 편이고 산골짜기 속을 헤집고 가야 하는 곳도 많기에 난항이 예상되지만 우리가 잘 알지 못했던 새로운 도시의 탐험은 늘 두근거리는 일이다. 성남, 하남과 경계를 맞닿고 있는 광주는 유난히 산지의 비율이 높다. 북쪽의 검단산 서쪽의 남한산 동쪽의 무갑산 등 5~600m 높이의 산들이 사방을 에워싸고 산자락의 좁은 분지에 도회지가 몰려있다.

성남에서 광주로 넘어가는 3번 국도는 출퇴근 시간에 자주 막히기로 악명이 높다. 하필이면 출근시간에 걸려 꽤 오랜 시간을 도로에서 허비해야만 했다. 광주 시가지를 지나 곤지암으로 내려가서야 겨우 한숨 돌릴 수 있었다. 곤지암은 이곳에 있던 곤지암 정신병원(현재는 철거)이 CNN 선정 7대 괴기 장소로 선정되고, 동명의 영화로 꽤 화제가 되었다. 그래서 이 지역이 꽤 을씨년스럽다고 느끼는 분들도 많지만 필자에게는 곤지암 하면 소머리국밥이 먼저 떠오를 정도로 근처를 지나갈 일이 있을 때마다 꼭 들르는 집이 있다.

곤지암 소머리국밥

　곤지암 지역은 쌀이 유명한 이천, 여주와 가깝고 질 좋은 소고기를 공급 받기 좋은 위치이기도 하고, 근처에 화물터미널이 많고 중부고속도로로 들어가기 좋아 사람들이 중간에 들르기가 쉽다. 곤지암이 소머리국밥으로 명성을 떨치게 된 이유는 바로 최미자 소머리국밥이 전국구로 명성을 떨치게 된 덕분이지 않을까 싶다. 사실 소머리국밥을 접할 수 있는 기회가 흔한 편은 아니다. 소의 머리를 오래 삶아야 하고, 잡내를 제거하는 게 보통일이 아니기 때문이다. 그런 면에서 수십 년 동안 가게를 유지하며 곤지암 소머리국밥의 명성을 이끌어가는 최미자 소머리국밥은 곤지암의 상징이자 자랑거리로 봐도 될 듯하다.

　아침부터 꽤 많은 사람으로 가게는 이미 북적였고, 남녀노소 가릴 것 없이 뜨거운 국물을 후후 불어가며 허겁지겁 국밥을 먹고 있었다. 주문한 지 얼마 되지 않아 내 앞에도 뽀얀 소머리국밥이 놓여졌다. 일단 소금과 후

　　　　　　　　[광주] 가는 곳마다 사연이 깃든 경기도의 넓은 고을

추는 넣지 않은 채 한 숟가락을 떠먹어보니 시골 국물의 진한 육수가 묵직하게 느껴진다. 살코기와 소 머릿살의 야들야들하면서 쫀득한 식감이 재미있다. 국물은 5분도 채 되지 않아서 순식간에 바닥을 드러내기 시작했고, 어느새 리필을 외치는 나 자신을 발견했다.

인생 소머리국밥과 다시 만날 날을 기약하며 아쉬운 작별을 고하고, 곤지암 명칭의 유래가 되는 곤지바위로 향한다. 곤지암의 랜드마크라 할 수 있는 곤지바위는 읍내 곤지암 초등학교의 바로 옆에 자리하고 있으며 큰 바위와 작은 바위가 1m 간격을 두고 떨어져 있다. 그런데 큰 바위 상부에 수명이 오래돼 보이는 향나무가 위태하게 자라고 있는 모습이 참 기묘해 보인다. 옛날부터 영험해 보이는 이 바위에 설화와 이야기를 붙였을 것이 틀림없다. 예전 곤지암이라는 지명이 생기기 전에는 바위 모양이 고양이를 닮았다고 해서 '묘바위'라는 명칭으로 불렀다고 한다.

그러다가 임진왜란 때 탄금대 전투에서 패하고 전사한 신립장군의 시신을 이 지역으로 이장한 이후 말을 타고 이 바위를 지나갈 때마다 말굽이 땅에 붙어 움직이지 않아 모두 말에서 내려 걸어가야만 했다. 어느 날 선비 한 명이 신립장군의 묘를 찾아가 오가는 사람에게 심술을 부리지 말라고 핀잔을 주니 갑자기 천둥소리와 함께 벼락이 바위를 내리쳐 두 쪽으로 갈라지고, 그 옆에는 연못이 생겼다. 그날부터 기이한 일들은 멈추게 되었고, 묘바위를 가리켜 연못이 있는 바위라 해서 곤지(昆池) 바위라고 이름이 붙게 되었다고 한다. 현재는 연못도 사라졌고, 그 일화도 다소 황당하게 느껴지지만 곤지바위로 인해 곤지암이라는 명칭이 붙여졌으니 그 자체로 의미

곤지암의 유래가 된 곤지바위

가 있다고 본다.

곤지암에는 바위 말고도 도자기의 역사와 광주 지역의 도예 문화에 관한 이야기를 체계적으로 정리한 경기도자박물관이 있다. 도자기 하면 물론 이천이나 여주가 유명하지만 원래 광주에 집중적으로 도요지가 분포되어 있었고, 왕실용 도자기 백자와 철사자 등을 만든 분원도 존재했다. 현재도 광주 일대에는 도예에 종사하시는 장인들이 많고, 미슐랭 3스타의 '가온'이라는 식당을 운영하는 기업의 명칭도 '광주요'다(본사는 경기도 이천). 그만큼 광주라는 명칭 자체의 상징성이 만만치 않은 것임을 알 수 있다.

광주 곤지암도자공원 한복판에 자리한 경기도자박물관은 1층 도자문화실에선 도자의 개념과 역사, 제작기법을 체계적으로 정리하고 있다. 유익한 도자 관련 지식을 종합적으로 살필 수 있는 전시실이다. 2층으로 올라가면 고려 시대부터 근현대에 이르는 소장품을 통해 한국 도자의 역사를 한눈에 살필 수 있다. 아름다운 도자기의 모습도 좋지만 강한 인상을 남긴 것은 현대의 장인들이 실생활에도 바로 사용할 수 있게 현대식으로 재해석한 도자기였다. 청자의 은은한 빛과 현대의 세련된 디자인을 만나니 일반 가정집에서 나만의 소중한 시간을 보내며 분위기를 즐길 수 있는 생활용품으로 활용도가 높아 보였다. 과거의 모습을 재현하는 데만 몰두하지 않고 새로운 문화를 창조하는 그들의 노력에 박수를 보내고 싶다.

우리나라의 도자기는 대량 생산을 바탕으로 한 일제 자기에 밀려 우리 생활에서 점점 멀어지면서 한동안 맥이 끊길 뻔한 위기도 있었다. 사실 세

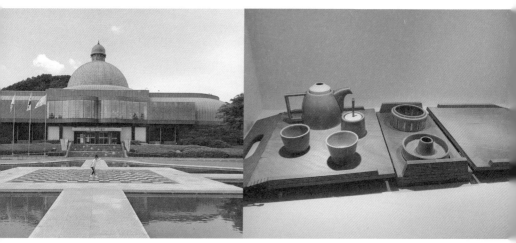

경기도자박물관   현대적으로 재해석한 도자기들

계 여행을 할 때마다 박물관에 전시실을 가득 채우고 있는 중국, 일본 도자기들을 보면서 부러움 반 질투심 반의 심정으로 이곳에 왜 우리의 도자기는 없는 것일까 하는 막연한 궁금증이 있었다.

그건 우리의 도자기가 부족해서가 아니다. 단지 적극적이지 않았을 뿐이다. 대한민국의 국력과 문화도 점점 세계로 뻗어 나가는 만큼 우리의 도자 문화도 인정받는 날이 올지 모를 일이다. 곤지암 도자공원에는 박물관 말고도 가볼 만한 포인트가 몇 개 더 있다. 박물관 좌우에는 전통공예원과 도자체험관이 있어 좋은 품질의 자기들을 직접 구입하거나 만드는 것을 체험할 수 있으며 뒤편에는 아름다운 한국정원과 조선 백자의 가마터가 이전 복원되어 있어 답사의 여운을 즐길 수 있다.

미처 소개하지는 못했지만 신립장군묘와 백인대도 함께 돌아보면 훨씬 뜻깊은 여행이 가능하다. 곤지암에서 산자락을 따라 들어가면서 이야기를 계속 진행해 보자. 곤지암을 지나 산고개를 한번 넘으면 꽤 큰 규모의 스키 리조트 단지가 말쑥한 자태로 우리를 맞아준다. 강원도도 아닌데 이런 규모의 리조트가 있다는 사실에 새삼스레 놀라면서 가던 길을 계속 간다. 이곳은 스키철이 아닌 가을에 가면 더욱 많은 사람들로 붐빈다. 곤지암리조트라 불리는 이곳 경내에 아름다운 숲을 가진 것으로 유명한 수목원인 화담숲이 있기 때문이다. 화담숲의 존재를 알게 된 건 김포공항 공항철도 스크린도어에 걸려 있는 광고를 보고 나서였다. 한국이라고는 믿기지 않을 만큼의 울창한 자연과 조용해 보이는 숲이 마음에 들었다. 당시 광주에서 남한산성밖에 몰랐던 나로서는 신선한 충격이 아닐 수 없었다. 멋들어진

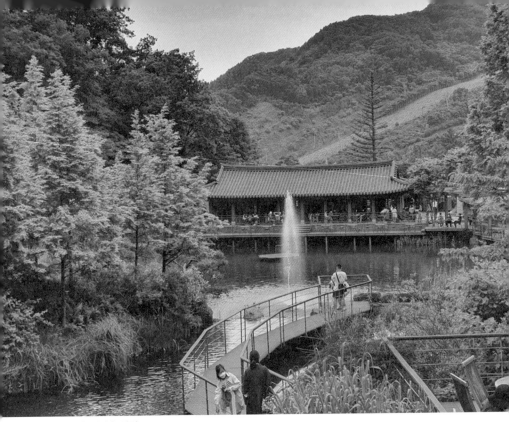

아름다운 화담숲 전경

소나무와 잘 가꾸어진 숲 한가운데 모노레일이 지나가는 그 이미지를 간직하고 언젠가 가리라 늘 마음만 먹었던 장소였다.

마침 방문할 기회가 왔고, 화담숲에 대한 궁금증으로 가득 찼던 나는 종종걸음으로 입구로 향했다. 화담숲에 가기 위해서는 미리 날짜와 시간대를 정해서 예매를 해야 한다. 찾는 사람도 많기에 주차장에서 경내까지 리프트를 타거나 적지 않은 시간을 들여 입구까지 걸어 올라가야 한다. 게다가 입장료도 비싼 편이다. 이런 핸디캡에도 불구하고 주말에는 매진이 될 정도로 많은 사람이 찾는다. 분명 평범한 여느 수목원과 다른 매력이 있으니 사람들의 발길이 끊이지 않을 것이다. 30분의 기다림 끝에 화담숲 내부로 입장한다. 입구를 통과하자마자 천년 화담송이라 불리는 거대한 소나무와 함께 화담숲이라 적힌 비석이 나타난다. 사실 화담숲은 LG그룹 3대 회장이었던 구본무 회장에 의해 만들어진 수목원이다(곤지암리조트도 LG 산하 그룹에서 관리한다). 숲의 명칭이 된 화담(和談)은 '마음을 터놓고 정답게 얘기하자'라는 뜻으로 구본무 회장의 호이기도 하다. 구본무 회장은 생전에 화담숲을 수시로 드나들었고, 수행원 한 명만 동행한 채 전지가위를 들고 수목원을 누볐을 정도로 화담숲에 대한 사랑이 각별했다고 한다. 그가 세상을 떠난 후에도 화담숲 인근에 수목장을 치러서 안장되었다고 한다.

드넓은 화담숲을 둘러보는 방법으로는 처음부터 끝까지 걷거나 모노레일을 타고 가만히 앉아 풍경을 바라보는 방법이 있다. 물론 중간에 내려 모노레일과 산책을 번갈아 즐길 수도 있는데 둘 다 체험해 보기로 했다. 천년 화담송을 지나 자연생태관 쪽으로 내려오면 앞에 연못이 펼쳐지며 그 끝에는 한옥 두 채가 서 있는 모습이 예사롭지 않다. 많은 사람이 모노레일 시간에 맞춰 주위에서 기다리고 있었다. 나도 가만히 앉아 멍을 때리며 한동안 이 자리에 있기로 했다. 30분 정도 공기 좋은 자연에서 휴식을 취하니 몸과 마음에 자리 잡았던 묵은 때가 쑥 내려가는 듯했다.

이제 왼편으로 올라가 관람 동선을 따라가면 모노레일 1승강장이 나오고, 한국에서 보기 힘든 이끼원이 펼쳐져 있다. 화담숲은 전체적인 동선이 언덕을 올라가고 내려가는 일방통행길로 되어 있지만 데크가 잘 갖춰져 있어 유모차, 휠체어도 지나갈 수 있다. 즉, 노약자나 장애인도 산책할 수

화담숲의 명물 모노레일을 타면 편하게 곳곳을 둘러 볼 수 있다.

있을 만큼 조성이 완벽하다. 모노레일을 기다리는 동안 이끼원을 거닐면서 자연의 신비로움을 감상하기로 했다. 단풍나무 그늘 아래 다양한 이끼가 산비탈을 따라 드넓게 자라고 있었는데 이 이끼 하나하나를 관리하는데 많은 공력이 든다고 한다. 이끼원 곳곳에서 관리하는 사람들의 세심한 손길과 정성이 느껴진다. 일본에서만 보던 이끼정원을 우리나라에서도 제대로 감상할 수 있는 장소는 화담숲뿐이다. 모노레일 시간이 되었기에 아쉬움을 달래며 탑승하기로 한다. 화담숲의 시그니처 같은 존재감의 모노레일은 몸을 가누기 어려운 사람이나 걷기 힘든 분들을 위해 10분마다 운행을 하고 있다. 그래도 주말에는 인기가 높아 한 시간은 기본으로 기다려야 한다.

모노레일은 두 량으로 되어 있고, 노약자를 제외하고는 모두 서서 관람하는 것이 원칙이다. 내부에는 안전 관리자가 함께 탑승해 모든 과정을 통제한다. 이제 모노레일이 출발하는데 너무 천천히 이동한다. 몸은 편하게 느껴질지 몰라도 마음이 너무 불편하다. 물론 사람마다 취향에 따라 다르게 느껴지

화담숲 이끼정원

겠지만 말이다. 승강장은 총 3개가 있으니 도중에 지루함을 느끼면 바로 내려 남은 길을 걸어가도 좋겠다는 생각이 들었다.

이끼원을 지나 철쭉, 진달래길, 탐매원을 거슬러 올라가다 보면 어느새 눈처럼 새하얀 자작나무 숲이 반겨준다. 위도가 높고 시베리아나 북유럽 등지에서 주로 자라는 자작나무는 우리나라에서는 인제 용대리의 숲이 유명한데 그 못지않게 숲이 정말로 울창했다. 그곳을 지나 어느덧 가장 높은 지점까지 올라왔다.

화담숲의 가장 높은 지점에서 곤지암 리조트 방향을 바라본다. 산을 타고 이어진 스키장의 슬로프가 스크래치처럼 나있어 그리 보기 좋지만은 않다. 하지만 산을 오르느라 그리 힘들이지 않았는데도 멋진 경치를 보게

[광주] 가는 곳마다 사연이 깃든 경기도의 넓은 고을

화담숲으로 들어가는 입구

되니 뭔가 마음이 뿌듯하다. 다음으로 분재원 구역과 소나무 정원을 지나
는데 넓은 부지에 앙증맞은 분재들이 길가에 도열하는 듯한 풍경이 이색
적으로 다가왔다. 놀란 것은 꼭대기부터 산 아래까지 물길이 흐를 수 있게
설계해 내려가는 단마다 인공폭포와 연못이 있어 자연스럽게 경관이 조성
되는 모습이었다. 어지간한 노력과 자본이 아니면 절대로 만들어질 수 없
는 공간이다. 숲을 장식하고 있는 암석과 각종 조경도 보통의 솜씨가 아니
다. 화담숲은 폐장을 하는 겨울을 제외하면 계절마다 다양한 꽃이 피어있
다고 하니 언제든지 찾고 싶은 그런 숲이었다.

경안천습지생태공원, 허난설헌, 천진암, 광주분원, 광주가 가지고 있는 매력을 찾아

화담숲의 기나긴 여운을 뒤로하고 다음으로 찾을 곳은 경안천습지생태 공원이다. 광주를 남북으로 가로지르는 경안천은 말이 천이지 실제로는 어느 강 못지않게 거대한 폭과 유량을 자랑하는 하천이다. 게다가 이 하천은 팔당호에서 한강과 만나기에 주변이 상수원 보호구역으로 묶여 있다. 광주의 개발을 저해하는 요소 중 하나라 제한구역이 풀리길 바라는 사람도 꽤나 많을 것이다. 하지만 그 덕분에 경안천의 생태계와 주변의 습지까지 보존 상태가 훌륭하다. 그래서 경안천습지생태공원이 개장했고, 이를 통해 경안천의 아름다움을 많은 사람들이 보고 누릴 수 있게 꾸며놓았다.

생태공원으로 들어서자마자 연못은 연꽃으로 가득하고 숲은 끝이 보이지 않을 정도로 한없이 이어져 있었다. 화담숲 자체도 매력이 있지만 경안천습지생태공원은 좀 더 야생적이고 자연 그대로 날것의 아름다움이 강하게 밀려온다. 습지에서 자라나는 갈대들과 그 사이를 뛰노는 개구리, 메뚜기까지 인간의 손길이 덜 간 곳에는 자연이 주인이라는 생각이 현실로 펼쳐지는 순간이다. 길고 길었던 숲길을 지나 제방에 오르면 경안천이 한없이 뻗어있고, 길가엔 꽃양귀비가 노을을 받아 더 붉은빛으로 우리를 유혹하고 있었다. 천진난만한 어린 시절로 돌아가 제방길을 마음껏 뛰놀며 이렇게 광주에서의 하루가 또 지나고 있다.

경기도의 넓은 고을 광주, 삼국 시대부터 오래된 역사를 담은 고장인

만큼 다양한 사연을 가진 인물들이 광주에 연고를 두고 있다. 지금부터 그 대표적인 인물과 역사를 찾아 광주 골짜기 구석구석을 누비려고 한다.

광주의 넓이는 예전과 같지 않지만 아직도 뻗어있는 산지와 계곡마다 수없이 많은 이야기가 깃들여 있다. 그중 조선 시대를 대표하는 문장가인 허난설헌의 묘와 독립운동가이자 광복 후 국회의장을 역임한 신익희 선생의 생가를 둘러보려 한다. 곤지암에서 방향을 틀어 북쪽으로 올라가다 보면 토마토를 재배하는 비닐하우스의 풍경이 줄지어 늘어서 있다. 비닐하우스를 재배하는 농가마다 앞쪽엔 매대를 구비하고 있어 오가는 사람마다 토마토를 구입하는 광경도 심상치 않게 목격한다. 광주의 퇴촌면이 바로 토마토로 전국에서 널리 이름이 알려진 곳이기 때문이다. 여기서 머지

경안천 생태공원

않은 팔당호가 상수원 보호구역으로 지정되었기에 다른 농사 대신 토마토 농사를 선택했다고 한다.

최근까지 토마토 축제를 열었던 퇴촌의 토마토는 맛이 진하고 새콤달콤하다. 토마토는 그 자체로 영양이 풍부한 채소이기에 그냥 먹어도 훌륭하고, 계란을 푼 국에 토마토를 송송 썰어 넣은 토마토 계란국으로 먹으면 한 끼가 쉽게 해결된다. 광주에 올 때마다 토마토 한 박스는 꼭 사가는 듯하다. 산 넘고 물 넘어 계곡길을 계속 올라가다 보면 신익희 선생의 생가를 알리는 표지판이 나오고, 단정하게 꾸며진 마을의 안쪽에 꽤 규모가 커 보이는 기와집이 나타난다. 이전부터 대한민국 초대 국회의장을 지냈다는 사실은 알고 있었으나 그의 인생 중 한 부분일 뿐 이 사람이 우리에게 어떤 의미로 다가올지는 아직 잘 몰랐었다.

원래 신익희 선생의 생가는 지금 위치로부터 200m 정도 떨어져 있었으나 홍수 피해로 인해 지금의 자리로 옮겨졌다고 한다. 대문을 열면서 본격적으로 신익희라는 사람의 발자취를 따라가 보도록 하겠다. 우선 그의 조상은 광주에 못자리를 마련해두고 있는 신립장군이다. 선생은 장군의 10대손으로 알려져 있다. 신익희 선생은 일제강점기에 대한민국 임시정부의 초대 내무차장을 맡았으며, 후에 통합 임시정부의 헌법 초안을 마련하기도 했다. 대한민국 정부가 수립된 후 현재 민주당의 전신인 민주국민당을 결성하고 최고위원에 취임하는 등 많은 역할을 수행했다. 또한 국민대의 설립자이자 초대 학장이기도 하다. 이처럼 신익희 선생은 우리나라 근현대사를 관통하는 빠져서는 안 될 중요한 인물이었던 것이다. 그가 남긴

신익희 선생 생가

유산은 한국 정치사와 학교에 깃들어 지금까지 명맥을 이어오고 있다.

집의 앞뜰에는 수령이 오래된 나무들이 꽤 많았으며, 생가 뒤편으로 올라가면 그가 생전에 남긴 말씀들이 비석에 새겨져 있었다. 그의 인생을 한번 되새겨 볼 수 있는 좋은 장소가 아닐까 싶다. 여기서 다시 천을 건너고 골짜기를 향해 길을 가다 보면 중부고속도로의 쌩쌩 달리는 차가 내려다보이는 장소에 허난설헌의 묘가 있다. 사실 허난설헌 하면 먼저 떠오르는 동네는 광주가 아니라 그녀의 고향인 강릉이었다. 초당두부로 유명한 마을에서 숲 쪽으로 조금만 들어가면 그녀가 유년시절을 보냈던 생가가 아직 남아 있고, 그곳에선 지금도 여러 설화가 전해지고 있다. 하지만 그녀는 안동 김씨 집안으로 시집을 가게 되었고, 죽음 이후에도 안동 김씨 선산에 함께 묻혀 지금에 이르고 있다.

허난설헌의 묘는 원래 다른 위치였으나 중부고속도로 건설 때 이장하여 현재의 자리로 오게 되었다. 묘역에는 허난설헌의 가족과 후손들의 묘가 줄줄이 이어져 있었다. 잘 정돈된 묘역 중에서 어디가 허난설헌의 묘인지 처음엔 찾기가 어려웠다. 하지만 후세 문인들이 이정표처럼 세운 시비와 어린 나이에 죽은 그녀의 두 아이의 묘가 함께 있는 곳을 찾다 보면 어디가 허난설헌의 묘인지 바로 알 수 있다. 여성이 사회적 활동을 하기 힘든 조선 시대에 태어나 뛰어난 문장력과 재기를 가지고 있었으니, 그녀의 일생은 비극으로 흘러갈 수밖에 없었다.

그래도 그녀가 지은 시, 문장이 남아 현재까지 우리의 감성을 자극하고

허난설헌 묘

있으니 불행 중 다행이랄까? 그녀의 못 다 이룬 꿈을 내세에서라도 마음껏 발휘하길 바란다. 이제 광주의 깊숙한 계곡, 앵자봉과 관산 사이에 자리 잡은 한국 천주교회 발상지라 칭해지는 천진암으로 갈 것이다. 사실 천진암은 이전에도 와봤지만 문이 닫힌 시간이라 안으로 들어가지 못했다. 천진암으로 향하는 길은 광주에서도 유명한 피서지로 계곡을 따라 많은 식당과 펜션이 이어진다. 마침 허기가 졌던 참에 계곡가의 한 식당으로 들어가 닭갈비를 먹느라고 문 닫는 시간을 잊은 것이다.

재차 시도한 끝에 거대한 천진암 성지로의 입장을 허락받았다. 천진암은 이름에서 알 수 있듯이 원래 조그마한 불교 암자였다. 하지만 이벽, 정약종, 권철신, 권일신, 이승훈 5인의 선비가 주도해서 모인 강학에서 많은 사람이 천주교를 배웠고, 학문에서 종교로 받아들인 한국 가톨릭의 발상지라 여기고 있어 거대한 성지를 조성해 놓은 것이다.

물론 현재의 장소가 아니라는 의견도 다수 있지만 개인적으로 볼 때는 깊숙한 계곡에 넓은 터를 갖추고 있기에 많은 사람들이 숨어 은밀한 행위를 할 만한 곳으로 적당하지 않을까 생각한다. 천진암 입구에서 성지까지 올라가는 길은 상당한 급경사다. 마치 예수님이 십자가를 지고 올라가는 골고다 언덕이 연상될 정도였다.

힘겹게 올라간 끝에 자랑스러운 태극기와 바티칸 국기가 나란히 보이고, 이 산자락과 어울리지 않는 축구 운동장 4배 크기의 넓은 공터가 나타난다. 1979년부터 계획이 시작되어 100년 후인 2079년에 완공된다는 아시아 최대 규모의 성당 천진암 대성당의 터라고 한다. 본격적인 시공에

천진암 성지

들어가지는 않은 듯하지만 과연 계획대로 진행될지 지켜볼 일이다. 공터를 지나면 거대한 성모 마리아상이 나오는데 성모상 높이가 무려 22m로 1917년 파티마에서 발현한 성모의 모습을 목격한 루치아 수녀의 조언을 통해 만든 대형 성모상이라 한다. 이제 성지는 가장 중요한 천주교 창립 선조 5위 묘소로 이어진다. 계곡을 따라가는 산길이라 올라가는 고통을 충분히 감내할 만하다. 묘역으로 가는 길 중간에는 천진함 강학지 터가 나오고 여기서 개울가를 건너 계단을 오르면 드디어 다섯 분의 묘소를 볼 수 있다. 원래 묘들은 각기 다른 지역에 있었으나 1979년부터 5위의 묘를 이곳으로 이장해 천주교 역사의 뜻을 기리고 있었다. 용인의 미리내성지와 꽤 비슷한 인상을 주었던 천진암 성지였다.

이제 광주의 마지막 목적지인 팔당댐 물안개공원과 분원 도자자료관으로 향한다. 광주의 북쪽 끝자락에 자리한 남종면에는 남양주와 양평에서 보았던 한강의 모습 이상으로 강변의 경치가 수려하다. 바로 맞은편의 한강변에는 평일에도 사람이 많아 언제나 북적이는데 여기는 나름 한가함이 느껴진다. 양평 두물머리의 반대편이라 할 수 있는 팔당댐 물안개공원에서는 남한강과 북한강이 합류하는 팔당댐의 풍경을 엿볼 수 있다.

이제 남종면의 중심지에 도달한다. 이곳은 붕어찜 거리가 있어 많은 사람이 매운탕을 먹으러 종종 찾는 곳이다. 그러나 필자의 관심은 예전 분원 터에 있다. 이곳 마을의 이름도 공교롭게 분원리다. 그만큼 역사적인 가치가 중요한 곳이다. 이곳을 가려면 분원초등학교 운동장을 지나쳐 올라가

조선 왕실 분원터

팔당댐 물안개공원

야 한다. 그곳에는 현재 분원백자 자료관이 들어서 있었다. 하지만 학교 운동장을 통과해서 가야 하는 만큼 한창 운동장에서 놀고 있는 학생들을 지나쳐 가야 한다. 학생들은 자기가 다니는 학교가 원래 분원터의 일부였음을 알고 있을까? 이곳 아이들의 눈은 정말 해맑고 천진난만해 보인다.

조선 왕조는 15세기 후반부터 사옹원의 분원을 이곳에 설치하여 우수한 도자기들을 집중적으로 생산했다. 마지막 관요가 된 분원은 1752년 설치했으며 후에 민간에 넘어간 후 1920년에 일본 사기에 밀려 문을 닫았다. 백자 자료관은 폐교를 리모델링해서 2003년 개관한 것이고 관요의 역사에 대한 설명을 시대순으로 잘 갖추어 놓았다. 이곳 말고는 도자기 마을이라는 느낌을 주는 곳이 없다. 현재 매운탕 골목이 된 이곳에서 과거의 영화를 찾을 길 없어 아쉬움만 남기고 떠난다.

광주는 남한산성만 있을 것이라는 이미지와 달리 경기도를 대표하는 옛 고을인 만큼 아직도 풍부한 문화유산이 산재한다. 우리가 조금 관심을 갖고 이 도시를 방문하면 생각지도 못한 발견을 할 수 있을 것이다.

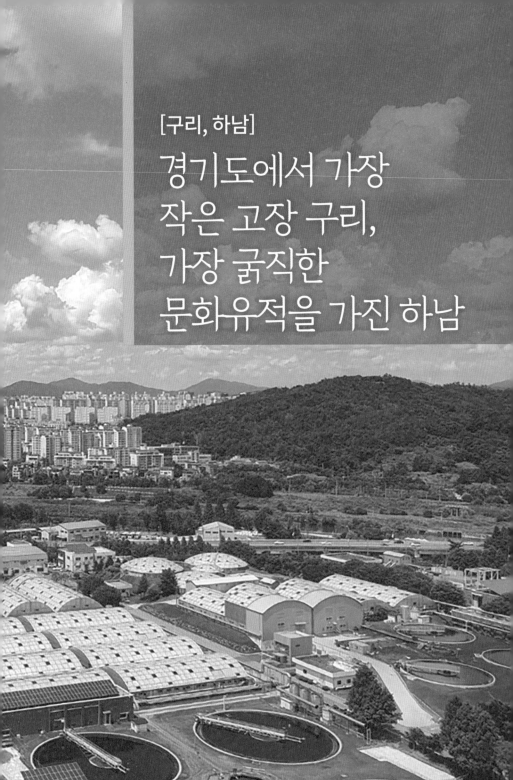

[구리, 하남]

경기도에서 가장
작은 고장 구리,
가장 굵직한
문화유적을 가진 하남

경기도에서 가장 작은 고장 구리,
가장 굵직한 문화유적을 가진 하남

고구려 도시를 꿈꿨던 구리, 작은 도시가 나아가야 할 방향은?

작년 여름은 지독한 장마 때문에 답사를 다닐 때마다 진흙에 운동화가 빠져 성한 날이 없었다. 올해는 뜨거운 폭염이 찾아와 떠나는 발걸음을 망설이게 만든다. 하지만 경기도의 도시가 얼마 남지 않은 만큼 운동화를 다시 고쳐 매고 남은 여정도 즐겁게 떠나보려 한다.

이번에 탐방할 도시는 늘 우리 곁에 가까이 있지만 존재감이 크지 않아 굳이 이곳을 여행을 하기 위한 발길이 쉽게 떼어지지 않는 구리라는 곳이다. 하필이면 대한민국의 수도 서울과 경기도에서 가장 급속도로 발전하고 있는 남양주 사이에 끼어 있다. 언제 지나갔는지도 모를 만한 조그마한 동네지만 역사적인 명소가 아예 없는 편은 아니다.

우선 구리의 면적을 살펴보자. 2021년 현재 총 8개의 행정동으로 구성되어 있는 구리시의 면적은 33.33km²로 시와 군으로 이루어진 기초자치단체 중에서 가장 작은 규모이며 심지어 서울시의 강남, 송파, 노원구보다

구리 시청 앞에 자리한 광개토태왕 동상

도 작다. 택시를 타고 구리시의 번화가인 돌다리에서 가장 먼 지역으로 이동해도 1만 원이 넘지 않는다고 하니 이건 도시가 아니라 한 동네라 봐도 무방할 정도이다. 크기는 작아도 이 도시에 편의시설이 적은 편은 아니다. 배후에 자리한 인구 70만의 남양주시는 중심지가 별내, 오남, 금곡, 평내, 호평 등으로 분리되어 있어 백화점에서 쇼핑을 하거나 대학병원에서 진료를 보려면 비교적 가까운 구리에 가서 해결해야 할 때가 많다. 그래서 구리의 상권은 도시의 규모보다 번화하다. 하지만 남양주의 다산신도시가 점차 중심지로 급속히 성장하며 이마저도 옛말이 될지 모른다. 구리에서 우리는 무엇을 찾아야 할 것인가?

우선 구리라는 지명에 얽힌 과거의 흔적을 찾아보는 여행을 함께 떠나

보도록 하자. 『신증동국여지승람』을 살펴보면 구리라는 명칭의 어원이 된 구지와 망우리라는 지명이 등장한다. 이후 일제강점기 시절인 1914년 조선총독부의 행정개편에 따라 구지면과 망우리면이 통합되었고 구리면이라는 이름이 처음 등장하게 되었다. 처음에 양주군에 속해 있었던 구리면 일대는 해방 후 서울시의 급격한 성장과 더불어 큰 변화를 맞이하게 되는데, 구리면에서 옛 망우리면 지역은 동대문구로 편입되었다가 현재의 중랑구로 자리 잡았다. 하지만 남은 구리면 지역은 양주군에서 분리된 남양주군 구리읍이 되었으며, 1986년 구리시로 승격되어 현재에 이르렀다.

이처럼 구리시는 독자적인 행정구역을 가진 역사가 길지는 않지만 굵직한 역사의 현장 한복판에 서 있었다. 구리는 한강을 사이에 두고 서울 강동구와 마주 보고 있고, 서쪽에는 아차산이 서울과의 경계를 가르며 그 능선을 용마산, 불암산, 수락산 방향으로 뻗치고 있다. 아차산은 우리에게 고구려의 온달장군이 전사한 곳으로 알려져 있다. 해발 295m로 높지 않아 무난한 동네 뒷산과 다를 바 없지만 역사적, 고고학적으로 아주 중요한 위치를 점하고 있다. 한강이 내려다보이는 이점 때문에 여기를 차지하기 위해서 고구려, 백제, 신라가 끊임없는 다툼을 치열하게 펼치곤 했다. 이 흔적들은 아차산에서 발굴된 수많은 유물, 유적의 존재로 증명되었다.

특히 이 산의 능선에서 남한에 몇 안 되는 귀중한 고구려 유적인 고구려 보루 및 산성을 살필 수 있다. 마침 도시 자체의 정체성이 부족했던 구리시는 고구려 마케팅을 통해 시의 위상을 확고히 하려 했었다. 당시 중국의 동북공정이 언론에 보도되었고, 그것에 대한 반발심이 최고조에 달했

[구리, 하남] 경기도에서 가장 작은 고장 구리, 가장 굵직한 문화유적을 가진 하남

던 시기였다. 게다가 고구려를 소재로 한 드라마인 〈주몽〉이 큰 인기를 끌게 되면서 이러한 열기에 힘입어 구리와 고구려의 연관성을 적극적으로 알리기 시작했다. 먼저 구리경찰서 앞 삼거리로 가보면 광개토태왕 광장이 있고, 거기엔 광개토태왕의 동상과 실물 크기의 광개토태왕비가 들어서 있다. 고구려 유적의 일부가 있다고 해서 굳이 이렇게까지 해야 하는지 의구심이 든다. 사실 구리시에는 고구려 유적뿐만 아니라 조선 왕조 최대의 분묘군인 동구릉이 현존하고 있다. 한때의 일시적인 트렌드로 시간이 지나면 잊혀지지 않을까 염려가 된다.

아차산 자락의 고구려 대장간 마을

그래도 이왕 구리에 왔으니 고구려를 테마로 잡고 그 여정의 첫발을 내딛으려고 한다. 강변북로를 타고 동쪽으로 계속 달리다가 광나루에서 빠져나오면 이윽고 워커힐 호텔을 지나게 된다. 거기가 바로 서울과 구리의 경계라고 할 수 있다. 그곳을 지나면 아차산을 알리는 표지판이 나오고 유턴을 통해 구리가 자랑하는 고구려 대장간 마을로 곧장 들어가게 된다.

잠깐, 이왕 여기까지 온 김에 지나칠 수 없는 맛집이 있다. 고구려의 마지막 수도가 평양이지 않았던가? 평양식 만두로 유명한 묘향만두라는 가게가 초입에 있어 식사를 먼저 든든히 하고 떠나려고 한다. 오전 11시라 본격적인 식사 시간 전인데도 불구하고 벌써 가게의 대부분이 손님으로

묘향만두 만둣국과 전골

가득 찼을 정도로 인기있는 집이다. 겨우 자리를 잡고 이 집의 명물인 손만 둣국과 묘향 뚝배기를 시켜보았다. 오래 지나지 않아 메뉴가 나왔고, 그 맛이 궁금해 허겁지겁 국물을 떠먹어본다. 과연 만둣국은 잘 고아진 사골국을 먹는 듯했고, 평양식 만두답게 피는 두껍고 속은 꽉 차있어 한 끼 식사를 해결하는 데 부족함이 없었다. 평양냉면으로 대표되는 이북 음식은 나 같은 영남 출신 사람에게 싱겁고 밍밍한 느낌이 강했지만 시간이 갈수록 계속 생각나고 그리워지는 매력이 있다. 이 식당도 그런 매력 덕분에 많은 사람이 찾는 것이라 생각한다.

식사를 마친 후 아차산 계곡을 따라 들어가다 보면 등산로 시작점과 함께 이색적인 건물이 있는 고구려 대장간 마을이 나온다. 이미 주차장은 등산객들 때문에 만차였지만 고구려 대장간 마을을 찾는 사람들은 거의 없

[구리, 하남] 경기도에서 가장 작은 고장 구리, 가장 굵직한 문화유적을 가진 하남

어 보였다.

2008년 개장한 고구려 대장간 마을은 드라마 〈태왕사신기〉의 촬영장으로 쓰일 때만 해도 방문객이 많아 상당히 붐볐다. 어느덧 세월이 지나고 고구려 마을의 입장료도 없어졌지만 을씨년스러울 정도로 인적이 드물어 보인다. 입구를 통해 아차산 고구려 유적 전시관으로 자연스레 들어가게 되는데 아차산 보루에서 출토된 유물 위주로 전시되어 있어 부담 없이 가볍게 돌아볼 만하다. 전시관을 나와 외향도 독특한 대장간 마을로 입장한다. 고구려 시기를 알려주는 실증적인 자료와 유적, 기록이 거의 남아 있지 않기에 상상을 기반으로 지어졌다. 덕분에 마치 판타지 게임 속으로 들어

고구려 대장간 마을의 입구

기와, 나무, 돌 등으로 만든 가옥

온 듯한 착각을 불러일으키는 듯하다. 거물촌, 연호개체, 담덕채 등 우리가 흔히 보는 기와집의 형태가 아니라서 신선한 느낌을 가져다준다. 우려와 달리 꾸준한 관리가 이어지는 듯했다.

대장간 마을의 하이라이트는 마치 불가마와 같은 대장간이다. 불을 피우는 가마와 무기, 갑옷 등을 충실하게 재현해 놓았다. 〈태왕사신기〉 또는 이곳에서 촬영된 드라마 등을 보신 분이라면 나름 감동적으로 다가왔을지도 모른다. 이왕 이곳까지 온 김에 놓치지 말아야 할 장소가 하나 더 있다. 2007년 배용준이 〈태왕사신기〉의 첫 촬영을 하던 도중 발견된 바위로 사람 얼굴 형상을 하고 있기에 큰 바위 얼굴 또는 배용준 바위로 불리는 곳이다. 과연 코가 큰 사람 얼굴과 정말 닮았다. 오르느라 땀범벅이 된 몸을 차에서 식히며 다음 장소로 이동해 보도록 하자.

항상 날씨가 맑고 선선한 가을 같으면 좋겠지만 답사를 다니는 사람들의 최대 난제 중 하나가 날씨의 변화이다. 날씨는 종잡을 길이 없어 언제나 변화무쌍한 얼굴로 우리를 괴롭힌다. 장마철에는 비 때문에 진흙밭을 구르고, 하천이 불어 위험함을 느꼈던 때가 한두 번이 아니다. 추운 겨울에는 눈길을 뚫고 엄한 산길을 올라가야 하는 어려움을 감수해야만 한다. 더운 날씨는 그나마 사진이라도 잘 나오기 때문에 그것을 위안 삼아 힘을 내본다.

조선 왕조 최대의 분묘군, 동구릉

구리는 매년 가을이면 성황리에 개최되는 한강변의 코스모스축제로도 유명하지만 이 도시의 상징적인 정체성을 알려주는 장소라 하면 단연 최대 규모의 조선왕릉군인 동구릉이다. 말 그대로 서울 동쪽 9개의 왕릉으로 구성된 곳인데, 조선을 건국한 태조 이성계가 동구릉의 가장 깊숙한 곳에 터를 잡은 이래 끊임없이 왕과 왕비들의 안식처로 공간을 넓혀갔다. 동구릉은 현재도 구리의 북쪽 대부분을 점유하고 있으나 현재 지하철 8호선, 별내선 공사 중인 관계로 주변이 어수선했다.

하지만 동구릉의 능역으로 들어서자마자 속세의 소음은 완벽하게 차단되었고 오로지 새들의 지저귐과 매미 울음소리만 숲 속에 가득했다. 7명의 왕(추존왕 포함)과 10명의 왕후(추존왕후 포함)가 안장되어 있는 동구릉은 규모가 만만치 않아 어지간한 각오가 아니면 전부 둘러보기 힘들다. 그리고 한 가지 당부하고 싶은 점이 있다. 숲이 우거지고 왕릉 구역의 한가운데 명당수가 흐르는 만큼 사방에 모기를 비롯한 벌레들이 많다. 여름철에 이곳을 방문한다면 꼭 벌레 기피제를 챙기길 추천드린다. 밖에선 뜨거운 폭염이 사정없이 내리쬐고 있었지만 동구릉 안은 600년 동안 그 누구도 함부로 출입할 수 없었던 금단의 구역이었던 만큼 나무들이 자연스레 그늘을 형성하고 있었다. 조선 왕릉을 답사하다 보면 못자리가 구릉지에 위치한 경우도 더러 있어 어느 정도 언덕을 오르는 것을 각오해야 한다. 하지만 동구릉은 넓은 평지를 따라 길게 뻗어 있어 역사 탐방이 주 목적이 아니라 하더라도 가볍게 산책을 하기 위한 공원으로 훌륭하다. 왕릉의 경계를 알리는 홍살문을 지나 본격적으로 동구릉이 시작된다.

조선 문종과 현덕왕후 권씨가 모셔진 현릉은 가운데 흐르는 금천을 두고 U자형으로 돌다 보면 웬만한 왕릉을 전부 둘러볼 수 있는 동선으로 짜여있다. 제사를 준비하는 재실을 지나 숲길을 걷다 보면 오른쪽 옆으로 정자각 건물과 푸른 잔디밭 위의 왕릉과 마주치게 될 것이다. 추존왕 문조와 그의 왕비 신정왕후 조씨의 왕릉, 수릉이다.

여기서 잠깐, 추존왕이 무엇인지에 대해 간단하게 짚고 넘어가도록 하자. 쉽게 얘기해서 생전엔 왕이 아니었지만 그의 자손이 왕위에 올라 왕으로 추대된 경우를 말한다. 신하가 죽은 후 관직이 높아져 추존되는 것은 추증(追贈), 생전에 왕이나 황제가 아니었던 인물을 왕이나 황제로 추존하는 행위는 추숭(追崇)이라고 구별하기도 하지만 지금 대한민국은 왕정국가가

조선 문종과 현덕왕후가 모셔진 현릉　　　추존왕 문조와 신정왕후의 합장릉 수릉

아니므로 이를 따로 구별하지 않고 추존이라 칭한다.

　수릉의 주인 문조는 과연 누구일까? 익숙하지 않은 사람이 대부분이겠지만 드라마 〈구르미 그린 달빛〉에 박보검 배우가 출연했던 세자 이영의 모티브가 되었던 효명세자가 바로 그 주인공이다. 정조가 죽고 어린 나이에 순조가 즉위한 이래 안동 김씨가 정권을 잡은 세도정치의 시점이었다. 순조는 그런 상황 속에서 개혁을 할 원동력도 의지도 없었지만, 그의 아들 효명세자는 달랐다. 스무 살도 채 안된 어린 나이에 대리청정을 시작해 조정의 기강을 잡았으며, 개화파의 선구자인 박규수를 등용하는 등 인재를 적극적으로 발굴하고 개혁정책의 의지를 다졌다.

　하지만 하늘도 무심한지 22살이 되는 1830년 병으로 갑자기 숨을 거두었다. 조선의 마지막 개혁을 이끌어 갈 것으로 기대되는 효명세자는 허망하게 세상을 떠났고, 60년간 3대에 걸친 세도정치는 점차 조선의 어둠을 짙게 만들었다. 후에 그의 아들 헌종이 8살의 어린 나이로 왕위에 오르면서 효명세자는 문조로 추존되었다. 문조, 즉 효명세자의 부인 신정왕후 조씨도 조선 역사에서 반드시 살펴보아야 할 인물 중 하나다.

근현대사에 심상치 않게 나오는 '조대비'라 불리는 사람이 바로 이분으로 남편이 죽은 후에도 오랫동안 장수하며 왕실의 큰 어른 역할을 톡톡히 수행했다. 특히 강화도령 철종이 갑자기 죽고 후사를 결정하는 자리에서 대원군의 아들을 다음 후계자로 내세웠는데, 이는 조선 역사상 가장 극적인 순간 중 하나로 손꼽힐만한 장면이다. 원래 용마산 아래에 문조의 능이 있었지만 신정왕후 조씨가 죽고 나서 동구릉에 합장되었다고 한다. 반백 년 넘은 세월 후에 다시 만난 신정왕후는 문조를 만나 무슨 이야기를 나눴을지 궁금하다.

수릉에서 조금만 걸어가면 하나의 정자각을 두고 각각 다른 언덕에 자리 잡고 있는 동원이강릉 형태의 현릉을 발견하게 된다. 이 왕릉의 주인공은 세종의 아들이자 5대 임금인 문종과 현덕왕후다. 문종을 이야기함에 있어 자연스레 그의 아들인 단종을 함께 언급하지 않을 수 없다. 문종은 제위기간이 2년 정도로 짧았기 때문에 단종은 12세의 어린 나이에 즉위하게 되었다. 조선 왕조 기간 동안 성인이 되기 전 왕에 오르는 일은 종종 있었다. 하지만 단종은 어머니(현덕왕후)가 그를 출산한 이후 곧바로 사망했기 때문에 변변한 후견인이 없었다.

결국 단종은 삼촌 수양대군(세조)에 의해 계유정난으로 왕위를 물려주어야만 했고, 오랜 세월이 지나지 않아 영월에서 짧은 생애를 마감한다. 그 과정에서 문종의 왕비였던 현덕왕후는 죽은 뒤에도 갖은 수난을 겪는다. 그녀의 어머니와 남동생이 단종 복위 운동에 가담했다는 이유로 연좌되어 서인으로 강등된다. 백 년이 지난 중종 때에 들어서야 다시 복위되면서 문종의 곁으로 옮겨져 다른 언덕을 차지하고 있는 것이다. 겉보기엔 평화로워 보이는 조선 왕릉이지만 이처럼 사연을 알고 왕릉을 바라보면 답사가 조금 더 흥미로워질 것이다.

이제 동구릉의 터줏대감인 건원릉으로 간다. 멀리서부터 억새풀로 뒤덮인 위엄 있는 모습으로 우리를 반겨주었다. 확실히 비슷한 인상을 주는 조선 왕릉과 달리 무(武)의 위용이 한눈에 느껴진다. 태조 이성계의 능인 건

태조 이성계의 묘, 건원릉

건원릉에는 태조의 유언에 따라 그의 고향 함경도의 흙과 억새가 심어져 있다.

원릉은 조선 왕조 능제의 표본으로 정면에 정자각, 그 옆엔 수복방과 수라청 그리고 그의 업적이 적힌 신도비까지 보존상태가 훌륭했다. 이성계가 죽은 후 풍수지리에 능통한 하륜이 답사를 거쳐 지금의 위치로 결정했다고 전해진다.

그가 죽을 당시 고향인 함흥 땅에 묻어 달라고 유언을 남겼지만 정통성을 위해 차마 그럴 수 없어 대신 함흥의 흙과 억새를 가져다가 건원릉을 단장했다고 한다. 매년 한식 때 문화재청에서 능침까지 올라갈 수 있는 특별관람을 진행한다고 하니 나중에 재방문을 기약하는 것도 좋을 듯싶다. 이제 동구릉 답사도 반환점을 돌았다.

태조 이성계의 건원릉을 기준으로 동쪽과 서쪽 구역으로 크게 구분되는 동구릉은 동쪽 구역에서 금천을 건너 반대편으로 넘어가야 한다. 하지만 그전에 건원릉의 바로 옆 오솔길로 들어가 만나야 하는 왕릉이 하나 더 있다. 건원릉 뒤편의 고갯길을 넘어가다 보면 홍살문 아래에 드넓은 잔디밭이 펼쳐져 있고, 무려 3기의 봉분이 저마다의 영역을 차지한 낯선 광경이 눈에 들어올 것이다. 바로 임진왜란을 겪었던 조선 14대 왕, 선조와 의인왕후, 인목왕후의 능, 즉 목릉이라 불리는 장소이다.

3기의 봉분이 각기 다른 영역에 있어서 그런지는 몰라도 홍살문에서 정자각 그리고 능침으로 이어지는 향로가 직선이 아닌 꺾여 있는 특이한 구조가 눈에 띈다. 정자각을 기준으로 가장 왼쪽에 있는 봉분이 의인왕후, 그 다음이 선조, 가장 오른쪽이 인목왕후의 능침이다. 〈경기별곡〉 시리즈를 진행하면서 숱한 조선 왕릉을 다녀왔지만 동구릉의 목릉처럼 괴이하게 느껴지는 구조는 처음이다. 임진왜란으로 어수선한 상황이 상당 부분 반영된 것처럼 보인다. 동구릉에서도 가장 골짜기에 자리 잡은 목릉의 주인공 선조에 대해 잠시 생각해 본다.

그가 겪었던 두 번의 왜란은 조선 왕조를 전기와 후기로 나누는 변곡점으로 여겨질 만큼 큰 국가적 재난이었고, 전쟁 이후 동북아의 역사를 뒤흔들 만큼 많은 변화가 일어났다. 하지만 왕이 수도를 버리고 도망쳤다는 점, 전쟁에 미리 대비하지 않아 20일 만에 한양이 함락되었다는 사실, 이순신 장군 등 전쟁 영웅들에 대한 외면 등이 부각되면서 가장 비판을 받는 주인공으로 전락했다.

마지막 안식처에서 그의 입장이 되어 변호를 조금 해볼까 한다. 우선 임진왜란이 일어나기 전까지 조선은 몇 백 년 동안 이렇다 할 전면전이 없었다. 반면 일본은 사상 유래 없는 봉건 영주들끼리 매일 전투를 펼쳤던 전국시대가 이제 막을 내린 상태였다. 최고의 훈련방법은 실전이라고 하지 않았는가? 조선 나름의 대비는 하고 있었으나 이는 어쩔 수 없는 일이었다. 하지만 우리도 초기의 일방적으로 밀렸던 형국에서 벗어나 경험이 쌓이면서 의병들과 이순신, 권율 장군 등의 활약으로 임진왜란을 궁극적으로 이겨낼 수 있었다.

봉건 사회에서 왕이 한양에서 끝까지 항쟁하다가 일본군에 붙잡혔다면 항쟁할 원동력을 잃지 않았을까? 역사를 현대적인 관점으로 재평가하는 것은 좋지만 그 인물을 지금의 상황에 그대로 빗대어 바라본다면 너무 가혹한 처사가 아닐까 싶다. 다시 건원릉으로 내려가 금천을 건너 반대편으로 이동해보도록 한다.

도시에서 보기 힘든 울창한 숲, 경내에 흐르는 물길이 폭염으로 찌든 이 땅을 시원하게 적셔준다. 하지만 사람이 살기 좋은 만큼 벌레들도 활발하게 주위를 따라 움직인다. 적절히 대비하지 않은 탓이라 여기고 가던 길을 계속 걸어간다. 얼마나 걸었을까? 멀리 언덕 위로 인조의 왕후인 장렬왕후의 휘릉이 눈에 아른거린다. 혜릉과 함께 동구릉에서 가장 작은 권역이지만 아늑하고 따뜻한 분위기가 고스란히 전달되는 듯하다.

이제 원릉까지 제법 긴 거리를 걸어야만 한다. 아마 동구릉을 방문했었던 사람이라면 이 무덤이 저 무덤 같아 보이고, 비슷비슷한 양식의 변주곡만 반복되어 지루함이 느껴질 수도 있다. 하지만 원릉을 살펴본다면 아마

인조의 계비 장렬왕후 조씨의 능인 휘릉　　　영조와 정순왕후가 묻혀있는 원릉

눈이 번쩍 뜨일지도 모르겠다. 바로 조선 후기 탕평책을 이끌었으며 우리
에게는 사도세자의 매정한 아버지로 유명한 조선 21대 왕 영조와 어린 신
부 정순왕후가 원릉의 주인공이다. 원래 영조의 왕릉이 있던 자리는 선대
왕인 효종의 못자리로 쓰였던 장소인데 석물에 금이 가고 파손되는 일이
연이어 발생하자 능을 여주로 옮기고 한동안 비어있던 땅이었다. 파묘되
었던 장소를 다시 왕릉 자리로 선택한 것은 사상 유례가 없는 일이었다.

　혹자는 정조가 아버지를 죽인 할아버지에 대한 앙금이 남아 나름의 복
수를 한 것이라고 추측하기도 한다. 하지만 왕권을 견제하던 신하들의 눈
초리도 만만치 않았을 뿐더러 정조의 스타일상 의도적으로 그렇게 행하지
는 않았을 것이다. 여기 원릉에서 곧바로 동구릉의 입구로 돌아가는 길이
이어져 있어 아마 지친 몸과 마음을 달래려 여기쯤에서 발길을 돌리는 사

람들이 대부분일 테다. 하지만 조금만 더 힘을 내서 마지막 3개의 왕릉을 둘러보길 추천드린다.

어린 나이에 즉위해 세도정치 하에서 힘을 쓰지 못한 헌종의 경릉은 왕을 비롯해 효헌왕후, 효정왕후의 봉분이 늘어선 삼연릉으로 조성되어 있다. 그리고 그 유명한 예송논쟁으로 재위 내내 시달렸고, 후궁을 따로 들이지 않았던 현종과 명성왕후의 능인 숭릉도 놓치지 말아야 할 왕릉이다. 숭릉은 능 남쪽에 자리한 연지에 서식하는 수많은 희귀 조류를 보호하기 위해 비공개로 막혀 있다가 몇 년 전에 개방했다. 눈여겨볼 점은 다른 왕릉들의 정자각이 맞배지붕의 형태인데 비해 여기 숭릉의 정자각만 유일하게 팔각지붕으로 조성되었다는 사실이다. 이로써 조선왕릉의 최대 분묘군인 동구릉의 답사를 마무리하고자 한다.

정자각의 팔각지붕이 독특한 현종과 명성왕후의 숭릉

[구리, 하남] 경기도에서 가장 작은 고장 구리, 가장 굵직한 문화유적을 가진 하남

유례없는 더위 속에 상당한 시간 동안 야외에 있었더니 땀이 비 오듯 쏟아진다. 구리는 가을이 올 때마다 코스모스밭으로 유명한 구리한강공원과 장지동의 호수공원이 산책하기에 좋은 명소다. 하지만 이런 날씨에서 계속 야외활동을 하면 몸이 더 이상 견디지 못할 것만 같다. 이럴 때를 대비해 평소 강변북로를 타며 봐둔 구리의 명소가 하나 있다. 구리 자원회수시설 소각장 굴뚝을 이용하여 100m 높이에 만들어진 구리타워가 바로 그곳이다.

구리시는 도시의 규모에 비해 인구가 많으므로 갈수록 늘어가는 쓰레기를 효율적으로 처리해야 하는 일이 절실한 과제였을 것이다. 이러한 시설의 건립을 통해 매립지를 따로 확보할 필요가 없어졌고, 쓰레기를 안정적이고 위생적으로 처리하며 공해 없는 생활환경과 환경보전, 에너지 절감의 효과를 누리고 있다. 구리타워 주변으로는 수많은 체육시설이 자리해 구리 시민의 여가 활동에도 큰 도움을 주니 이것이야말로 진정한 일석이조 아닌가 싶다. 밖이 내려다보이는 엘리베이터를 타고 순식간에 전망대로 올

자원회수시설의 굴뚝을 이용해서 만들어진 구리타워

라간다. 전망대의 바로 위에는 근래에 다시 리모델링하여 오픈한 레스토랑이 위치해 있다. 이곳에서는 구리는 물론 아차산, 저 멀리 잠실 롯데타워까지 한눈에 내려다보인다. 높은 곳에서 한없이 바라보는 전경은 언제나 훌륭하다.

마지막으로 구리의 제일 번화가인 돌다리에 있는 곱창거리에서 답사의 피로를 풀어본다. 아차산 고구려 대장간 마을에서 시작한 여정은 동구릉을 거쳐 자원회수시설을 활용한 구리타워까지 이어졌다. 특정 시대를 강조하기보다 이곳이 가진 역사를 바탕으로 문화를 창조한다면 이 도시의 정체성이 구리 자체로 완성될 것이다.

조선 시대 광주의 읍치가 위치했던 하남시

요즘 세상이 시끄럽다. GTX라는 공룡이 도시를 넘어 경기도 전체를 집어삼킬 듯하다. 원래 취지는 경기도에 거주하는 직장인들의 출퇴근 시간을 대폭 줄여주고, 도심과 도심 사이를 중간 정착역 없이 가는 획기적인 교통수단이었지만 점점 사람들 간의 이해관계가 얽히고설키는 복잡한 관계로 변질되고 있다. 그렇다 해도 확실히 GTX가 개통되면 우리 삶은 엄청난 변화를 맞을 것 같다. 동탄신도시에서 코엑스까지 단 몇 십 분 만에 오갈 수 있게 되면 좀 더 저녁이 있는 삶에 가까워질지도 모른다.

하지만 이번에 소개할 하남시는 GTX 개통과 상관없이 서울과 가까운

[구리, 하남] 경기도에서 가장 작은 고장 구리, 가장 굵직한 문화유적을 가진 하남

이점을 철저하게 누리고 있는 도시라 할 수 있다. 이제 지하철 5호선을 타고 가볍게 잠실, 강남까지 갈 수 있으며, 굳이 서울까지 가지 않더라도 스타필드에서 쇼핑, 외식을 마음껏 즐길 수 있다. 그뿐만 아니다. 바로 중부 고속도로를 타고 충남, 영남지방으로 쉽게 내려갈 수 있다. 게다가 서울-양양 고속도로를 타고 서울 시민보다 빠르게 강원도를 오갈 수 있으니 삶의 질을 누리기에 충분하다고 여겨진다.

이런 게 전부라면 하남 편을 따로 다루지 않았을지도 모른다. 기껏해야 예전 미사리 유원지의 자취나 더듬으면서 남한산성의 별책부록 같은 이야기만 후일담으로 남았을 것이 분명하다. 하지만 직접 다녀온 하남은 우리나라 여느 도시 못지않게 역사적인 이야기가 풍부하고, 의외로 유적도 많았다.

하남이라는 지명은 많은 사람에게 친숙하지만 그 이름의 유래가 어디서 왔는지 모르는 사람이 꽤 있을 것이다. 원래 광주에 속해 있던 하남은 1989년 시로 승격되면서 백제의 옛 도성인 '하남 위례성'에서 그 명칭을 따왔다. 우리의 삼국 시대에서 자료도 희미하고 그 실체를 알기 어려운 백제의 초기 시기는 아직도 많은 부분이 베일에 싸여 있다. 특히 수도였던 위례성의 위치가 어디였는지는 학자마다 의견이 엇갈린다.

최근에는 서울 송파의 몽촌토성과 풍납토성이 유력한 후보지로 여겨지지만 바로 여기 하남의 이성산성으로 추정하는 학자들도 상당수 존재한다. 이성산성의 위치 자체가 한강을 내려다보는 요충지이기도 하고, 여기서 발굴된 유물 중에 백제의 것들도 꽤 존재하기에 어느 정도 신빙성이 있다고 생각한다.

하남은 읍치가 남한산성으로 옮겨지기 전까지 광주의 중심지 역할을 수행했다. 지금도 광주향교가 하남에 남아 있고, 수령이 수백 년 된 아름드리 나무가 향교의 품격을 더해준다. 또한 고려시대 하남은 고려 성종 때 지방행정의 요충지에 설치한 12목 중 광주목이 있기도 하고 고려 수도인 개경으로 들어가는 중요 관문이었다. 특히 고려 시대는 불교가 융성했던 때라 자연스레 하남에는 화려한 불교 문화가 꽃을 피우기도 했다. 하남의 덕풍천을 중심으로 금암산과 이성산 사이의 계곡에서는 불교에 관련된 다양한 유적을 지금도 만나 볼 수 있다.

우선 하남의 여행지 중 우리가 먼저 찾아가 볼 곳은 다름 아닌 미사리다. 지금까지 하남의 역사를 설명하다가 생뚱맞게 미사리라고 고개를 갸우뚱거릴 수 있지만 하남 역사를 거슬러 올라가다 보면 선사 시대까지 올라가고 그 시대를 알려주는 대표적인 유적이 바로 미사리 선사유적이다. '아름다운 물결과 모래로 이루어진 섬'이라는 뜻을 지닌 미사동은 1970년대까지만 하더라도 한강에 있는 여러 섬 중 하나였다. 남북 4km, 동서 1.5km의 타원형 섬으로 모래를 채취하던 한가로운 섬이었으나 1980년대 한강유역 종합개발 사업과 함께 올림픽 조정경기장이 들어서면서 이 일대는 큰 변화를 맞게 되었다.

어르신 중에는 조정경기장을 지나 라이브카페 거리가 조성되어 있는 미사리를 떠올리는 분도 꽤 있을지도 모른다. 현재는 이 일대까지 신도시가 조성돼 예전의 정경은 많이 사라졌다. 각설하고, 서울의 대표적인 선사유적인 암사동 선사주거지 유적의 규모를 능가하는 미사리 선사유적은 대

하남 경정공원에서 바라본 경정장의 물길

부분이 흙에 덮여 그 자취를 찾아보기 힘들다. 하지만 하남역사박물관에서 출토품 대부분을 접할 수 있어 미사리 일대를 둘러보고 가기로 한다. 현재 미사리 구역의 대부분은 조정경기장과 경정공원으로 이루어져 있다.

서울 근교에서 부지가 넓고, 도로도 일직선으로 길게 뻗은 흔치 않은 장소라 그런지 하남에 사는 초보 운전자들은 도로연수를 하기 위해 경정공원을 방문하기도 한다(현재는 도로연수를 금지하는 플래카드가 걸려있었다.). 그리고 차박족의 성지라고 소문나서 그런지 캠핑카의 모습도 종종 눈에 띈다. 사실 경정이라는 종목 자체가 익숙하지 않았지만 〈무한도전〉이라는 예능을 통해 어렴풋이 알고 있었다. 주차장에서 한강으로 천천히 걷다 보면 이윽고 거대한 하나의 물길이 보인다.

그 물길 위에서 많은 경정보트가 신호에 맞춰 일사불란하게 노를 젓고 있는 광경이 절도 있어 보인다. 얼마나 수많은 연습을 했을까? 사람마다 가지고 있는 신체능력과 조건이 전부 다르기에 각자 가지고 있는 능력을 모아 하나로 만드는 경정이 매력 있어 보인다. 그 물길의 끝엔 관중석을 갖춘 경기장과 함께 그 너머로 미사리의 아파트촌과 빌딩 숲이 아른거린다. 경정경기장은 해가 지는 노을에 가면 물길에 반사된 석양으로 인해 아름답다고 한다. 이제 본격적으로 하남의 역사를 살피기 위해 하남역사박물관으로 이동한다.

백제, 신라, 조선에 이르는 시간 여행을 할 수 있는 동네, 교산동

하남은 선사 시대부터 근현대에 이르기까지 다양한 유적과 유물이 분포하는 곳으로 수많은 문화재가 모여 있기에 거기서 나온 유물들을 체계적으로 알리는 박물관이 필요했다. 총 3층으로 구성된 하남역사박물관은 흥미로운 관람이 될 수 있도록 동선을 유도하는 방식이 무척 맘에 들었다.

3층으로 올라가서 시대의 흐름에 따라 층을 내려가며 관람하는 방식인데 첫 전시는 미사리와 선사 시대의 하남이라는 주제로 다양한 토기와 돌도끼 등 미사리 일대에서 출토된 엄청난 양의 유물을 관람할 수 있다. 신석기 시대 및 청동기 시대의 대표적 유적으로만 알려져 있지만 최근에 고려, 조선 시대까지 시기마다 유구와 유물들이 집약되어 있어 예전부터 미사리

하남역사박물관 　　　　　　　　이성산성 설감관

일대가 정말 살기 좋은 동네였다는 사실을 짐작할 수 있었다.

　미사리 구역을 지나 자동문을 통과하면 이 박물관의 최고 하이라이트인 이성산성 설감관이 나타난다. 아무것도 없는 방에 들어가면 사방이 캄캄해진 후 AR기법을 이용해 삼국 시대 당시의 이성산성으로 우리를 데려간다. 박물관을 지루해하는 어린아이들도 놀이공원에 온 것처럼 흥미롭게 역사를 배울 수 있다. 영상이 끝나고 반대편의 문이 열리면 이성산성에서 발굴된 주요 유물들이 전시되어 있다.

　흥미로운 유물이 많았지만 통일신라 시대의 토기와 고대 타악기의 일종인 요고의 실물을 직접 두 눈으로 살펴본다. 요고는 장구의 원형으로 고구려 벽화 그림에서만 모습을 드러내다가 이번에 이성산성에서 최초로 출토된 귀한 유물이다. 이 박물관, 겉보기와 달리 내공이 만만치 않다. 이성

장구의 원형으로 알려진 요고　　　　　하사창동 철불

　산성 전시실을 지나면 규모가 거대한 철불을 비롯해 불교 관련 유물들이 눈에 잡힌다. 정면에 보이는 철불은 현존하는 철불 가운데 가장 큰 불상인 하사창동 철조 석가여래좌상이다.

　진품은 중앙박물관에 있지만 장인의 솜씨를 빌려 실제와 똑같이 복원했다고 한다. 해설사 설명으로는 이 불상을 전시실 내부로 모시기 위해 박물관이 완공되기 직전에 미리 운반했다고 하니 그 규모를 가히 짐작할만하다. 불교 관련 유적이 많은 하남답게 각종 불교 유물을 이 전시실에서 보고 느낄 수 있다. 이제 2층으로 내려가면 예전 광주향교가 위치했던 행정 중심지로서 하남의 위상과 한양의 배후 지역으로서 많은 사람의 왕래와 물류 유통이 활발했던 흔적들을 두루 살필 수 있다. 그와 관련된 사람의 수많은 초상화를 보며 하남이란 지역을 단순히 서울의 위성도시로만 치부해서는 안 되겠구나 하고 다시 한 번 실감하는 순간이었다. 시간의 흐름에 따라 전시는 근현대로 이어지는데 어르신에게는 그 시절의 추억을, 아이들은 신기함과 새로움을 맛보게 해 주면서 세대 간의 소통을 이룰 수 있는 공간이라 볼 수 있다.

생각지도 못한 훌륭한 박물관을 만나게 되니 기대하지 않았던 선물을 받은 것 같다. 단순히 구색만 갖춰 놓은 먼지만 쌓인 박물관이 아니라 사람들의 흥미를 유발하고, 체계적으로 역사와 스토리를 녹여낸 박물관이 전국의 지자체마다 존재했으면 하는 바람이다. 하남의 유적은 대체적으로 춘궁동 쪽에 옹기종기 모여 있다. 아름다운 소나무 숲에 숨어있는 두 개의 석탑도 볼 수 있고, 신비로운 마애불과 조선 시대부터 내려오는 향교도 있다. 하지만 나의 첫 출발지는 하남 위례성이라 추정되는 신비로운 이성산성이다.

역사에 관심이 많은 필자에도 생소한 장소라 답사에 다소 난항을 겪을 것으로 예상하고 각오도 단단히 했다. 그런데 깔끔하게 잘 정비된 주차장은 물론이고 안내판도 정갈하게 다듬어져 있었다. 이제 이성산성으로 올라가 초기 백제의 역사를 더듬어가기만 하면 된다. 하남 이성산성은 춘궁동 이성산 정상부에서 남쪽으로 계곡을 감싸면서 돌로 쌓은 전형적인 삼국 시대 산성이다. 이성산성이 주목을 받기 시작한 때는 1986년부터다. 연차적인 문화재 발굴 조사를 통해 성문지, 저수지와 좀처럼 보기 힘든 건물 양식인 다각형, 장방형 건물지가 드러났고, 여기서 목간, 요고, 쇠말, 조각품, 벼루 등 다양한 유물이 출토되었다.

성으로 올라가는 길은 전체적으로 잘 닦여있어 편안한 탐방이 되지 않을까 생각했는데 산의 비탈을 따라 성벽이 둘러싸여 있어서 경사가 꽤나 급하다. 때는 여름이라 풀도 무성하게 자라 있어 좀처럼 앞으로 나아가기 힘들었다. 그래도 물이 고여 있는 저수지와 건물터를 보면서 예전 성터의 규모와 삼국 시대 사람들이 이곳을 어떻게 오갔을지 추측할 수 있었던 것 같다. 답사하기 이전에 미리 하남역사박물관을 돌아본 것도 큰 도움이 되었다.

어느덧 이성산성의 정상부에 다다르게 되었고, 그 앞에 펼쳐지는 멋진 전망을 답사의 보너스처럼 만끽할 수 있다. 바로 앞에는 거대한 중부고속도로와 함께 수많은 차량이 끊임없이 지나가고 있었다. 우리나라의 경제와 물류가 지나가는 주요 지점을 살펴보며 이성산성의 중요성에 대해 다시 한 번 생각해본다. 한강을 타고 흘러들어온 물자가 이성산성을 거쳐 남

이성산성의 육방형 건물지   이성산성에서 바라본 하남의 풍경

하남의 동사지 삼층, 오층석탑

한산성을 지나 남쪽으로 지나갔을 것이고, 반대의 경우도 가능하다. 무엇보다 조망이 훌륭한 만큼 이 성을 탐내는 삼국의 국가들끼리 수많은 혈투가 벌어졌을지도 모를 일이다.

이성산성에서 시작된 춘궁동 역사 탐방은 맞은편에 위치한 동사지로 이어진다. 동사지로 가기 위해서는 낚시터를 찾는 사람들로 붐비는 춘궁저수지를 지나 외곽순환도로의 굴다리를 건너 소나무 숲으로 들어가야 한다. 그 길 끝에 소나무 숲 속에 고개만 빼꼼 내밀고 있는 두 기의 석탑이 보인다. 뒤편에 새롭게 재건된 동사가 있건만 필자의 관심은 오로지 쓸쓸한 폐사지다. 건물도 오래 전 불에 타 없어지고, 불자들도 더 이상 찾지 않는 외로운 탑만 남아 있는 곳, 그래서 혼자만의 상념을 즐길 수 있기에 다른 절보다도 절터를 다니는 것을 선호했다.

동사지에서는 '광주 동사(廣州桐寺)'라 써진 고려시대 출토된 기와는 물론 금동불상과 도자기, 동으로 만든 불기류 등이 출토되면서 고려 시대에 동사가 상당히 번영했음을 짐작케 한다. 현재도 동사지 일대는 발굴 조사로 인해 좀처럼 절터로 접근하기 힘들었다. 우선 정면에는 초석만이 남겨진 금당터가 보인다. 금당의 규모는 정면 7칸 측면 6칸의 2층 불전이었던 것으로 추정되는데 경주의 황룡사 금당에 필적한다고 하니 아마도 지금의 저수지까지 이 일대가 동사의 터가 아니었을까 조심스레 추측해 본다.

이 근방에서 멀지 않은 여러 불교 유적지와 묶어 생각해본다면 예전 하남은 골짜기마다 사찰이 산재했던, 불교가 번성했던 고장이 아닐까 싶다. 금당터 바로 뒤에는 이 폐사지를 대표하는, 보물로 지정된 동사지 삼층석탑과 오층석탑을 마주하게 된다. 크기도 양식도 다른 두 기의 석탑을 나란히 보기란 쉽지 않은데 무슨 사연이 있을지 호기심이 동했다. 둘 다 고려 시대에 만들어진 석탑이지만 삼층석탑은 신라 시대의 전형적인 양식을 취하고 있고, 오층석탑은 충청도 지역에서 접할 수 있는 방식이다. 그런 만큼 예전 동사는 수많은 지역을 융합한 종교적 안식처로 기능했고, 나아가 동사가 위치한 하남은 많은 사람이 모여들었던 대도시로서 번성했다는 증거가 아닐까 생각한다.

이제 여정은 광주향교로 이어진다. 교산동의 너른 들판에 자리한 광주향교는 지금은 하남시에 속해 있지만 과거 읍치가 남한산성으로 옮겨가기 전만 하더라도 이 일대가 중심지였다. 그런 연륜을 알려주기라도 하는 듯

광주향교 입구

주변에는 수령이 사오백 년이 넘은 은행나무가 가지를 뻗고 위엄 있게 자리를 지키고 있다. 하마비라 적힌 곳에서 담장을 돌아 들어가면 격식을 갖춘 향교의 정문이 보인다. 몇 번 개보수를 거쳤지만 명륜당을 비롯해 동재, 서재 뒤편에 제사를 지내는 제향 공간까지 완벽하게 남아 있다.

다만 아쉬웠던 점은 제향 공간은 굳게 문이 잠긴 채 들어가 볼 수 없었다는 점이다. 물론 광주향교뿐만 아니라 전국의 서원, 향교 대부분이 그렇다. 향교마다 예절학교 등 각종 프로그램을 진행하는 것 같은데 좀 더 특색을 살려 활용 방안을 높이기 위한 근본적인 대책이 필요할 것이다. 그 밖에도 조금 너 깊숙이 계곡을 따라 들어가면 교산동 마애약사불과 그 앞에 온조왕이 마셨다는 온조왕 샘도 있다고 하니 답사 여행의 하루 코스로서 매력이 충분하다.

오는 길에 교산동 주민이 붙여놓은 현수막이 유난히 눈에 밟힌다. 이 일대에 3기 신도시가 조성된다는 것인데, 훌륭한 문화유산을 다수 보유하고 있는 교산동에 신도시가 들어서면 환경이 어떻게 변할지 살짝 불안감이 스친다. 물론 수도권 주민들의 주택공급을 원활하게 하기 위한 신도시 조성은 피할 수 없는 일이나 한번 훼손된 경관은 돌이키기 어렵다. 보존과 개발 두 마리 토끼를 얻기 위한 자구책도 고민해야 한다.

지금까지 수많은 문화유산을 돌아보며 역사문화도시 하남의 가능성을 발견한 것 같다. 우리가 좀 더 이 도시에 대한 관심을 가져야 이곳에 대한 이야기가 좀 더 풍성해지지 않을까 기대를 가지며 이번 편을 마무리하도록 하겠다.

[구리, 하남] 경기도에서 가장 작은 고장 구리, 가장 굵직한 문화유적을 가진 하남

여 기
새롭게
경기도

[광명, 성남]

사연 많은 도시,
미래를 고민하는 도시

사연 많은 도시,
미래를 고민하는 도시

서울 옆동네? 대체 불가능한 광명의 매력

"이번 역은 광명, 광명역입니다. 내리실 곳은 오른쪽입니다." 수도권에 사는 사람이 아니더라도 고속철도 광명역 덕분에 인지도는 그리 나쁘지 않다. 필자에게도 광명에 대한 기억이 희미하게 남아 있긴 하다. 어릴 때 아버지 친구분이 광명에 살았는데 그분은 광명에 산다고 하지 않고, 진지한 표정으로 이곳이 서울이라는 사실을 항상 강조했다. 그도 그럴 것이 서울시 금천구, 구로구와 광명은 도로와 조그마한 하천을 두고 서로 마주 보고 있다. 생활권이 밀접해 있는 사실상 같은 동네나 다름없는 것이다.

이 기묘한 도시는 남다른 속사정이 있었다. 원래 광명 일대는 지금의 수도권 서남부를 대부분 차지한 시흥군에 속해 있었다. 그러나 1960년대 이후 서울의 무한 확장으로 인하여 시흥군의 원래 중심지인 영등포와 구로, 금천구가 떨어져 나갔고, 1963년 서울특별시 도시 계획에 따라 지금의 광명시가지가 개발되면서 조만간 서울로의 편입을 기대했던 상황이었

광명 발전의 상징, KTX 광명역

다. 하지만 1970년대 서울 집중현상이 뜨거운 화제로 세간에 오르내리자 서울 집중 억제의 일환으로 광명은 서울 편입에서 배제되었고, 남부의 소하읍과 묶어서 1981년 광명시로 승격하게 된 것이다.

그 당시 광명시 주민의 실망은 이만저만이 아니었다. 심지어 서울 편입을 요구하는 시위도 있었다고 한다. 게다가 광명이라는 지명 자체도 광명의 일부 동네인 광명동에서 따온 것으로 지역 전체를 대표하는 지명이라 하기엔 존재감이 부족했었다. 전형적인 서울의 베드타운에다가 서울과 같은 지역번호 02까지 공유하니 광명 사람들에게 사는 도시를 물어보면 자신들은 서울 사람이라고 말하는 경우가 대부분이었다. 그런 광명이었지만 2004년 고속철도역이 생기면서 큰 변화가 일어나기 시작했다.

대한민국의 교통 혁명을 일으켰다는 평가를 받은 KTX가 광명역을 지나가게 되면서 사람들에게 광명이란 존재를 본격적으로 알리게 되었고, 광명역 주변에 신시가지를 개발하게 되면서 이 도시의 정체성을 새롭게 만드는 계기를 마련했다. 광명역 주위에는 코스트코를 비롯해 우리나라 최초로 이케아가 들어왔고, 덕분에 서울은 물론 안양, 군포, 안산 등지에서 쇼핑을 하기 위해 대거 광명으로 몰려들었다. 거기에 더해 남부럽지 않은 관광지가 하나 더 있다. 바로 광명동굴이다.

광명동굴은 가학산 중턱에 폐광산으로 남아 있다가 2011년 관광지로 새롭게 개발되기 시작했는데, 수도권에서 유일하게 찾아갈 수 있는 동굴 관광지라는 장점을 살렸다. 이제 해마다 백만 명이 찾아오는 우리나라 대표 관광지 중 하나다. 1회성 관광지가 아닌, 지속적으로 찾아오게 하기 위해 해마다 다양한 시설을 보강했고, 개방 구간을 점점 확대하고 있다. 다른 동굴보다 엔터테인먼트적인 요소가 가득하다고 할 수 있겠다.

광명시가 생겨난 지 이제 수십 년이 지났지만 '우리나라는 전 국토가 박물관이다'라는 말이 있는 것처럼 광명 역시 역사의 향기가 진하게 남아 있다. 청백리의 대명사이자 대동법을 시행했던 오리 이원익 대감의 종갓집이 바로 광명시 소하동 주택가에 고풍스러운 모습으로 남아 있다. 우리나라에서 종갓집이 박물관으로 공개되는 곳은 오직 이원익 대감의 저택인 충현박물관밖에 없다고 한다.

그뿐만이 아니다. 광명시의 중심축을 관통하는 나지막한 3개의 산을 가볍게 트레킹 하며 즐길 수 있다. 도덕산에서 출발해 밤일마을로 내려와

[광명, 성남] 사연 많은 도시, 미래를 고민하는 도시

가볍게 식사를 즐긴 뒤 구름산, 가학산을 가볍게 오르락내리락하며 자연의 아름다움을 마음껏 누릴 수 있다. 높이도 200m 대의 산들이라 높지 않지만 울창한 숲과 자연으로 하나 되는 즐거움을 만끽한다. 광명에 굵직한 명소들이 꽤 있지만 우선 가야 할 곳은 수도권 서남부의 최대 재래시장이 위치한 광명동이다.

서울과 가장 근접하면서 현재도 광명에서 가장 번화한 도회지라 할 수 있다. 이 도시 이름 자체도 광명동의 옛 이름인 꾕메마을에서 온 것이니 광명동을 오지 않으면 광명 여행을 하지 않은 것이라 봐도 무방하다.

광명이 탄생한 광명동과 수도권 남부 최대시장, 광명전통시장

광명으로 접근하기 위해서는 서부간선도로를 타고 와서 안양천을 건너오는 방법과 지하철 7호선을 타고 광명사거리역에서 내리는 방법이 있다. 필자는 그 방법 대신 고척동에서 조그만 하천인 목감천을 건너며 광명 답사의 첫발을 내디뎠다. 얼핏 보면 특색이 없는 평범한 번화가와 다를 바 없는 광명동에는 수도권을 대표하는 국내 7번째 규모의 재래시장이 널찍하게 자리하고 있다. 자체적으로 주차장도 구비하고 있어서 차를 이용하는 방문객도 편안하게 시장을 둘러볼 수 있다. 1970년 광명이 본격적으로 개발되면서 함께 생겨난 광명전통시장은 80년대 당시 주변 의류 상권과 가구점, 먹자골목, 금융기관, 병원 등이 광명사거리 주변의 광명 2~4동에 걸쳐있어 광명 시민 대부분이 이 시장을 통해 의식주 생활을 할 수 있을 정도로 규모가 컸다고 한다.

지금은 현대화 사업을 하면서 시장 전체에 아케이드를 설치해 비가 오는 날에도 우산을 쓰지 않고 편안하게 쇼핑을 즐길 수 있으며, 친절한 이정표와 요소요

수도권 서남부의 최대 규모 전통시장, 광명전통시장

소의 쉼터는 물론이고 품목, 가게 종류별로 구획이 깔끔하게 정리되어 있다. 광명전통시장의 입구에 적힌 '전통시장의 자부심'이라는 문구처럼 규모는 물론이고 볼거리도 무척 풍성했다. 우선 입구에 들어서자마자 전을 부치는 냄새가 코를 자극한다. 녹두빈대떡, 해물파전 등 여러 가지 전이 고소한 냄새와 커다란 크기로 유혹하지만 좀 더 시장을 둘러보며 결정을 미루기로 한다.

수산물, 과일, 잡화 등 광명전통시장에는 살거리도 유독 많아 보이지만 나의 눈길을 끄게 되는 건 아무래도 먹거리다. 젊은 사람들이 광명시장을 비교적 많이 찾는 이유 중 하나가 저렴하고 맛있는 먹거리를 다양하게 맛

[광명, 성남] 사연 많은 도시, 미래를 고민하는 도시

볼 수 있기 때문이다. 걷다 보면 자연스레 김밥 한 줄과 튀김을 사게 되고, 닭강정 한 봉지도 어느새 한 손에 쥐고 있는 나 자신을 발견한다.

광명시장에는 명성이 전국적으로 퍼진 유명한 가게가 몇 군데 있다. 우선 칼제비와 손칼국수를 5,000원에 즐길 수 있는 홍두깨 칼국수집을 꼽을 수 있다. 양은 물론이고, 진한 멸치 육수가 입맛을 강하게 돋운다. 정신 없이 먹다 보면 어느새 한 그릇을 남김없이 비운다. 이럴 땐 시장으로 다시 나와 한동안 물건 구경을 하면서 천천히 산책하듯이 걸으며 소화시키면 된다. 다음으로 가볼 시장 맛집은 광명 사람들에게는 추억의 맛집으로 유명한 뚱보냉면이다. 평양냉면처럼 슴슴한 맛이 아니라 시장 사람들처럼 직설적으로 다가오는 강렬한 인상의 푸짐한 냉면이다. 김밥과 함께 먹으

광명시장을 대표하는 맛집

면 그 맛이 배가 된다.

시장의 맛집들은 시장이라는 공간이 만들어내는 독특한 분위기 덕분에 똑같은 맛이라도 새롭게 느껴진다. 나오는 길에 광명시장의 명물 클로렐라 햄버거를 포장해 먹어보기로 한다. 광명 답사를 제대로 시작하기도 전에 배가 불러 움직이기 힘들 정도이다.

서울에 비교적 근접한 광명동 일대를 떠나 남쪽으로 내려가니 시내에서 조금만 벗어났음에도 불구하고 꽤 한적한 전원 지대의 풍경이 이어진다. 광명시의 많은 부분이 그린벨트로 묶여서 그런 것도 있지만 우리나라의 가진 장점 중 하나가 어느 도시를 가든지 그곳을 대표할 만한 명산이 있다는 점이다.

서울의 구 정도에 불과한 크기를 지닌 광명이지만 광명동을 지나 남쪽으로 조금만 내려가도 도덕산, 구름산 자락이 연이어 펼쳐진다. 그 자락의 초입에는 흡사 돔구장과 비슷한 자태를 지닌 국내 최대의 경륜장 스피돔이 눈앞에 보이기 시작한다. 자전거 헬멧을 본떠 디자인했다고 알려져 있고, 10,863개의 관람석에 최대 3만 명까지 수용 가능한 세계 최대의 돔경륜장이다. 목감천변에 있기 때문에 자전거를 통해서도 쉽게 접근이 가능하다. 하지만 경륜 경기 자체가 베팅을 걸고 하는 도박적인 요소도 갖추고 있어서 기피시설로 분류되었다. 그런 이미지를 탈피하고자 스피돔 내부에는 주민들을 위한 문화시설, 레포츠 시설을 구비하고 있다. 게다가 계절마다 꽃이 활짝 피어 산책을 즐기거나 동호인의 사진 출사지로 유명하다.

[광명, 성남] 사연 많은 도시, 미래를 고민하는 도시

오리 이원익 대감의 종갓집 박물관, 충현박물관

　밤일 음식문화 거리를 거쳐 구름산 터널을 지나니 꽤 번화한 도회지인 소하동 일대가 나타난다. 이때부터 도로이름과 가게 상호에서 '오리'라는 지명이 빈번하게 등장하기 시작한다. 처음에는 이 동네가 오리고기가 유명해서 그런가 싶었는데 이곳이 오리 이원익 선생의 종가가 있는 동네라는 사실을 알았다. 평범한 어느 주택가와 다를 것 없는 골목에 큰 규모의 한옥과 울창한 나무들이 만들어내는 아름다운 조화가 인상적인 저택이 있다. 바로 오리 이원익 선생의 종갓집이다.

　400년 가까이 세월의 흐름을 버텨내었던 종갓집은 이제 박물관으로

담장 너머로 바라보는 충현박물관의 전경

바뀌어 일반인도 이 아름다운 전통 건축물의 품격을 쉽게 누릴 수 있다. 단, 약간의 고민을 하게 만드는 관문이 남아 있다. 박물관 치고 조금은 비싼 입장료가 걸렸다. 과연 10,000원이란 거금을 내고 이곳에 들어가야 할까? 괜히 비싼 돈을 주고 후회하지 않을까 하는 염려도 있었다(광명 시민은 50% 할인). 하루에 2~3번 진행하는 문화유산 해설사의 설명 시간에 맞춰 입장하기로 하고, 들어가기 전 담장너머로 바라다 보이는 충현박물관의 주변 풍경을 둘러보았다.

충현박물관 주변은 높지도 낮지도 않은 기와담장이 박물관 전체를 둘러싸고 있고, 밖에서도 안이 들여다보일 정도로 건물의 기단이 높아 보였다. 게다가 적어도 몇 백 년의 나이가 된 듯한 울창한 고목들이 하늘 무서운 줄 모르고 솟구쳐 있다. 평범한 주택가에 이런 고택이 비교적 잘 보존되어 있다는 사실에 경외감마저 들게 만든다. 대동법, 청백리 정도의 단편적인 텍스트만 가지고 있는 오리 이원익 선생에 대해 잠시 살펴보고 들어가 보도록 하자.

이원익 선생은 본관이 전주로 태종의 12번째 아들인 익령군의 4대손이라 한다. 선조, 광해군, 인조 3대에 걸쳐 다섯 차례나 영의정을 지냈으며 전쟁, 반정 등의 격변기에도 꿋꿋이 자기 위치를 보존했다. 임진왜란 당시에는 평양성 탈환에 큰 공을 세웠으며 왜란 뒤에는 피해 복구와 민생 안정을 위해 대동법을 시행하여 백성들의 세금 부담을 완화시켰다. 청빈하게 살아 청백리로 유명했고, 인조로부터 궤장과 집을 하사 받았다고 전해진다. 충현박물관 경내에 자리한 관감당이 왕이 직접 하사한 집이라고 한다.

종갓집 사랑채의 풍경   박물관 내에 전시되어 있는 스테인리스 그릇들

　　이제 역사의 문을 통과해 이 종갓집의 비밀을 파헤치러 가 본다. 충현박물관의 경내는 왼쪽부터 전시관으로 활용되는 충현관과 최근까지 후손들이 거주했던 종가, 인조 임금이 하사했다는 관감당과 뒤쪽의 사당인 오리 영우까지 알차게 구성되어 있다. 해설사의 설명을 들으며 우선 전시관으로 들어간다. 종갓집 어른이 빨랫돌 수집에 관심이 많아 박물관 주위에는 수많은 빨랫돌이 빼곡히 탑을 쌓을 정도로 보관되어 있었다. 충현박물관은 종가에서 설립한 문화재단에서 운영하는 것이라 국가와 지자체의 지원은 거의 없다고 한다.

　　종가를 박물관처럼 굳이 운영하는 이유 중 하나가 이원익 선생의 정신을 대중에게 널리 알리고 싶어서라고 하니 입장료가 비싼 게 이해되었다. 이원익 선생은 조선 중기 굵직한 역사의 중심에 항상 서 있었다. 임진왜란은 물론 이괄의 난과 정묘호란 등의 국난이 닥칠 때마다 재상으로서 역할을 다했고, 백성들의 목소리에 항상 귀를 기울였다. 그런 삶을 살았기에 수백 년이 지난 지금도 그의 정신이 깃든 소중한 유품들이 잘 보관되고 있는 것이지 싶다.

초상화와 그가 남긴 글씨는 물론 인조가 내렸던 어제(御製) 현판까지 다양한 물품이 전시되어 있는데 특히 인상 깊었던 작품은 제기류다. 사기와 놋그릇은 물론 심지어 스테인리스 도금 유기그릇까지 볼 수 있었다. 갓 시집 온 13대 종부가 유기그릇을 닦아 사용하는 불편함을 덜어주기 위해 대고모님이 동대문에 나가 직접 사 온 그릇이라고 한다. 수백 년의 역사를 자랑하는 굵직한 양반 집안도 시대의 흐름에 따라 나름 유연함을 발휘했다는 사실에 나도 모르게 슬며시 미소가 나온다.

이제 바로 옆에 있는 종갓집으로 건너가 본다. 고풍스러운 느낌의 개화기 한옥 스타일을 가지고 있었다. 창호지 대신 유리로 문을 새로 내었고, 증기 시설을 설치해 놓은 뭔가 독특한 인상을 주

오리 영우에 모셔진 이원익 대감의 초상화

는 건물이다. 아무래도 시대의 변화에 따라 생활을 편리하게 하다 보니 현대식으로 시설을 개조한 듯싶은데 시대에 뒤처지지 않게 노력하는 종갓집의 분위기가 느껴져 여러모로 흥미로웠다. 실제로 박물관이 생기기 전까지는 후손들이 여기서 생활을 이어갔다. 현재도 집안 곳곳에는 그들이 썼던 생활용품을 여러 군데에서 볼 수 있었다.

드디어 종갓집 박물관의 하이라이트라 할 수 있는 관감당 영역으로 넘어간다. 울창하고 나이가 족히 수백 년을 먹음직한 향백나무가 건물의 품격을 더해주고 있다. 관감당 건물 자체도 좋은 터에 자리 잡으니 굳이 사전 지식이 없어도 보석 같은 건물이란 느낌이 온몸에 전해져 온다. 원래 이원익 선생은 벼슬길에서 물러나 비가 새는 소박한 초가집에 머물고 있었는데 인조가 그 소식을 듣고 경기감사로 하여금 새 집을 즉시 건설하게 해 지금의 관감당이 탄생했다고 한다.

관감당은 '보고 느끼는 집'이라는 뜻처럼 신하와 백성 모두가 이원익의 청렴한 삶을 본받자는 의미일 것이다. 중앙에 대청을 두고 좌우에 방을 두었는데, 건물에 걸터앉아 이원익 선생이 말년을 보내면서 가졌던 회한과 생각을 헤아려 본다. 관감당 건물 바로 앞에는 이원익이 생전에 거문고를 연주했다고 알려진 탄금암이란 바위가 남아 있다. 내친김에 뒤편의 오리 영우까지 올라가 그분의 초상화를 다시금 영접한다. 이원익의 초상화는 장년과 말년의 모습이 각각 남아 있는데, 여기에는 사연이 있다. 이원익이 안주목사로 재직할 당시 고을을 잘 다스려 임기가 끝난 후 안주 백성들이 사당을 세워주었다. 살아 있는 사람의 사당을 세우는 것은 정말 파격적

인조가 하사했던 관감당의 모습

인 일로 그들이 얼마나 이원익 대감을 사랑했는지 알 수 있는 일화이다. 이
원익은 백성들이 사당을 세우고 공물을 바칠까 염려하여 사당을 철거하고
대신 초상화는 가져가 집안 대대로 지금까지 모시고 있다.

　그분의 정신은 후손에게 이어져 1908년 광명시 최초의 교육기관인 운
양의숙을 설립하였고, 지금의 서면초등학교도 건립함은 물론 전례 없는
박물관 건립으로 이어지지 않았나 싶다. 광명시는 물론 경기도, 문화재청
에 이르는 기관까지 박물관의 운영이 순탄해지도록 앞으로 적극적인 지원
이 절실하다.

폐광에서 수도권 최대 관광지로 극적인 변화, 광명동굴

각 도시마다 그 도시를 대표하는 랜드마크 하나쯤은 있다. 광명을 상징하는 랜드마크는 과연 무엇이 있을까? 우선 광명의 도시 이미지를 정립하게 만들어준 KTX 광명역도 생각날 것 같고, 수도권의 최대 시장인 광명전통시장도 결코 그냥 넘어갈 수 없다. 하지만 광명을 여행 목적으로 오는 사람들 중 10명당 8~9명은 아마 이 장소에 오기 위해서 방문하지 않을까 싶다. 바로 광명을 넘어 우리나라를 대표하는 여행지로 자리 잡은 광명동굴이다. 가학산 중턱에 자리 잡은 광명동굴은 광물을 캐던 광산으로 사용하다가 잠시 새우젓을 보관하는 창고를 거쳐 폐광으로 한동안 방치되었다.

그러다가 2011년 광명시에서 동굴과 부지를 사 들였고, 이 동굴 일대를 관광지로 개발하기 시작하면서 일명 대박이 났다. 매년마다 동굴에 새로운 시설을 추가하고, 개방구역을 확대하면서 그 부지를 활용한 새로운 테마구역을 만들며 사람들의 이목과 관심을 끌게 했다. 최근에는 한국인이 꼭 가봐야 할 한국관광 100선으로 선정되면서 많은 관광객이 몰리고 있고, 급기야 광명동굴의 외곽까지 주차장을 지어 확장하게 되었다.

광명동굴로 가기 위해서는 소하동에서 광명역이 있는 일직동 일대를 거쳐 가야 한다. 고속철도역이 세워진 이후 수많은 고층빌딩과 오피스텔이 모이며 급속도로 발전하고 있는 일대지만 한 표지판이 무심코 눈앞을 지나친다. 임진왜란의 또 다른 영웅 무의공 이순신의 묘가 일직동의 산자락에 위치한 것이다. 이케아에서 머지않은 거리에서 서독산 자락을 올

무의공 이순신의 묘

라간다. 산길을 걸어 올라간다고 해서 처음에는 힘든 등산길이 되지 않을까 치기 어린 걱정도 했지만 그를 만나러 가는 길은 잘 정비되어 있었다. 200m를 걸어 올라가니 그분의 묘역이 보이기 시작한다.

　무의공 이순신에 대해 잠깐 언급을 하고 지나가자면, 우선 우리가 잘 알고 있는 충무공 이순신과 동명이인이지만 본관이 전주이다. 그는 충무공 이순신의 휘하에서 많은 전공을 세웠다. 특히 옥포해전, 합포해전 등 수많은 전투에서 혁혁한 공을 세워 충무공이 그를 특별히 아끼는 마음으로 선조에게 직접 장계를 올렸다고 전해진다.

　"방답첨사 이순신(무의공)은 적과 싸울 때 언제나 선두에서 공을 세웠으나 적을 죽이고 적의 배를 침몰시키는 데에만 힘쓰고 머리를 베는 일은 힘쓰지 않아 공을 인정받지 못하고 있습니다."

　장계의 내용을 통해 무의공의 활약을 알 수 있음은 물론 충무공이 얼마

　　　　　　　　　　　　[광명, 성남] 사연 많은 도시, 미래를 고민하는 도시

나 무의공을 아꼈는지 엿볼 수 있는 일화다. 특히 임진왜란의 마지막 전투인 노량해전에서 충무공이 전사하고, 지휘의 빈자리를 무의공 이순신 장군이 대신 맡아 전투를 마무리 지었다고 한다. 충무공 못지않게 무의공 이순신에 대해서도 우리가 주목해 볼 필요가 있다. 무의공 이순신의 묘는 화려하지도 않고 많은 사람이 찾지도 않아 다소 쓸쓸해 보였다. 그래도 무덤가에 꽃다발이 놓아져 있는 것을 보면 그를 기억하는 사람이 조금은 있는지도 모르겠다. 광명이 품은 또 다른 위대한 장군을 많은 사람이 기억했으면 좋겠다.

다시 광명동굴로 가던 길을 재촉한다. 가학산 방면으로 방향을 틀면 산을 깎아지른 듯한 협곡이 나오고 건너편에는 흡사 공장의 굴뚝같은 거대한 건물이 눈앞에 우뚝 서 있었다. 바로 광명시 자원회수시설이라 불리는 장소다. 다소 고개를 갸우뚱할 수 있을지 모르겠지만 사실 광명동굴과 관련 깊은 시설이라 할 수 있다. 광명동굴이 폐광된 후 비가 내릴 때마다 광산에서 이물질이 흘려 나와 주변의 농작물이 오염되어 많은 농가가 피해를 입었다고 한다. 그래서 1999년 지금의 자리에 벽을 쌓고 이물질이 나오는 곳을 봉쇄한 후 토양오염방지시설을 설치 후 복원해 지금에 이르고 있다. 내부는 볼거리가 딱히 많은 건 아니지만 광명동굴과 연계한 환경교육의 장으로 한 번쯤 둘러볼 만하다.

광명동굴은 신 중턱에 있기에 주차를 하고 난 뒤에도 조금 걸어서 올라야 한다. 가는 길은 다소 만만치 않았지만 말로만 듣던 광명동굴의 명성이 어느 정도인지 하는 기대감이 있었기에 금방 입구에 다다를 수 있었다.

동굴 말고도 라스코 전시관을 활용한 보물탐험, 카페 등 각종 부대시설이 풍부하기 때문에 하루종일 둘러보게 되는 테마파크형 관광지로 발전해 가는 듯했다. 동굴 내부는 생각보다 복잡했다. 마치 개미굴에 온 것처럼 끊임없는 갈림길이 가지처럼 뻗어 있었다. 그래도 일방통행길을 만들고, 갈림 길마다 수많은 안내요원을 배치하여 길 잃을 염려는 하지 않아도 된다. 동굴 내부는 형형색색의 조명을 달아놓아 신비한 분위기를 자아내었다. 종유석이나 석순 같은 자연이 주는 아름다움은 없어도 다양한 볼거리와 스토리텔링으로 관광객들을 유혹하고 있었다.

웜홀광장을 지나 빛의 공간으로 들어오면 LED조명과 뉴미디어 기법을 이용한 각종 빛의 향연이 펼쳐진다. 어두운 동굴 속에서 빛의 아름다움은

광명동굴의 입구 웜홀광장

광명동굴을 수놓는 빛의 공간

더욱 생생하다. 그런 광경을 넋을 잃고 길을 따라가다 보면 거대한 공간이 나타난다. 바로 동굴 예술의 전당이라 불리는 장소로 종종 여기서 각종 음악공연이 펼쳐진다고 한다. 여기서 계속 앞으로 나아가다 보면 예전 광부들이 작업했던 흔적을 엿볼 수 있었다.

이제 다른 길을 찾아서 계속 나아가 본다. 이번 공간의 주제는 바로 황금이다. 황금을 채취했던 장소에서 황금으로 가득한 동굴을 거닐어보니 마음만은 부자가 된 것 같다. 특히 지하 암반수가 솟아나 폭포가 되어 낙하하는 황금폭포는 동굴 속 웅장함에 걸맞은 분위기를 연출하고 있어 사진 찍기 좋은 포인트라 할 만하다.

이번에는 동굴에서 지하로 향해 가파른 계단을 끊임없이 내려간다. 광명동굴 캐릭터인 동굴 요정 아이샤가 만들어낸 황금의 방에서 엄청난 규모의 보물과 번쩍이는 것들을 보며 잠시나마 행복한 기분을 누릴 수 있다. 이 공간에는 공포체험관은 물론 〈반지의 제왕〉을 만든 뉴질랜드의 웨타 워크숍이 제작한 거대한 용의 모습을 살펴볼 수 있으며, 깊이를 알 수 없는 동굴 속에서 자연스럽게 만들어진 지하호수도 만날 수 있다. 내려온 만큼이나 다시 힘겹게 급격한 계단길을 올라야 하지만 충분히 감내할 만한 가치가 있다.

'잠깐 한두 시간이면 광명동굴을 얼추 다 보겠지' 하는 생각을 절대로 하면 안 될 만큼 규모는 물론 볼거리도 풍성하다. 다음으로 일제강점기 징용과 수탈의 역사 현장을 실감나게 보여주는 근대역사관을 지나 하이라이

광명동굴의 지하 호수

[광명, 성남] 사연 많은 도시, 미래를 고민하는 도시

광명동굴의 와인 구역

트라 할 수 있는 와인동굴로 가보기로 한다. 연중 12도인 동굴 내부에는 길이 194m의 와인동굴이 있는데 대한민국의 모든 와인을 모아 놓았다고 해도 과언이 아닐 정도로 다양한 와인을 보관하고 있다. 와인 한 방울 나지 않는 광명은 이곳을 통해 국내 와인의 메카가 되었다. 광명 여행을 하며 그동안 광명에 대한 필자의 선입관을 깰 수 있는 좋은 기회가 되었던 게 분명하다. 이렇듯 겉으로는 별것 없어 보이는 도시라 해도 애정을 가지고 하나씩 살펴보면 같은 장소라도 이전에는 전혀 보지 못한 새로운 매력이 펼쳐질 것이다.

사연 많은 성남시의 탄생, 광주대단지사건

어느덧 〈경기별곡〉 시리즈도 마지막 장을 향해 달려가고 있다. 멀리서 보면 비슷비슷한 인상을 가지고 있는 경기도의 도시이지만 애정을 가지고 가까이서 차분히 지켜보면 저마다 고유의 역사와 문화를 간직하고 각기 다른 지향점으로 나아가고 있다는 것을 느낄 수 있다.

하지만 이 도시의 여정을 시작하며 과연 어떻게 다뤄야 할지 고민도 들었고, 어디를 어떻게 돌아야 이 도시만의 특징을 정확히 집어낼 수 있을지 걱정도 많았다. 서울의 동남부에 자리해 있고, 분당이라는 일개 구가 원래의 도시를 집어삼킨 곳, 경부고속도로의 서울요금소가 있는 곳, 31개의 경기도 고장 중 마지막 도시, 바로 성남이다.

그동안 성남을 설명하기 다소 껄끄러웠던 이유는 성남이라는 지명 때문이다. 저마다 지형이나 역사를 압축해서 알려주는 듯한 지명과 달리 단순히 남한산성의 남쪽에 자리 잡았다는 이유 하나만으로 붙여진 도시의 이름이 나에게는 너무 무성의해 보였다. 일단 도시 탐방에 본격적으로 들어가기에 앞서 이 도시가 어떻게 생겨났는지 알기 위해 역사를 간단히 다뤄보고자 한다.

성남 시민에게 있어 광주대단지사건은 지금도 아물지 않은 상처로 다가오지만 어쩌면 성남 역사에서 가장 중요한 부분이 아닐까 생각한다. 8.10 성남 항쟁으로 불리는 이 사건은 박정희 정권 중반인 1960년대 후반에서 1970년대 초반에 서울의 무허가 빈민촌 정리 계획이 발단이 되었다.

성남시 탄생의 계기가 되었던 광주대단지사건은 현대사의 비극 중 하나다.

　　당시 서울 시내 곳곳에 있었던 무허가 주택을 철거하고 거기에 살던 사람들을 시민아파트로 옮기거나 광주시 중부면 일대(지금의 성남시)에 10만 명이 살 대규모 주거지를 만들어서 이주시키는 계획이었다. 당시 청계천과 서울역 일대에 살던 빈민들은 "다시는 서울로 이사오지 않겠다."라는 서약서를 쓰고 트럭에 이불과 가재도구를 실어 너나 할 거 없이 지금의 성남으로 대규모 이주를 하게 되었다. 하지만 문제는 이주한 땅의 상태였다. 주민들이 주택 단지에 도착해보니 허허벌판 빈 땅만 마련되어 있었고, 오직 언덕배기에 금만 그어놓은 자리에 1가구당 텐트 하나씩만 제공하는 게 전부였다. 도로는 비가 오면 진창길로, 눈이 오면 빙판길로 변하는 동네였고, 상하수도 시설은 물론 상권이나 업무시설도 없었다.

주변에 일자리도 없어서 생계를 유지하려면 서울로 나가야 하는데 교통수단은 오직 서울시영버스 270번 6대가 다녔다고 한다. 한 마디로 서울에 살던 빈민들을 깎아놓은 산비탈에 내팽개친 꼴이었다. 게다가 제8대 국회의원 선거가 끝난 직후인 1971년 6월, 관할 행정 당국인 경기도청은 주민들에게 토지대금을 납부하라는 고지서를 발부했다. 처음 약속했던 가격에서 최소 4배에서 8배에 이르는 가격이었는데, 주민들은 결국 참다못해 성남출장소로 달려가 격한 항쟁을 시작하게 되었다. 투쟁과 면담이 이어지는 끝에 8월 12일, 서울시장 양택식은 방송 담화로 광주대단지(성남출장소)를 성남시로 승격하고 지금에 이르고 있는 것이다.

아픈 역사가 많았던 성남이지만 분당신도시의 탄생으로 인해 시의 역사에 새로운 변곡점이 생겼다. 우리나라 신도시 원조격이라고 할 수 있는 도시는 고양의 일산신도시와 성남의 분당신도시이다. 1기 신도시 계획의 핵심 신도시이면서 주거환경이 다른 신도시보다 압도적으로 우수하다. 교통은 물론 자체로 형성된 주변 인프라도 두루 갖추고 녹지공간도 훌륭하기 때문이다.

곧이어 2기 신도시 중 하나인 판교신도시가 분당 건너편 경부고속도로 판교분기점 부근에 조성되면서 현재에 이르고 있다. 문제는 이런 신도시들과 기존 성남 구도심이 아예 별개의 도시로 나아가는 듯한 인상을 준다는 점이다. 비슷한 예로 고양의 일산신도시가 있다고 하나 적어도 고양에 대한 최소한의 소속감은 느껴진다. 그러나 분당신도시는 여기가 성남에 속해 있다는 사실을 알려주는 시설이 거의 눈에 띄지 않는다. 심지어 소방서, 경찰서도 분당경찰서, 분당소방서라 따로 명명되어 나온다. 이런 이야기는 성남을 둘러보며 좀 더 세세하게 살펴보도록 하겠다.

다사다난한 도시 성남이지만 현재 경기도 수원, 고양, 용인에 이어 4번째 수준의 인구를 자랑한다. 특히 꽤 많은 수의 IT 기업 본사, 이를테면 네이버, 엔씨소프트, 안랩, 넥슨, 아프리카TV 등이 들어서 있다. 하지만 성남으로 여행 오는 사람은 거의 없다. 도시의 역사가 이제 50년을 지나고 있지만 다른 도시가 개척한 광명동굴, 고구려 대장간마을 같은 여행지가 만들어지지 않았다. 기껏해야 성남과 경기도 사이 고개 너머 있는 남한산성을 언급하는 사람도 있지만 남한산성의 행정구역은 광주에 속해 있다.

그럼 성남을 가려고 할 때 과연 가볼 만한 장소는 있을까? 여긴 꼭 가야

분당신도시를 관통해 두 개 공원을 거쳐 탄천으로 이어지는 분당천변

한다고 자부하는 장소는 솔직히 없지만 함께 돌아볼만한 포인트 있다고 생각한다. 그리고 앞으로 그런 장소가 많아질 것이라 장담한다.

우선 녹지비율이 경기도의 다른 도시보다 높기에 경관이 아름다운 공원이 유독 많다. 시내 중심은 강남까지 이어지는 탄천이 흐르고 있고, 중간엔 분당천이 분당중앙공원을 거쳐 율동공원까지 이어지고 있다. 구시가지에는 전국적으로 명성을 떨치는 모란시장이 있다. 비록 역사는 짧을지라도 현재도 5일장으로 열리고 있으며 장이 열리는 날이면 인근 도로인 성남대로와 중앙대로가 교통체증을 겪는다. 성남 시민은 물론 수원, 용인, 서울, 하남 등지에서 많은 어르신이 찾기 때문이다.

과거에는 식용 개고기, 즉 보신탕을 파는 시장으로 이름을 날렸지만 지금은 현대화되었고, 구획이 잘 이루어지면서 다양한 먹거리와 볼거리 많은 시장으로 거듭났다. 모란시장 뒤편으로는 기존의 성남시가지가 펼쳐져 있는데 도로의 경사가 장난이 아니다. 급격한 도시개발로 산을 깎아서 만들었기 때문에 기어에 힘을 싣지 않고서는 차조차 지나가기 어려운 경사이다. 눈이 와서 빙판길이 되면 어떻게 오를까 걱정이 되었다.

경사를 오르내리길 수차례, 주택과 아파트로 가득한 도심 속에서 갑자기 큰절에서나 보일 법한 산문(山門)이 나를 반겨주었다. 바로 성남에서 가장 유명한 고찰인 봉국사다. 고려 시대로 역사가 거슬러 올라가는 봉국사는 조선 현종 시기 명혜, 명선 두 공주의 명복을 빌기 위하여 절을 중창하면서 이름을 봉국사로 지었다고 한다. 사방이 아파트로 둘러싸여 있었지만 고즈넉한 산사의 분위기가 느껴진다.

[광명, 성남] 사연 많은 도시, 미래를 고민하는 도시

성남의 대표적인 고찰 봉국사

청주 한씨, 한산 이씨가 남긴 유적 그리고 분당신도시

　행정구역상 성남시 분당구에 속해있지만, 존재감은 성남을 훨씬 뛰어 넘는 분당신도시의 이야기로 이번 탐방을 시작하려고 한다. 분당은 첫 입주를 한지 어느덧 30년이 훌쩍 넘었지만 도시는 여전히 젊은 기운으로 가득하다. 오래된 아파트와 주택이 많지만 전체적으로 깔끔하고 잘 정비된 인상을 준다. 분당으로 접근하는 교통편도 다른 수도권 도시에 비해 훌륭하다. 차를 이용할 경우에 경부고속도로는 물론 수도권 외곽순환도로, 분당 수서 간 고속화도로 등으로 충분히 빠르고 편하게 이동할 수 있으며 분당선은 물론 신분당선 등 전철망도 훌륭하기에 서울로의 접근성도 수월한 편이다.

하지만 우리가 단순히 신도시로만 알고 있는 분당도 역사의 흔적이 어느 정도 남아 있다. 분당의 대표적인 공원으로 알려진 분당중앙공원과 율동자연공원에는 분당의 역사를 알려

분당신도시 서현역 번화가

주는 장소가 더러 있는데 우선 서현역으로 가서 답사를 시작해보도록 하자. 분당신도시의 중심 상권이라 볼 수 있는 서현역은 AK백화점을 중심으로 로데오 거리가 형성되어 있으며, 특히 은행, 증권사, 금거래소가 밀집해 있다. 대형서점은 물론 각종 프랜차이즈도 몰려 있다. 하지만 여기에서 존재감이 가장 강한 장소는 아무래도 백화점이다. 바로 지하에는 전철이 지나고 있고, 중심부에는 넓은 중앙 광장과 시계탑이 있기 때문이다. 다른 번화가에서 찾아보기 힘든 독특한 구조이기에 분당사람들의 약속 장소는 물론 드라마나 뮤직비디오 촬영지로 꽤나 쓰인다고 한다. 번화가마다 비슷한 상가 건물, 똑같은 프랜차이즈들로 인해 별다른 특징을 발견하지 못했

지만 백화점 건물 안의 광장과 시계탑으로 뚜렷한 인상을 남기게 되니 랜드마크의 중요성을 새삼스레 실감하게 된다.

서현역에서 머지않은 거리에 분당구청과 분당중앙공원이 위치해 있다. 성남을 남북으로 가로지르는 탄천은 분당구청 근방에서 분당천과 만나게 되는데 이 분당천을 거슬러 올라가면 제법 넓은 공원을 마주하게 된다. 분당중앙공원은 겉으로만 보았을 때 별다른 특별한 점은 없을지도 모르겠다. 그러나 겉으로 평범해 보이는 공원의 속살에는 분당이 가지고 있는 수많은 역사와 문화재가 숨어 있다.

공원으로 바뀌기 전 이곳은 한산 이씨의 묘역과 집성촌이 있던 장소였다. 한산 이씨는 고려말을 대표하던 목은 이색의 후손이다. 이곳은 나라에

분당중앙공원의 전경

서 한산 이씨를 위해 하사했던 사패지로 수백 년을 이어오다가 분당신도시 계획으로 큰 변화를 맞게 되었다. 1989년 분당신도시 개발계획에 따라 묘역 전체가 수용당해 이전해야 할 처지에 놓인 것이다. 하지만 역사학계와 문중 어른들의 건의를 받아들여 이 일대는 문화재 보존지구로 지정되었고, 문화재와 공원이 공존하면서 분당 시민들에게 사랑받는 장소로 탈바꿈하여 지금에 이르고 있다.

분당중앙공원에서 우선 가봐야 할 장소는 연당지라 불리는 호수와 2층 누각이 있는 중앙 광장이다. 일단 누각에 올라 공원과 연못의 전체적인 풍경을 감상했다. 나름 분당이 소득도 높고 도시계획이 잘 갖춰져서 그런지 조경에도 상당히 신경을 쓴 듯한 인상이다. 중앙 광장 한쪽에는 보통 공원에서 보기 힘든 초가집 한 채가 슬그머니 자리해 있는데 일명 수내동가옥이라 불리는 한산 이씨 가문의 살림집 중 하나이다. 원래 가옥이 위치한 수내동 지역은 1980년대까지 약 70호가량이 모여 마을을 이루고 있었으며, 그중 한산 이씨가 30여 호가량되는 집성촌이었다. 그 많은 집 중 오직 수내동 가옥만이 중앙 공원으로 옮겨지고 나머지는 모두 철거되었다. 초가집이지만 보존상태가 훌륭했고, 지붕만 초가일 뿐이지 규모가 어느 양반집 못지않았다.

이제는 뒤편의 산으로 올라가 공원의 정체성을 만든 한산 이씨 묘역을 차근차근 둘러보기로 한다. 이 묘역은 목은 이색의 4대손인 이장윤이 사망하자 그의 손자이자 『토정비결』의 저자로 알려진 토정 이지함 선생이 영장산 자락에 그의 묘를 쓰면서 형성되기 시작했다. 현재는 분당중앙공원의

수내동 가옥

뒤편 언덕을 중심으로 사방에 묘역이 분포되어 있다.

　판서와 정승 등을 두루 지냈던 한산 이씨 후손답게 묘가 잘 보존되어 있으며 조선 중기의 무덤 양식과 석물들이 다채롭다. 그 많은 무덤 중 눈에 띄는 것은 충신 이경류의 무덤과 그의 애마가 묻혀있는 애마총이다. 이경류 선생은 병조좌랑으로 경상도를 점령하고 한양으로 올라오는 왜군을 막기 위해 싸우다 상주에서 전사하고 말았는데 며칠 후 선생이 아끼던 말이 피 묻은 옷과 유서를 가지고 고향으로 와서 전사를 알렸다고 한다. 500리를 달려와 주인의 죽음을 알리고 3일간 먹지도 않고 슬퍼하던 말도 연이어 죽으니 이를 가상히 여긴 후손들은 이경류 무덤 아래 애마총을 따로 만들어 주었다고 한다. 그리고 이 이야기는 대대손손 내려오다가 정조 임금의 왕명으로 어제 제문과 사액이 내려진 의미 깊은 장소다. 그 밖에도 공원 한쪽 구석에는 '한산 이씨 삼세 유사비'라고 하는 이장윤과 그의 아들 이질 그리고 손자인 이지숙의 신도비도 남다른 규모로 보존되어 있었다. 예전 한산 이씨가 분당 일대를 주름잡던 가문이란 걸 다시 한 번 실감하는 순간이다.

중앙공원을 나서기 전 놓치지 말아야 하는 장소가 하나 더 있다. 분당 중앙공원에는 분당 지역을 개발하면서 확인된 지석묘 10기를 보존해 놓았다. 지석묘가 분당 지역에 상당수가 분포했다는 사실은 청동기 시절부터 분당지역이 살기 좋았다는 증거일지도 모른다. 역사와 자연이 어우러진 분당중앙공원을 둘러보니 분당 시민들이 부러워진다. 다시 분당천을 거슬러 올라가다 보면 또 하나의 훌륭한 공원을 마주하게 된다. 거대한 분당저수지를 중심으로 81만 평의 너른 대지 위에 들어선 율동공원은 성남 시민들이 즐겨 찾는 피크닉 명소이다. 율동공원은 야외조각공원, 번지점프장, 책테마파크 등의 부대시설을 두루 갖추어 단순한 공원이 아닌 하나의 관광명소로 거듭나려는 노력이 곳곳에서 눈에 띄었다.

여기도 분당중앙공원과 유사하게 원래는 청주 한씨의 집성촌이 있던 곳이라고 한다. 그 흔적들을 공원의 곳곳에서 살필 수 있는데 대표적으로 호수가 바라보이는 터가 좋은 언덕에 청주 한씨 문정공파의 사당과 재실 그리고 묘역이 있으며 그 신도비들은 문화재로 지정되어 있다. 그중 한계희는 훈구파에 속하는 유학자로서 『경국대전』, 『의방유취』 간행을 주관했으며 비문은 그의 친구인 당대 최고의 유학자 서거정이 지었다고 한다.

산책로 중간에는 신간회 활동을 주도적으로 이끈 한순회 선생의 묘소

아름다운 분당저수지가 있는 율동공원   율동공원의 청주한씨 묘역

와 3.1 운동과 물산장려운동을 펼쳤던 독립운동가 한백봉 선생의 집터까지 남아 있어 조선 시대부터 근대에 이르기까지 청주 한씨의 내력이 만만치 않음을 느낄 수 있었다. 겉으로 보았을 때 역사와 아무런 접점이 없던 분당신도시도 이처럼 많은 역사적인 스토리를 품고 있으니 자기 고장에 대해 애착을 가지고 관심 있게 살핀다면 보이지 않았던 새로운 것들이 다시금 보일지도 모른다.

이 공원에는 다른 볼거리도 많지만 이곳만의 독특한 명소가 있어 절로 발걸음이 그곳으로 향하게 되었다. 책을 주제로 조성된 이색 테마공간인 책 테마파크이다. 겉으로 보기에 일반 현대 건축물 같기도 하고, 흡사 미로와 비슷한 모양을 하고 있어서 과연 어떤 공간일지 들어가보고 싶게 만든다. 특히 책을 좋아하는 사람이라면 의미를 가지고 흥미롭게 돌아볼 수 있다.

율동공원의 책테마파크

　우선 책테마파크 지하에 조성된 '공간의 책'이라는 구역은 멀티미디어 시청각실, 서적 등이 구비되어 있어 도서관의 역할도 함께 수행하는 듯했다. 이런 아름다운 자연에 좋은 도서관이 있으면 잘 안 보던 책도 절로 읽을 것 같다. 공간의 책을 나오면 벽면에 훈민정음이 새겨진 '한글의 책'이 나오고 책테마파크의 하이라이트라 할 수 있는 '시간의 책' 구역에 이르게 된다. 미로를 따라 길을 걸으며 벽면에 새겨져 있는 독특한 텍스트를 나만의 시각으로 해석해 본다. 인류가 걸어온 역사의 현장을 세계 각국의 문자와 형상으로 그려놓았다. 신화와 고대 역사이야기로 시작해 아톰과 둘리에 이르는 다양한 만화 캐릭터까지 다른 곳에서는 절대 볼 수 없는 색다른 장소였다.

　　　　　　　　[광명, 성남] 사연 많은 도시, 미래를 고민하는 도시

분당의 자연을 즐길 만큼 즐겼으니 이번엔 서현역 아래에 자리한 정자동으로 이동해보도록 하자. 분당신도시에서 비교적 남쪽에 위치한 정자역 주변은 2000년대 초반만 하더라도 탄천 옆의 허허벌판이 펼쳐져 있는 시골이었지만 새롭게 주상복합개발과 더불어 신분당선도 들어오면서 일약 교통의 중심지로 탈바꿈했다.

특히 정자동에는 이른바 카페골목이 조성되어서 근처 주민은 물론 주변에서 온 젊은 커플도 종종 찾는 이른바 핫플레이스로 자리매김했다. 주상복합과 오피스텔의 건물 아래층에 연이어 이어지는 카페들은 고급스러운 인테리어와 근사한 분위기를 갖추고 사람들의 발길을 붙잡곤 한다. 특히 카페마다 갖추고 있는 야외 테라스석은 흡사 유럽의 어느 카페에 온 듯

백현동 카페거리의 풍경

한 착각을 불러일으키게 만든다.

거리나 맛집 골목이 대체적으로 한 집의 명성에 힘입어 유명해지는 경우가 더러 있다. 정자동 카페 골목의 스타는 헬싱키라는 이름을 가진 카페다. 날 좋을 때 가만히 테라스에 앉아 거리를 오가는 사람들과 지나가는 차를 관찰하며 신도시 사람들의 생활을 간접적으로 경험해본다. 겉으로는 흡사 청담동 같은 느낌이 물씬 풍기지만 시간이 지날수록 그들만의 문화가 새롭게 자리 잡을 것이다. 한동안 시간을 보내다가 앞으로 가볼 장소가 남았다는 사실을 깨닫고는 서둘러 다음 장소로 이동했다.

예전에는 책과 종이신문을 통해서만 세상을 바라본 적이 있었다. 한정된 글자로만 정보를 얻었던 그때는 많은 지식을 가진 사람들이 존중받던 시대였다. 하지만 컴퓨터라는 것이 등장하더니 알고 싶은 정보를 손쉽게 클릭 하나로 얻을 수 있는 새로운 세상이 나타났다. 그동안 우리나라에 다양한 검색엔진이 등장했지만, 네이버는 이른바 지식인이라는 것에서부터 시작해 소비자의 기호에 맞는 맞춤정보 제공에 이르기까지 대한민국 1등 검색 플랫폼으로 지금까지 우뚝 서 있다.

네이버 본사가 바로 분당 정자동 지근거리에 위치해 있다. 그린팩토리라고 불리기도 하는 네이버 건물을 보러 굳이 가야 하느냐고 반문하는 분들도 있겠지만 이 건물에는 특별한 도서관이 있어 한 번쯤 찾아갈 만하다. 회사 로비로 들어가자마자 우측으로 돌아가면 거대한 책장이 눈에 띄는 입구를 볼 수 있는데 이곳이 바로 네이버 도서관이다. IT, 매거진, 백과사전 등 다양한 장서가 400평의 거대한 공간 속에서 저마다 존재감을 과시

분당신도시에 들어선
네이버 본사

네이버 도서관 입구

하고 있다. 도서관이 가진 최대 장점은 1~2층에 걸친 개방감 있는 공간과 책 사이로 조성한 '그린' 콘셉트의 인테리어이다.

2층에 올라와서 도서관의 전체 모습을 살펴보면 1층 서가 위를 수놓고 있는 초록색의 싱그러운 기운이 느껴진다. 서가 위쪽을 녹색 풀로 꾸며 놓아 잔디밭 위를 거니는 듯하다. 전체적으로 네이버가 추구하는 가치와 이상을 잘 보여주는 도서관이었다. 하지만 코로나로 인해 2020년 문을 닫은 후 2022년이 지나고 있는 현재도 아직 문이 닫혀 있다. 독자 여러분이 이 책을 펼칠 때쯤 다시금 네이버 도서관이 재오픈되었길 바랄 뿐이다.

마왕 신해철의 흔적과 판교신도시

분당의 문화공간을 찾는 여정은 곧바로 수내동으로 이어진다. 수내동도 분당을 대표하는 번화한 도회지이지만 다른 동네에 비해 차분하고 고요하다. 평범한 동네와 다를 바 없어 보이는 이 공간에 우리나라를 대표하는 가수 신해철의 음악작업실과 그를 기리는 거리가 있다.

"We are the children of darkness. We're friends of moon and star. Now you are one of us. Welcome." ("우리는 어둠의 아이들입니다. 우리는 달과 별의 친구입니다. 이제 당신도 우리 중 하나입니다. 환영합니다." - 신해철의 〈고스트 스테이션〉 오프닝)

한국의 대중문화를 선도했던 음악인이자 라디오 DJ, 사회운동가인 신해철의 발자취를 따라 가보려고 한다. 경기도의 도시들을 여행할 때마다 그곳을 대표하는 명소나 인물이 꼭 있었다. 수원에 가면 수원화성과 정조의 이야기가 빠질 수 없고, 파주에는 황희 정승과 율곡 이이의 자취가 남아 있다. 그렇다면 '성남' 하면 첫 번째로 떠올리는 명소나 인물이 누가 있을까. 개인적으로는 신해철이라는 인물이 성남에 큰 발자취를 남겼다고 생각한다. 그와 성남의 인연은 마지막으로 음악 작업을 하던 작업실밖에 없었지만 그를 추모하는 팬과 친구들이 남긴 메시지, 노랫말 그리고 동상까지 가수 신해철을 기억할 수 있는 160m의 거리가 조성되어 있기 때문이다.

신해철 거리는 당시 이재명 (전)경기도지사가 성남 시장 시절 수내동 일대에 야심차게 조성한 거리로서, 대구의 김광석 거리를 벤치마킹해서 성남시를 대표하는 관광명소로 키우고자 많은 준비를 한 끝에 만들어진 것이라고 한다. 하지만 이 거리에 주택가가 밀집해 있고, 동네 주민들이 피해를 입을 수 있어서 공연을 함부로 열 수 없다고 한다.

그의 온기가 아직 남아 있는 듯한 작업실을 천천히 둘러보았다. 우선 만나게 되는 공간은 신해철 씨가 책을 읽거나 손님들과 함께 수다를 떨었을 공간인 서재다. 사방에는 그가 읽었을 책이 보존되어 있었으며 소파와 테이블 그리고 카펫까지 모든 것이 그대로 남아 있다. 천천히 둘러보면서 그의 취향을 살펴본다. 음악책 대신 화폐전쟁, 삼국지, 로마인 이야기 같은 인문서적이 비교적 많아 보인다. 신해철 씨가 〈100분 토론〉에 나와서 화려한 언변으로 좌중을 압도한 원동력이 여기에 있었다.

각종 악기와 가수 활동을 하며 받은 트로피까지 신해철의 팬이라면 애

신해철 작업실로 가는 길 　　　　　　그가 읽었던 수많은 장서가 보존되어 있는 서재

정을 가지고 차근차근 둘러볼 것이 많았다. 이제 다른 구역으로 넘어가 보자. 우선 바로 옆에 조그마한 전시실이 마련되어 있는데 그가 입었던 의상은 물론 예전 사진들도 볼 수 있다. 물건들이 방금 사용한 것처럼 생생하게 남아 있으니 그의 죽음에 대한 안타까움이 순간 밀려들어왔다. 그가 살아 있었다면 지금도 수많은 이야기를 들려주고 있을지 모른다.

녹음을 하던 음악 작업실로 건너가는 길의 복도에는 팬들이 남긴 수많은 메시지가 빼곡하게 채워져 있다. 생전에 팬들은 신해철을 '마왕'이라는 애칭으로 불렀다. 때로는 직설적으로 어떨 때는 친근한 오빠 같은 느낌으로 〈고스트 스테이션(또는 고스트 네이션)〉이라는 라디오 프로그램을 통해 적극적으로 소통했었다. 그가 남긴 수많은 명곡도 있지만 그만이 가진 독특한 매력 덕분에 신해철의 팬이 된 사람도 많으리라 본다. 팬들이 남긴 글을 보면서 우리 사회의 큰 버팀목이 하나 사라졌다는 아쉬움과 허탈함이 밀려온다. 이제 핵심 공간인 음악 작업실로 들어왔다. 생각보다 규모가 작은 이 공간에서 신해철을 비롯해 그가 프로듀싱한 가수들이 노래를 했을 것이라 짐작했다.

녹음 장비 위쪽에는 그가 피웠던 담뱃갑이 주인을 잃은 채 하염없이 기다리고 있었고, 칠판에는 앙증맞은 글씨로 그의 마지막 스케줄인 〈속사정 쌀롱〉 녹화가 적혀 있었다. 그 프로그램에서 신해철 씨가 필자를 비롯한 청년에게 해주던 말이 아직도 머리에 아른거린다. 그 방송에서 그는 백수들의 입장을 변론하면서 "꿈꿀 수 있는 상황에서 흘리는 땀과 아무것도 보이지 않는 상황에서 흐르는 땀은 다르다."라고 말했다. 1m 앞이 절벽인지 아닌지 알 수 없는 어둠 속의 청년들을 너무 다그치지 말라고 주장했던 기억이 난다. 그러면서 청년들이 꿈과 목표, 즉 비전을 분명히 하길 당부했는데, 그 말이 당시 힘들었던 나에게 큰 위로가 되었다.

이제 작업실을 나와 본격적으로 신해철 거리를 한번 훑어보면서 그에 대한 기억을 조금씩 살리려고 한다. 우선 입구에는 신해철 거리를 알리는 상징 게이트가 넥스트의 첫 글자 'n'을 형상화해서 만들어져 있었다. 신해철은 넥스트 활동을 하면서 수많은 명곡을 발표했는데, 가장 먼저 떠오르는 건 역시 만화 〈영혼기병 라젠카〉의 OST로 수록되었던 〈Lazenca, Save Us〉와 〈해에게서 소년에게〉가 아닌가 싶다. 기운이 축 처진 날이라도 이 노래를 들으면 가슴이 웅장해지고 없었던 자신감이 솟아올랐다.

그의 담뱃갑과 마지막 스케줄이 고스란히 남아 있는 녹음실

비교적 짧은 거리를 천천히 걸으며 그가 남겼던, 바닥에 새겨진 메시지와 그의 대표적인 10개의 노래 가사를 담은 안내판을 보며 아무도 모르게 노래를 흥얼거리는 나 자신을 발견했다. 다양한 시도를 했던 신해철인만큼 상황에 따라서 선호하는 노래가 달라지는 측면이 있다. 스포츠 경기를 관람하면 빠질 수 없는 노래가 신해철의 이름을 널리 알렸던 〈그대에게〉이고, 멜랑꼴리한 기분이 들 때면 〈재즈카페〉와 〈일상으로의 초대〉를 자주 들었다.

아무도 없는 밤 늦은 도시 속을 드라이브할 때 〈도시인〉은 플레이리스트에서 빠질 수 없는 곡이다. 마지막으로 거리 중심에 앉아서 노래를 부르고 있는 신해철의 동상 옆에 기대앉아 이 거리가 미래엔 어떤 식으로 가야

신해철 거리로 들어가는 입구

[광명, 성남] 사연 많은 도시, 미래를 고민하는 도시

할 것인가 잠시 고민을 해 보았다. 장기적 프로젝트로 주택가를 벗어나 수내역에서 머지않은 거리에 신해철 관련 문화 공간을 조성하는 것도 한 가지 방법이 될 듯하다. 신해철을 기억할 수 있는 공간이 잘 보존되어서 우리가 계속 그를 기억했으면 하는 바람으로 이 거리를 나선다. "Here I stand for you(당신을 위해 내가 여기 서있습니다)."

성남 시가지에서 시작된 발걸음은 분당을 거쳐 판교로 이어진다. 경부고속도로 판교분기점으로 알려졌던 판교 지역은 이제 대한민국에서 손꼽히는 신도시로 거듭났다. 고속도로 분기점에서 가깝고 서초, 강남을 비롯해 용산까지 금방 닿을 수 있는 지리적 이점을 적극 활용하여 주요 IT 기업의 본사가 대거 들어와 있다. 지속 가능한 생태도시라는 판교신도시의 취지에 맞게 도심의 가운데엔 운중천이 흐르고, 하천을 따라 공원이 아름답게 조성되어 있다.

이런 판교에도 그 옛날 한반도에 존재했던 고대 국가의 흔적이 짙게 남아 있다. 판교신도시 개발에 따라 택지 개발을 하던 도중에 대량의 삼국 시대 무덤과 유물이 발굴되었는데, 이를 보존하고 활용하기 위해 판교박물관을 건립했다. 역사공원 안에 위치한 판교박물관 1층에서는 발굴된 유물 위주로 전시하고 있다. 지하 1층은 택지지구에서 옮겨진 백제, 고구려의 돌방무덤이 그대로 재현되어 있어서 마치 고고학자가 된 것처럼 흥미로운 시간을 보낼 수 있다.

또한 판교의 남쪽 백현동에는 분당 시민들도 자주 찾아온다는 카페 골목이 괜찮게 조성되어 있다. 차가 지나지 못하는 보행자 위주의 거리이기

판교 택지 개발 당시 출토된 주요 발굴품을 모아놓은 판교박물관

때문에 골목은 차분한 편이고, 여유 있는 시간을 보내기에 이보다 좋은 장
소는 없을 것이라 본다.

성남 답사는 우리나라의 IT를 이끌어 가는 기업들이 몰려 있는 판교 테
크노밸리로 이어진다. 가운데가 뻥 뚫려있는 거대한 규모의 사옥이 인상
적인 NC소프트를 비롯하여 네오위즈, 한글과컴퓨터, 안랩 등 이름만 들어
도 알만한 기업의 본사가 끊임없이 이어진다.

겉으로 보이는 신도시의 인상은 다들 비슷하지만 시간이 지나면서 그
도시만의 개성이 생기며 앞으로 어떤 문화를 만들어갈지 기대가 된다. 성
남시에서는 개성 강한 판교와 분당을 아우르는 연결고리를 형성하려고 노
력하지만 이 도시의 미래가 어떻게 흘러갈지 아무도 모르는 일이다. 앞으

[광명, 성남] 사연 많은 도시, 미래를 고민하는 도시

판교테크노밸리의 NC소프트 사옥

로 10년 뒤의 성남을 기대하며 판교신도시가 바라보이는 공원에서 3년간

의 경기도 여정을 마무리 짓도록 하겠다.

<경기별곡> 시리즈를 마무리 지으며

경기도 김포 한강변의 한적한 절 용화사에서 시작한 여정은 주요 IT 기업이 몰려있는 판교신도시에서 막을 내렸다. 경기도가 다른 지역에 비해 역사, 문화로 알려진 게 많지 않아 1권으로 충분할 것이라 생각했지만 저마다 다양한 배경을 지닌 고장 하나하나마다 다뤄야 할 내용이 만만치 않았다. 그래도 이 책에서 필자가 목표로 했던 도시 이야기의 큰 줄기는 엮은 듯하고, 독자 분들이 이 책을 읽으며 경기도의 각 고장에서 어디를 어떻게 둘러봐야 할지 흐름을 따라가기 쉽게 구성한 것 같다.

그럼에도 불구하고 인쇄 지면의 한계상 취재한 내용의 전부를 담긴 힘들었다. 아픔을 머금고 가지치기했던 장소와 이야기가 아직도 머릿속에 맴돈다. 아마 이런 내용들은 언젠가 경기도와 관련한 다른 저서 혹은 매체를 통해 전할 수 있기를 바란다.

경기도를 전체적으로 어떻게 살펴보면 좋을까? 필자는 크게 4개의 권역으로 나누어 둘러보기를 권한다. 먼저 서울을 기준으로 북한과 근접한 김포, 파주 일대의 서북부 지역은 임진강, 한탄강 일대에 잘 보존된 천혜의 자연이 남아있고, 중국으로 이어지는 주 교통로였던 만큼 다양한 인물의 발자취가 남아있어 역사의 흔적을 따라가는 답사지로서 제격이다.

다음으로는 가평, 포천이 있는 경기 동북부 지역이다. 강원도의 준엄한 산들이 연이어 이어지는 지형이다 보니 1,000m 넘는 산들을 제법 볼 수 있다. 가는 길마다 아름다운 계곡과 산이 연이어 등장지고 골짜기마다 사연 넘치는 이야기가 우리를 기다리고 있다. 북한강 따라 유람하듯이 여유 있게 답사를 즐기면 좋을 듯하다.

이제 경기도에서 가장 넓은 평야와 이른바 경기미로 유명한 이천, 여주 지역으로 떠나보자. 장구하게 흐르는 남한강은 우리의 마음을 여유롭게 만들어준다. 특히 여주는 국내에서 보기 드문 강변 사찰인 신륵사를 비롯해 고달사지 등 불교 유적이 다수 남아있어 경기도에 속해 있지만 마치 강원도나 충북으로 여행 간 듯한 느낌을 받을 수 있을 것이다.

마지막으로 경기도에서도 가장 인구가 밀집해 있는 서남부다. 서울의 웬만한 구 정도 되는 크기의 많은 도시가 오밀조밀 밀집해 있어 평소에도 교통체증으로 인한 몸살을 앓고 있다. 하지만 서쪽으로 나아가면 제법 한적한 동네가 나오고 제부도, 대부도 등 부속섬에는 아름다운 경관을 즐길 수 있는 트레킹코스가 잘 갖춰져 있다.

그리고 남쪽에 위치한 안성시도 결코 빠질 수 없다. 필자가 생각하는 가장 경기도다운 도시가 아닐까 싶다. 수많은 역사의 부침 속에 많은 변화를 겪었던 경기도의 각 고장 중에서 예전 모습을 잘 간직한 곳이다.

<경기별곡> 시리즈를 마무리 지으며

임진왜란, 병자호란과 같은 환란이 연달아 일어난 후 조선은 수도인 한양의 방어를 용이하게 하기 위해 주요 요충지마다 유수부(留守府)를 설치했고, 당시 유수부가 설치되었던 도시들은 해방 직전까지 경기도의 주요 도시로 남게 된다. 4개의 유수부 중 수원과 광주는 이미 책에서 소개했지만 현재 인천광역시에 속해 있는 강화와 북한에 위치한 개성은 훗날을 기약해야만 한다. 특히 개성은 고려 500년 도읍지일 뿐만 아니라 조선 시대에 이르기까지 상업 도시로 명성을 날렸기 때문에 충분히 책 한 권이 나올 만한 콘텐츠가 충분하다. 언젠가 자유로이 개성 답사를 떠날 그날을 기약해 본다.

이 시리즈가 나오기까지 수많은 분의 도움과 조언이 있었다. 출판사 관계자부터 시작해 많은 가르침을 주신 해설사, 학예사, 동료 작가 그리고 고된 답사여정을 함께 해준 처와 두 딸에게 감사말씀을 전한다.

이제 <경기별곡> 시리즈는 끝나지만 전국 8도 중 한 부분이 일단락 되었을 뿐이다. 언젠가 또 다른 별곡 시리즈로 찾아 뵙기를 바라며 독자 여러분의 관심이 꾸준히 이어지기를 바란다. 필자는 펜을 내려놓고 다시 신발을 고쳐 신고 떠나도록 하겠다.

여 기
새롭게
경기도

여기 새롭게 **경기도**
과거와 미래가 만나는 도시로의 초대 (경기별곡 03)

© 운민(이민주), 2023

1판 1쇄 인쇄__2023년 04월 01일
1판 1쇄 발행__2023년 04월 10일

지은이__운민(이민주)
펴낸이__홍정표
펴낸곳__작가와비평
　　　등록__제2018-000059호

공급처__(주)글로벌콘텐츠출판그룹
　　　대표__홍정표 이사_김미미 편집_임세원 강민욱 백승민 문방희 권군오 기획·마케팅__이종훈 홍민지
　　　주소__서울특별시 강동구 풍성로 87-6
　　　전화__02) 488-3280 팩스__02) 488-3281
　　　홈페이지__http://www.gcbook.co.kr
　　　이메일__edit@gcbook.co.kr

값 17,000원
ISBN 979-11-5592-310-8 03810